KB122588

작은 공주 세라

걸 클래식 컬렉션

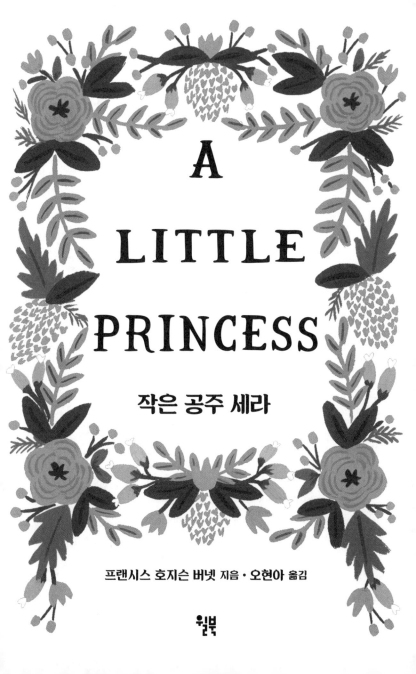

A
LITTLE
PRINCESS

작은 공주 세라

프랜시스 호지슨 버넷 지음 · 오현아 옮김

윌북

일러두기

1. 이 책의 번역 대본은 Puffin Books의 『The Puffin in Bloom Collection』을 사용하였습니다.
2. 표지에 쓰인 그림과 제목 서체는 모두 애나 본드의 작품입니다.
3. 옮긴이 주는 괄호로 별도 표시하였습니다.

◆ 차례 ◆

이제부터 공주가 된 것처럼
행동하면 어떨까

◆

정여울(작가, 문학평론가)

어린 시절 처음으로 '책 속 주인공을 현실에서 꼭 만나보고 싶다'는 생각을 갖게 한 인물이 바로 세라였다. 어린 소녀의 눈에 비친 세라는 너무 눈이 부셔서 똑바로 바라보기도 힘든 고귀한 존재처럼 느껴졌다. 무엇이 세라를 그토록 눈부시고 아름답게 만든 것일까. 그건 세라가 공주 같은 드레스를 입고, 신기한 장난감과 어여쁜 인형을 가지고 있고, 딸의 소원이라면 해와 달이라도 따다 줄 것 같은 아빠의 사랑을 받았기 때문만은 아니었다. 세라의 빛은 어떤 상황에서도 존엄과 기품을 잃지 않는 그녀의 용기에서 우러나왔다. 기품이나 존엄의 의미를 잘 몰랐던 어린 나에게도 세라는 당당하고, 찬란하고, 우아해 보였다.

모두에게 부러움의 시선을 잔뜩 받던 세라가, 아버지가 돌아가시고 유산을 한 푼도 못 받게 된 상황에서도 기품과 존엄을 잃지 않을 수 있었던 이유는 무엇일까. 누구도 빼앗아갈 수 없는 세라의 기품은 첫째, 이 세상 모든 존재들을 차별하지 않는 정신에서 우러나왔다. 세라는 심술궂은 민친 교장에게 학대당하는 하녀 베키가 자신의 힘겨운 상황을 잠시 잊을 수 있을 정도로 아름답고 감동적인 이야기를 들려준다. 세라는 누구도 외모나 피부색, 신분이나 재산 때문에 차별받아서는 안 된다고 생각한다. 이렇게 모두를 존중하는 세라의 몸짓 하나하나는 민친 교장을 비롯한 어른들조차도 깜짝 놀라게 하는 고결한 모습이다. 둘째, 세라는 하녀와 다를 바 없는 삶으로 전락했지만 공부하고 책 읽는 행위를 멈추지 않았다. 세라를 통해서 나는 배운다. 외국어와 역사와 문학을 공부하는 것은 단지 모범생이되기 위함이 아니라, 더 나은 삶을 향해 나아가는 정신의 위대한 힘임을. 셋째, 세라는 힘들 때마다 '이야기의 힘'을 최대한 활용한다. 아무리 외롭고 힘든 상황에서도 아름다운 이야기를 상상해내고, '이야기의 주인공'으로서 자신이 어떻게 처신해야할지를 기발하게 생각해낸다. 쥐들이 찍찍거리고, 춥고 배고프고 외로운 다락방에서조차, 세라의 상상력은 빛을 발한다. 시련에는 좋은 점이 전혀 없을 거라고 생각하는 어민가드에게 세라는 이렇게 말한다. "그렇지만 모든 일에는 우리가 모르는 좋은 점이 있을 거야. 민친 교장한테도 좋은 점이 있을지 몰라."

세라는 다락방에서 살아가는 것이 힘들다는 것을 인정하면서도, 이곳을 전혀 다른 장소로 상상하면 견딜 수 있다고 말한다. 세라에게 상상은 현실도피가 아니라 삶의 주인공으로서 현실의 아픔을 이겨내는 눈부신 승리였다.

세라를 어른보다 더 어른스럽게, 그러면서도 아이다운 순수함과 동심을 잃지 않는 소녀로 만들어주는 것은 그녀의 당찬 정의감이다. 세라는 친구들에게 따돌림을 당하고 부모로부터도 사랑받지 못하는 어먼가드를 지극한 우정으로 보듬어주고, "난 엄마가 없다"며 매일 울어대는 소녀 로티에게 "나도 엄마가 없다"고, 더 나아가 "내가 너의 엄마가 되어줄게"라고 말한다. 어떤 상황에서도 타인을 돕고 이해하려고 노력하는 세라의 모습은 어른이 되어 다시 읽어보니 더 눈부시게 아름답다. 세라처럼 어떤 상황에서도 용기와 정의를 잃지 않는 것이 얼마나 어려운 일인지를, 어른이 되어서야 더욱 깊이 이해하게 되었기 때문이다. 우리는 너무도 쉽게 좌절하고, 상처받고, 포기하는 것이 아닐까. 이 모든 것이 교훈적인 틀에 갇혀 있지 않고, 흥미진진한 이야기와 캐릭터 속에 자연스럽게 녹아 있는 점이 『작은 공주 세라』의 진정한 매력이다.

'공주 같다'는 표현 속에는 무엇이 들어 있을까. 늘 사람들의 부러움의 대상이 되고, 늘 누군가 보살피고 모시는 사람이 있으며, 매일 화려한 옷과 장신구를 걸치고, 힘든 일은 전혀 할 것 같지 않은 느낌이 아닐까. 하지만 세라는 이 표현을 전혀 다르게 이해한다. 자신이 진짜 공주가 된다면, 모든 이에게 아낌없이 나누어줄 거라고. 바로 이런 연민과 공감의 몸짓이 세라를 진정한 공주로 만들어준다.

나는 무엇이 옳고 그른지 설명하기 어려운 이 시대의 어른들이 아이들에게 『작은 공주 세라』를 선물하고 낭독해주며 함께 이야기를 나누었으면 좋겠다. 세라가 상상 속의 세계를 눈앞에 펼쳐 보일 때면, 덜컥 믿고 싶어진다. 실제로 세라의 인형 에밀리가 내 눈앞에서 웃고 있는 것 같고, 세라가 묘사하는 천국이 우리 앞으로 바싹 다가와 있는 것 같다. 그것은 아름다운 이야기의 힘이고, 문학의 힘이며, 다정다감한 언어 속에 깃들어 있는 치유와 평화의 힘이다.

무슨 일이 일어나든 바꿀 수 없는 사실이 있어. 누더기와 넝마를 걸쳤어도 난 여전히 공주야. 금실로 짠 옷을 입었다면 공주 노릇을 하는 게 쉽겠지. 그에 비해 아무도 모르게 공주로 살아가는 건 훨씬 어려운 일이야. 마리 앙투아네트도 왕관을 뺏긴 채 감옥에 갇혀서 검은 드레스만 입고 머리는 하얗게 새서 '카페의 과부'라 불리며 모욕을 당했잖아. 모든 게 화려하고 좋았을 때보다 감옥에 갇혔을 때가 더 왕비 같았어. 난 그때의 마리가 제일 좋아. 야유하는 국민 앞에서도 절대 기죽지 않았지. 참수를 당하는 순간에도 마리는 그들보다 강했던 거야.

『작은 공주 세라』 중에서 내가 가장 좋아하는 장면이다. 세라는 믿는다. 무슨 일이 일어나도, 누더기와 넝마를 걸쳤어도, 자신은 여전히 공주라고. 금실로 짠 화려한 옷을 입은 공주는 누구나 알아볼 수 있지만, 자신처럼 아무도 공주임을 몰라주는 상황에서 공주로 살아가는 일은 훨씬 어려운 일임을 깨닫는 장면이다. 세라는 프랑스혁명 당시 마리 앙투아네트를 떠올리며, 모든 것이 화려하게 빛났을 때보다 모두가 자신을 비난할 때조차 꼿꼿함을 잃지 않았던 마리 앙투아네트가 더욱 멋지다고 생각한다. 나는 역사 속의 마리 앙투아네트를 좋아하지는 않지만, 이 장면을 읽고 '세라가 바라보는 마리 앙투아네트'를 좋아할 수 있게 되었다. 참수를 당하는 순간조차 의연했던 존재, 누구도 자신을 왕비로 대접하지 않는 순간에도 왕비로서 당당했던 존재로. 어떤 상황에서도 꺾이지 않는 세라의 용기는 현대사회를 살아가는 우리에게 커다란 영감을 준다.

꼭 하나, 요즘 시대에 맞게 '이것은 바꾸어 읽었으면' 하는 부분이 있다. 아버지가 세라를 기특하게 바라보며, 남자로 태어났다면 이 세상을 바꾸는 위대한 사람이 될 것이라고 생각하는 부분이다. 이 책을 읽는 모든 사람들에게는, 여자아이든 남자아이든 상관없이, 피부색이나 신체적 특징과 상관없이, 누구든 세상을 더 아름답게 바꿀 권리가 있다. 치열한 경쟁 속에서 '자유로운 상상력의 시간, 놀이의 시간'을 빼앗겨 가는 아이들에게, 이 책이 혼자 골똘히 생각에 빠져드는 소중한 성찰의 시간, 이야기의 매력에 푹 빠져 살아볼 시간을 선물해주었으면. 또 그 어떤 위험과 고난 속에서도 오직 이야기를 상상할 수만 있다면, 온갖 배고픔과 아픔과 외로움마저도 이겨낼 수 있다는 꿈과 희망의 메시지를 전해주기를 바란다.

세라

누런 안개가 자욱하게 내려앉은 런던 거리, 밤처럼 가로등이 빛나고 상점 유리창에 등불이 환히 켜진, 오래전 어느 어두운 겨울날이었다. 어딘가 특이해 보이는 작은 여자아이와 아빠를 태운 마차가 큰길을 느릿느릿 지나갔다.

무릎깍지를 끼고 앉은 아이는 제 어깨를 감싸 안은 아빠에게 몸을 기댄 채 생각에 골몰한 듯, 묘하게 조숙해 보이는 커다란 두 눈으로 창밖 너머 지나가는 사람들을 쳐다보았다.

어린아이의 자그마한 얼굴에서 그런 표정을 보기란 쉬운 일이 아니었다. 열두 살이라 해도 어른스러워 보일 법한데, 세라 크루는 고작 일곱 살이었다. 사실 세라는 언제나 꿈을 꾸었고 희한한 것을 상상했으며, 어른들과 그들의 세상에 대해 생각하지 않을 때가 없었다. 아이는 자신이 아주 오랫동안 살아왔다고 느꼈다.

이때 세라는 아빠 크루 대위와 함께 봄베이(현재 뭄바이로 공식 명칭이 바뀜-옮긴이)를 떠나 막 도착한 이곳 런던까지의 여행을 머릿속에 그려보고 있었다. 커다란 배와 그 위를 조용히 오가는 라스카(lascar, 영국인들이 인도인 선원을 일컫는 말로 북인도어 '라슈카르'에서 유래-옮긴이)와 뜨거운 갑판에서 뛰노는 아이들, 기어코 세라에게 말을 붙이고는 뭐라고 대꾸하면 웃음을 터뜨리던 몇몇 젊은 장교 부인들을 생각했다.

무엇보다도 태양이 이글이글 타오르는 인도 땅에 있다가 어느 순간 드넓은 바다 한복판에 떠 있나 싶었는데, 지금은 낮이 밤처럼 어두운 낯선 거리를 낯선 마차를 타고 달리다니 참 이상하다는 생각이 들었다. 아이는 당혹스러워서 아빠 옆으로 바투 붙어 앉았다.

"아빠." 아이가 속삭이는 듯한 낮고 신비스러운 목소리로 아빠를 불렀다. "아빠."

"우리 아가씨, 왜?" 크루 대위는 아이를 바짝 끌어당겨 안으며 얼굴을 내려다보았다. "우리 세라가 무슨 생각을 하고 있을까?"

"여기가 그곳이에요?" 세라는 아빠에게 더 파고들며 속삭였다. "맞아요, 아빠?"

"그래, 맞아, 우리 세라. 드디어 도착했구나." 아직 일곱 살이지만, 아이는 아빠의 목소리에서 묻어나는 슬픔을 알아챘다.

아이는 아빠가 자신을 '그곳'—세라는 늘 그렇게 불렀다—으로 보내려고 벌써 몇 년 전부터 마음의 준비를 시켜왔다고 여겼다. 자신을 낳다가 돌아가신 엄마를 아이는 알지도 못하고 그리워하지도 않았다. 젊고 잘생기고 부유하고 정 많은 아빠가 아이와 이 세상을 이어주는 유일한 연결 고리처럼 보였다.

부녀는 늘 함께 지냈고 서로를 끔찍이 아꼈다. 아이가 안 듣겠거니 지레짐작한 사람들이 떠드는 소리를 듣고서야, 아이는 아빠가 부자라는 사실을 알았다. 그러다가 자신도 크면 아빠처럼 부자가 될 거라는 사실까지 알게 되었다. 아이는 부자가 무엇을 의미하는지는 알지 못했다. 내내 아름다운 저택에서 살았고, 살람(salaam, 오른손을 이마에 대고 몸을 낮게 굽히는 인사—옮긴이)식으로 절하면서 자신을 '미시 사히브(Missee Sahib, 사히브는 영국 식민지 시절 인도에서 유럽 남성을 높여 부른 말—옮긴이)'라 부르는, 자신이 원하는 것은 뭐든지 들어주는 숱한 하인들에게 둘러싸인 생활이 익숙할 뿐이었다. 아이에게는 장난감과 반려동물과 자신을 떠받드는 아야(ayah, 인도인 보모나 가정교사—옮긴이)가 있었는데, 부자에게는 이런 것들이 딸려 있음을 차차 깨달았다. 하지만 아이가 아는 부유함은 그것이 전부였다.

이 짧은 인생에서 아이를 괴롭히는 문제가 하나 있었으니, 바로 언젠가는 '그곳'으로 가야 한다는 사실이었다. 인도 날씨는 어린아이에게 매우 해로웠으므로 아이들은 될 수 있는 대로 빨리 인도 땅을 떠나 영국 학교로 가곤 했다. 세라는 다른 아이들이 인도를 떠나는 모습을 보았을 뿐만 아니라, 아이로부터 편지를 받은 엄마들과 아빠들이 주고받는 이야기도 들은 터였다. 세라는 자신도 떠나야 한다는 사실을 알았다. 아빠가 들려주는 여행담이나 새로운 나라 이야기에 솔깃할 때도 있었지만, 아빠 곁에 머물 수 없다는 생각만 하면 마음이 한없이 무거워졌다.

"아빠, 그곳에 같이 가면 안 돼요?" 다섯 살이었을 때 세라가 물었다. "아빠도 학교에 다니면 안 돼요? 아빠 공부하는 거 도울게요."

"세라, 거기에 아주 오래 있는 게 아니란다." 아빠는 늘 이렇게 대답했다. "멋진 건물에 여자아이도 많을 거야. 함께 놀 친구도 참 많겠지. 아빠가 책도 잔뜩 보내줄게. 우리 세라는 빨리 자랄 테니, 일 년도 채 안 돼서 아빠를 돌봐주러 올 만큼 크고 똑똑해질 거야."

아이는 그 생각이 마음에 들었다. 아빠를 위해 집을 돌보고, 아빠와 승마를 즐기며, 저녁 파티가 열리는 날에는 식탁 상석에 앉는 것, 아빠와 이야기를 나누고 아빠의 책을 읽는 것 등이 아이가 세상에서 가장 하고 싶은 일이었다. 그런 것을 이루기 위해 영국의 '그곳'으로 가야 한다면 기꺼이 마음을 다잡을 수 있었다. 여자아이들이 있다는 것에 마음이 더 끌리지는 않앉지만, 읽을 책이 많다면 충분히 위안을 삼을 만했다. 아이는 세상 무엇보다 책을 좋아했고, 아름다운 이야기를 지어내어 자신에게 들려주곤 했다. 때때로 아빠에게 들려주기도 했는데, 아빠는 아이만큼 그 이야기를 좋아했다.

"아빠." 아이가 부드럽게 말했다. "여기까지 온 이상, 그만 체념해야겠죠."

아빠는 딸아이의 예스러운 말투에 웃음을 터뜨리며 아이에게 입을 맞추었다. 속내를 들키지 말아야 한다는 걸 잘 아는데도 아빠는 도저히 마음을 다잡을 수 없었다. 별난 딸 세라는 함께하기에 더없이 좋은 친구였으므로, 인도로 돌아가 집의 문을 여는 순간 하얀 원피스를 입은 이 자그마한 아이가 자신을 맞으러 나올 리 없다는 사실을 실감하게 되면 얼마나 쓸쓸함이 몰려올까 싶었다. 마차가 목적지의 건물이 우뚝 서 있는, 넓고 칙칙한 광장으로 들어서자, 아빠는 아이를 꼭 끌어안았다.

옆에 늘어선 건물과 별다를 바 없는 크고 칙칙한 벽돌 건물이었지만, 검은 글자가 새겨진 놋쇠 문패만은 앞문에 걸린 채 환히 빛났다.

> 민친
> 명문 사립 여자 기숙 학교

"세라야, 다 왔다." 크루 대위가 애써 쾌활하게 말했다. 그러고는 아이를 마차에서 번쩍 안아 내린 다음, 계단을 올라가 초인종을 눌렀다. 나중에야 세라는 건물이 민친 교장과 똑 닮았다는 생각을 자주 했다. 외관은 번듯한 게 그럴싸했지만, 건물 안은 모든 것이 보기 흉했다. 팔걸이 의자는 속에 딱딱한 뼈를 숨긴 듯했다. 복도에 있는 모든 물건은 딱딱하고 번들번들 윤이 났다. 모퉁이에는 사람 얼굴을 한 보름달이 그려진 키 큰 시계가 서 있었는데, 붉은 뺨까지 광택제를 발라놓은 것 같았다. 부녀가 안내받은 응접실에는 반복되는 네모 무늬의 양탄자가 깔려 있었고, 의자들도 네모나게 각진 데다 육중한 대리석 벽난로 위에는 육중한 대리석 시계가 놓여 있었다.

세라는 딱딱한 마호가니 의자에 앉아 주위를 재빨리 둘러보았다.

"아빠, 여기 싫어요." 아이가 말했다. "그래도 감히 말하자면, 군인이라도, 아무리 용감한 군인이라도 전쟁터에 나가는 걸 좋아하진 않겠지요."

크루 대위는 와락 웃음을 터뜨렸다. 생기 가득한 젊은 아빠는 딸이 어떤 엉뚱한 말을 해도 질리지 않았다.

"아, 우리 세라." 아빠가 말했다. "이렇게 진지한 말을 해주는 사람이 없으면 아빤 어떻게 살지? 우리 세라만큼 진지한 사람이 있을까?"

"근데 진지한 말이 왜 그렇게 웃겨요?" 세라가 물었다.

"그렇게 말하는 우리 세라가 정말 귀여워서." 아빠가 한층 더 웃으며 대답했다. 그러더니 별안간 아이를 품 안에 안고는 꼭 입을 맞추었다. 웃음기가 걷힌 눈가에는 당장이라도 이슬이 맺힐 것 같았다.

바로 그때 민친 교장이 응접실에 들어섰다. 키는 큰데 따분해 보이고, 번듯하지만 보기 흉한 것이 건물과 똑같다고 세라는 생각했다. 커다란 눈은 차갑고 의뭉스러워 보였고, 커다란 미소 역시 차갑고 의뭉스러워 보이기는 마찬가지였다. 세라와 크루 대위를 보자 교장의 입가에 활짝 미소가 떠올랐다. 자기 학교를 추천해준 부인에게서 이미 이 젊은 장교에 관한 호의적인 이야기를 많이 들어온 터였다. 그중에서 특히 기억할 만한 이야기는 이 부자 아빠가 어린 딸에게 아낌없이 돈을 쓴다는 것이었다.

"따님처럼 예쁘고 영특한 아이를 맡게 되다니 영광입니다, 크루 대위님." 교장이 세라의 손을 잡고 어루만지면서 말했다. "메러디스 부인이 똑똑한 아이라고 칭찬을 아끼지 않더군요. 우리 학교에서 똑똑한 아이는 그 자체로 보물이에요."

세라는 민친 교장의 얼굴에 시선을 고정한 채 가만히 서 있었다. 아이는 언제나처럼 엉뚱한 생각에 빠져들었다.

'나를 왜 예쁘다고 하지?' 아이는 생각했다. '난 하나도 예

쁘지 않은데. 예쁜 아이라면 그레인지 대령님의 딸 이소벨이
지. 보조개도 있고 장밋빛 뺨에 긴 머리칼은 황금빛이지. 내 머
리칼은 까맣고 짧은 데다 눈동자는 초록색이야. 몸도 삐쩍 말
랐고 예쁜 데가 하나도 없어. 나처럼 못생긴 아이도 없을걸. 순
거짓말이야.'

　아이가 자신을 못생긴 아이로 여기는 것은 잘못된 생각이
었다. 아이는 부대에서 예쁜 아이로 통하는 이소벨 그레인지
와 닮은 데는 없었지만, 그녀만의 묘한 매력이 있었다. 날씬하
고 유연한 몸피에 키는 또래에 비해 컸고, 작고 진지한 얼굴은
매력적이었다. 끝부분만 살짝 말려 들어간 검은 머리칼은 풍성
했다. 눈동자는 초록빛이 도는 회색인 게 사실이지만, 짙은 속
눈썹이 길게 껴풀진 커다란 눈은 아름다웠다. 아이는 싫어할지
몰라도 많은 이가 그런 눈동자 색깔을 좋아했다. 그럼에도 아
이는 자기가 못생겼다고 확고하게 믿었으므로, 민친 교장의 입
발림 소리에 조금도 기분이 좋아지지 않았다.

　'내가 교장에게 예쁘다고 한다면 그것도 거짓말이겠지.'
아이는 속으로 생각했다. '거짓말이란 걸 나도 알아. 내 눈엔 교
장이나 나나 똑같이 못생겼어. 근데 왜 그런 말을 하는 거지?'

　교장이란 사람을 좀 더 알고 나서야 세라는 그 이유를 알
수 있었다. 학교에 아이를 데리고 온 모든 엄마와 아빠에게 한
결같이 같은 말을 한 것이다.

세라는 아빠 옆에 서서 아빠와 민친 교장이 주고받는 이야기를 들었다. 아빠가 이 학교를 선택한 것은 메러디스 부인의 두 딸이 교육받은 학교였기 때문이다. 크루 대위는 그만큼 메러디스 부인의 경험에 큰 신뢰를 보냈다. 세라는 '특실 기숙생'으로 이곳에 머물 테고, 여느 특실 기숙생보다 더 많은 혜택을 누릴 것이다. 예쁜 침실에, 혼자 쓰는 거실이 있고, 조랑말과 마차가 별도로 마련되어 있으며, 인도의 아야 대신 하녀가 아이를 보살펴줄 것이다.

"공부는 전혀 걱정하지 않습니다." 크루 대위는 세라의 손을 쥐고 토닥이면서 기분 좋게 웃었다. "오히려 아이가 너무 빨리, 너무 많이 배우지 못하게 하는 게 힘들 정도입니다. 그 작은 코를 낮이고 밤이고 책에 파묻고 사니까요. 민친 교장 선생님, 애는 책을 읽는 게 아니라, 마치 작은 늑대 새끼인 양 책 한 권을 꿀꺽 집어삼킵니다. 그러고도 또 집어삼킬 책이 없나 하고 새 책에 목말라하죠. 어른 책도 읽겠다고 하는데, 크고 두껍고 무거운 그런 책들 말입니다. 영어는 물론이고 프랑스어, 독일어로 된 책을 망라하고 역사책에 위인전, 시집까지 분야를 가리지 않습니다. 책을 너무 많이 읽는다 싶으면 아이를 책에서 떼어놓으십시오. 로튼 거리(런던 하이드 파크의 승마 도로-옮긴이)에서 조랑말을 타든지 인형을 사러 시내로 나가자고 하세요. 인형이랑 더 많이 놀 나이입니다."

"아빠." 세라가 말했다. "며칠에 한 번씩 인형을 사면 너무 많아져서 다 예뻐할 수가 없어요. 인형과는 친한 친구가 되어야 해요. 에밀리는 나랑 제일 친한 친구가 될 거예요."

크루 대위는 민친 교장을, 민친 교장은 크루 대위를 쳐다보았다.

"에밀리가 누구죠?" 교장이 물었다.

"교장 선생님께 말씀드려, 세라." 크루 대위가 웃는 얼굴로 말했다.

대답하는 동안 세라의 녹회색 눈동자가 사뭇 진지해지더니 일순간 부드러워졌다.

"인형인데, 아직 저한테 없어요." 세라가 말했다. "아빠가 사주실 거예요. 아빠랑 같이 찾아볼 거예요. 제가 에밀리라고 이름 붙였어요. 아빠가 인도로 가시면 제 친구가 되어줄 거예요. 에밀리에게 아빠 얘기를 들려주고 싶어요."

민친 교장은 예의 그 의뭉스러운 미소를 활짝 지어 보이며 아첨하는 말을 쏟아냈다.

"상상력이 풍부한 아이구나!" 교장이 말했다. "귀엽기도 해라!"

"그럼요." 크루 대위가 세라를 끌어당겨 안으며 대답했다. "귀엽고말고요. 저 대신 잘 돌봐주십시오, 민친 교장 선생님."

세라는 아빠와 함께 호텔에 며칠 더 머물렀다. 사실 아빠가 인도행 배에 오를 때까지 한시도 아빠 곁을 떠나지 않았다. 아빠와 아이는 시내의 큰 상점 여기저기를 둘러보며 물건을 한 아름씩 샀다. 아이에게 필요한 것보다 훨씬 많았다. 충동적이고 순수한 젊은 아빠 크루 대위는 어린 딸이 원하는 모든 것을, 그리고 자신이 원하는 모든 것을 사주고 싶었다. 그래서 그들은 일곱 살 아이에게 너무 과하다 싶은 옷을 그러모았다. 값비싼 털로 테두리를 감싼 벨벳 드레스와 레이스 드레스, 곱게 수놓은 드레스, 크고 보드라운 타조 깃털을 꽂은 모자, 흰족제비 모피 외투와 머프(손을 따뜻하게 하기 위해 모피 뒷면에 헝겊을 대어 만든 토시-옮긴이), 작은 장갑과 손수건과 실크 스타킹이 담긴 상자까지, 물건이 넘칠 정도로 어찌나 많은지 계산대 뒤에 공손하게 선 젊은 점원들은 커다랗고 진지한 눈망울을 가진 묘하게 생긴 저 소녀가 적어도 외국 공주일 거라고, 아니면 인도 라자(rajah, 인도의 왕이나 수장-옮긴이)의 어린 딸일 거라고 자기들끼리 수군거렸다.

마침내 아빠와 아이는 에밀리를 찾아냈다. 하지만 그전에 수많은 장난감 가게에 들러 엄청나게 많은 인형을 들여다보아야 했다.

"인형처럼 보이면 안 돼요." 세라가 말했다. "말을 건네면 꼭 듣는 것처럼 보여야 해요. 그런데 아빠, 인형들은 문제가……." 그러면서 고개를 갸우뚱하고 잠시 생각에 잠기는 눈치였다. "우리가 하는 말을 전혀 못 듣는 것처럼 보인다는 거예요." 그리하여 두 사람은 큰 인형, 작은 인형, 눈동자가 검은 인형, 푸른 인형, 갈색 곱슬머리 인형, 금발을 땋아 늘어뜨린 인형, 옷을 입은 인형, 옷을 입지 않은 인형을 들었다가 내려놓기를 반복했다.

"아빠, 알죠?" 옷을 걸치지 않은 인형을 들여다보면서 세라가 말했다. "에밀리를 찾았는데 에밀리가 드레스를 입고 있지 않으면 양장점에 데리고 가서 꼭 맞는 옷을 맞춰줘야 해요. 그렇게 몸에 대보면 더 예쁘게 맞을 테니까."

숱한 실망 끝에 그들은 마차를 뒤따라오게 하고는 천천히 걸으면서 상점 진열창을 들여다보기로 했다. 두어 군데는 발걸음도 하지 않고 그냥 지나쳤는데, 그리 크지 않은 상점 앞으로 다가가는 순간, 세라가 갑자기 멈춰 서더니 아빠의 팔을 꽉 잡았다.

"아, 아빠!" 세라가 소리쳤다. "에밀리를 찾았어요!"

아이의 얼굴이 발갛게 상기되더니, 좋아하는 친구를 만났을 때처럼 녹회색 눈동자에 반짝 생기가 돌았다.

"우리를 기다리고 있나 봐요!" 세라가 말했다. "어서 가서 만나봐요."

"오, 이런!" 크루 대위가 대답했다. "누가 우리를 소개해주면 좋겠는걸."

"아빠는 날 소개하고, 난 아빠를 소개하면 돼요." 세라가 말을 받았다. "하지만 내가 에밀리를 한눈에 알아보았으니까 에밀리도 날 바로 알아볼 거예요."

어쩌면 에밀리도 세라를 알아보았는지 모른다. 세라가 에밀리를 품에 안았을 때 에밀리의 눈동자는 무척이나 똘똘해 보였다. 꽤 큰 인형이었지만 들고 다니기 버거울 정도는 아니었다. 곱슬곱슬한 황갈색 머리칼이 어깨 주위로 망토처럼 흘러내렸고, 깊고 투명한 회청색 눈동자 위에는 그린 속눈썹이 아닌 보드라운 진짜 속눈썹이 짙게 드리워져 있었다.

"맞아요." 세라가 에밀리를 무릎에 앉히고 얼굴을 들여다보며 말했다. "맞아요, 아빠, 에밀리가 틀림없어요."

에밀리는 상점 진열대에서 어린이 양장점으로 자리를 옮겨 세라의 것만큼 화려한 옷을 맞추었다. 레이스 드레스에 벨벳과 모슬린으로 지은 드레스, 모자와 외투, 레이스가 달린 예쁜 속옷, 장갑, 손수건, 털옷이 마련되었다.

"에밀리가 좋은 엄마와 사는 것처럼 보이면 좋겠어요." 세라가 말했다. "에밀리의 엄마는 나예요. 물론 친한 친구가 되겠지만."

슬픈 생각이 마음을 헤집고 다니지 않았다면 크루 대위에게도 즐거운 쇼핑이 되었을 것이다. 그러나 이 모든 것은 대위가 사랑스럽고 별난 꼬마 친구와 곧 헤어져야 함을 의미했다.

밤이 깊었을 때, 대위는 침대에서 일어나 아이 방으로 가서는 에밀리를 품에 안고 자는 딸의 얼굴을 내려다보았다. 아이의 검은 머리칼이 베개 위에 흩어져 있고, 에밀리의 황갈색 머리칼이 그 위에 포개져 있었다. 둘 다 레이스가 나풀거리는 잠옷 차림이었고, 뺨 위로 속눈썹이 길게 드리워졌다. 에밀리가 있어 다행이라는 생각이 들 정도로 에밀리는 진짜 아이와 다름없어 보였다. 대위는 크게 한숨을 내쉬고는 소년 같은 표정을 지으며 콧수염을 잡아당겼다.

"아아, 우리 세라!" 대위가 중얼거렸다. "아빠가 얼마나 널 그리워할지 넌 모를 거야."

이튿날 아빠는 아이를 민친 기숙 학교로 데려다주고 떠났다. 다음 날 인도로 가는 배에 오를 터였다. 아빠는 민친 교장에게 자신의 변호사 배로 씨와 스킵워스 씨가 영국에서 진행되는 일을 봐줄 것이며, 도움이 필요하면 언제든 변호사에게 연락하라고, 세라에게 들어간 경비는 변호사가 처리해줄 것이라는 등의 설명을 했다. 편지는 일주일에 두 번 보낼 것이며, 세라가 원하는 활동은 무엇이든 할 수 있어야 한다고 덧붙였다.

"사리 판단이 분명한 아이라 위험하다 싶은 것은 아예 얘기도 꺼내지 않을 겁니다." 아빠가 말했다.

아빠는 앞으로 아이가 쓸 자그마한 거실로 가서 아이와 작별 인사를 나누었다. 세라는 아빠 무릎에 앉아 작은 손으로 외투 옷깃을 붙잡고는 아빠의 얼굴을 오래오래 응시했다.

"아빠를 마음에 새기는 거야, 우리 세라?" 아빠가 아이의 머리를 쓰다듬으면서 물었다.

"아니요." 아이가 대답했다. "이미 새겨져 있는걸요. 제 마음속 깊이." 아빠와 아이는 서로를 꼭 끌어안고는 절대 놓아주지 않겠다는 듯이 입을 맞추었다.

세라는 거실 바닥에 턱을 괴고 앉아, 마차가 정문에서 멀어져 광장 모퉁이를 지나 사라질 때까지 쳐다보았다. 아이 곁에 앉은 에밀리도 마차 뒤를 눈으로 좇았다. 민친 교장은 여동생인 어밀리아 선생을 보내 아이 상태가 어떤지 확인하게 했지만, 방 앞에 온 어밀리아는 문을 열 수 없었다.

"문을 잠갔어요." 방 안에서 공손하면서도 기이한 목소리가 들려왔다. "괜찮다면 혼자 있고 싶어요."

어밀리아 선생은 땅딸막하고 뚱뚱한 여자로, 언니를 무서워했다. 언니보다는 심성이 고왔지만, 민친 교장의 뜻을 거역하는 법이 없었다. 아래층으로 내려가는 어밀리아의 얼굴이 거의 겁에 질린 듯했다.

"언니, 저렇게 별나고 조숙한 아이가 또 있을까." 어밀리아가 말했다. "문을 잠그고는 숨소리도 안 내던데."

"다른 애들처럼 발을 구르고 비명을 지르는 것보단 낫잖아." 민친 교장이 대꾸했다. "공주처럼 자란 아이라서 학교를

29

다 뒤집어놓을 줄 알았더니. 원하는 건 다 하면서 자란 아이 아니니?"

"아이 가방을 열어 물건을 꺼냈는데 말이야." 어밀리아 선생이 말을 받았다. "생전 그런 건 처음 봐. 흑담비와 흰족제비 털이 달린 외투에 진짜 발랑시엔 레이스(꽃무늬 등을 손으로 짠 고급 레이스로, 주요 생산지인 프랑스 발랑시엔에서 이름이 유래했다 -옮긴이)가 너풀거리는 속옷까지 있더라고. 언니도 봤지? 어떻게 생각해?"

"진짜 웃기는 일이지." 민친 교장이 날이 선 목소리로 대꾸했다. "하지만 주일날 교회 가는 길에 아이들의 맨 앞에 세우면 보기에는 근사할 거야. 작은 공주처럼 없는 게 없는 아이잖아."

크루 대위가 연신 뒤돌아보면서 도저히 멈출 수 없다는 듯 팔을 흔들고 손 키스를 보내는 동안, 문을 잠근 위층 방에서 세라와 에밀리는 바닥에 앉아 마차가 사라져가는 길모퉁이를 오래도록 바라보았다.

프랑스어 수업

이튿날, 세라가 교실에 들어가자 모든 학생이 호기심 가득한 눈을 동그랗게 뜨고 세라를 쳐다보았다. 그때쯤에는 누구나―스스로 다 컸다고 생각하는, 열세 살 생일을 앞둔 라비니아 허버트부터 학교의 막내인 네 살배기 로티 레에 이르기까지―세라에 대한 이런저런 이야기를 들은 뒤였다. 민친 교장이 세라를 전시용 학생으로 낙점했으며 학교의 자랑거리로 삼으리라는 걸 다들 알았다. 전날 밤 세라의 프랑스인 하녀 마리에트가 도착하는 모습을 본 학생도 두엇 있었다. 세라의 방문이 열렸을 때, 라비니아는 마침 그 앞을 지나가면서 마리에트가 밤늦게 도착한 뱃짐 하나를 푸는 걸 엿보았다.

"레이스 장식이 치렁치렁한 페티코트가 가득했어. 레이스가 겹겹으로 있는 페티코트 말이야." 라비니아가 지리 책 위로 상반신을 숙이고 친구 제시에게 소곤거렸다. "하녀가 페티코트를 꺼내서 터는 걸 봤어. 민친 교장이 어밀리아한테 하는 소리를 들었는데, 아이가 입기엔 옷이 웃길 정도로 화려하대. 우리 엄마가 그러는데, 애들 옷은 수수해야 한대. 지금도 페티코트 입었을걸. 아까 의자에 앉을 때 봤어."

"실크 스타킹도 신었어!" 이번엔 제시가 지리 책 위로 허리를 굽히면서 속삭였다. "발 좀 봐! 저렇게 작은 발은 처음 봐."

"흥." 라비니아가 퉁명스레 되쏘았다. "슬리퍼 때문에 그래 보이는 거야. 우리 엄마가 그러는데, 솜씨 좋은 구두장이를 만나면 큰 발도 작아 보이게 할 수 있대. 얼굴도 하나도 안 예쁜걸. 눈 색깔은 또 저게 뭐니?"

"여느 예쁜 애들처럼 예쁘지는 않지." 제시가 교실 저편을 힐끔거리며 대꾸했다. "그래도 자꾸 돌아보게 만드는 얼굴이잖아. 속눈썹도 엄청 기다랗고. 눈동자 색은 초록에 가까워."

세라는 조용히 자리에 앉아 선생의 지시를 기다렸다. 민친 교장의 책상에서 멀지 않은 자리였다. 무수한 눈동자가 자신을 지켜보았지만 아이는 조금도 당황하지 않았다. 오히려 호기심이 동하는지 쳐다보는 친구들을 조용히 마주 보았다. 다른 아이들은 무슨 생각을 하는지, 민친 교장을 좋아하는지, 수업은 재미있는지, 자기 아빠 같은 아빠를 가진 아이가 있는지 세라는 궁금했다. 그날 아침 세라는 에밀리와 오랫동안 아빠 이야기를 나누었다.

"에밀리, 아빠는 지금 항해 중이야." 세라가 말했다. "우리 좋은 친구가 되어서 얘기 많이 나누자. 에밀리, 나 좀 봐. 넌 세상에서 제일 예쁜 눈을 가졌구나. 네가 말을 할 수 있으면 얼마나 좋을까."

세라는 원래 상상력이 풍부해 엉뚱한 생각을 즐기는 아이인지라, 에밀리가 진짜 사람이어서 자기 말을 알아듣는다고 상상하는 것만으로도 기분이 좋아지곤 했다. 마리에트가 아이에게 짙푸른 수업용 원피스를 입히고 같은 색 끈으로 머리를 묶어주자, 아이는 의자에 앉은 에밀리에게 걸어가 책 한 권을 쥐어주었다.

"내가 아래층 교실에서 공부하는 동안 이 책을 읽어." 아이가 말했다. 마리에트가 흥미롭다는 듯 처다보자, 아이는 작은 얼굴에 사뭇 진지한 표정을 지으며 마리에트에게 설명했다.

"난 인형들이 우리 몰래 많은 일을 한다고 믿거든요. 에밀리는 읽고 말하고 걸을 줄도 알지만, 방에 아무도 없을 때만 그러는 거예요. 에밀리가 가진 비밀이에요. 마리에트도 짐작하겠지만, 인형들에게 그런 능력이 있다고 알려지면 사람들이 일을 시키지 않겠어요? 그래서 인형들은 그걸 비밀로 하자고 서로 약속한 거예요. 마리에트가 방에 있으면 에밀리는 꼼짝없이 저 의자에 앉아 앞만 바라보겠지만, 마리에트가 나가면 책도 읽고 방 안도 돌아다니고, 또 창밖을 내다보기도 할 거예요. 그러다

33

가 발소리가 들리면 후다닥 의자로 달려가 앉아서는 내내 거기 있었던 것처럼 시치미를 뚝 떼는 거죠."

"콤 엘 레 드롤(Comme elle est drôle, 깜찍하기도 해라)!" 마리에트가 나직이 혼잣말을 했다. 얼마 후 마리에트는 아래층으로 내려가 수석 하녀에게 조금 전 일을 들려주었다. 하지만 마리에트는 영특함이 잔뜩 묻어나는 아이의 작은 얼굴과 흠잡을 데 없는 행동거지에 이미 마음을 빼앗긴 뒤였다. 전에 돌보던 아이들 중에는 버릇없는 아이들이 숱했다. 세라는 어린아이임에도 행동이 세련되었으며, 귀에 쏙 감기는 "부탁드려요, 마리에트", "고마워요, 마리에트" 같은 말을 할 줄 아는 배려심 깊고 상냥한 아이였다. 마리에트는 아이가 마치 귀부인에게 고마워하듯 자신에게 고마워한다고 자랑했다.

"엘 라 레르 뒨 프랑세스, 세트 프티트(Elle a l'air d'une princesse, cette petite, 하는 행동이 꼭 작은 공주 같아요)." 마리에트가 말했다. 마리에트는 새로 돌보게 된 작은 꼬마가 퍽 마음에 들어 여기에 오길 잘했다고 생각하던 참이었다.

세라가 자리에 앉아 친구들의 시선을 한 몸에 받은 지 몇 분이 지나자, 이윽고 민친 교장이 위엄있게 책상을 두드렸다.

"숙녀 여러분." 교장이 입을 뗐다. "새 친구를 소개하겠어요." 어린 학생들이 자리에서 일어나자 세라도 따라 일어났다. "여러분 모두 세라 크루에게 친절하게 대해주면 좋겠어요. 아주 멀고 먼 곳, 인도에서 온 지 얼마 안 된 친구예요. 수업이 끝나는 대로 서로 인사하도록 해요."

세라는 짐짓 격식을 갖춰 인사하는 학생들을 향해 살짝 허리를 굽혀 답례했다. 그러고 나서 다른 학생들도 세라도 모두 자리에 앉아 아까처럼 서로를 쳐다보았다.

"세라." 민친 교장이 으레 교실에서 쓰는 말투로 불렀다. "이리 나오세요."

교장은 책상에서 책 한 권을 꺼내 책장을 넘겼다. 세라가 공손하게 교장 앞으로 나갔다.

교장이 말을 꺼냈다. "세라 아버님이 프랑스인 하녀를 고용하신 걸 보니, 세라에게 특별히 프랑스어를 가르치고 싶으신 모양이에요."

세라는 적잖이 당혹스러웠다. "아빠가 마리에트를 고용하신 건 제가 마리에트를 좋아하리라 생각하셨기 때문이에요."

민친 교장 얼굴에 아니꼬운 듯한 미소가 떠올랐다. "지금껏 응석받이로 자랐으니 세라가 좋아해서 모든 일이 일어난다고 생각하는군요. 내가 보기엔, 세라에게 프랑스어를 가르치라는 게 아버님의 뜻인 것 같은데."

세라가 좀 더 나이가 많았다면, 혹은 예의 바르게 행동해야 한다는 생각에서 조금만 자유로웠다면, 몇 마디로 자신의 상황을 설명했을 것이다. 하지만 세라는 얼굴이 후끈 달아오르는 것을 느꼈다. 민친 교장은 워낙 엄하고 위압적인 데다 아이가 프랑스어의 '프'자도 모른다고 너무도 확신하는 터라, 세라에게는 교장의 말을 바로잡는 게 무례하게 느껴질 정도였다. 사실 세라는 프랑스어를 모르고 지낸 적이 한순간도 없었다. 세라가 아기였을 적부터 아빠는 세라에게 프랑스어로 말을 건네곤 했다. 엄마는 프랑스인이었고 크루 대위는 아내의 언어를 사랑했기 때문에 세라는 프랑스어 속에서 자랐고, 그만큼 그 언어에 익숙했다.

"제 말은, 그러니까 프랑스어를 제대로 공부한 적은 없지만, 그렇지만……." 세라는 수줍게 상황을 설명하려 애쓰면서 말문을 열었다.

프랑스어를 한마디도 할 줄 모른다는 것이 민친 교장의 말 못할 고민 가운데 하나였으니, 교장은 어떻게든 그 뼈아픈 사실을 숨기고 싶어했다. 그런 까닭에 교장은 세라가 프랑스어를 배워야 할지 말아야 할지 왈가왈부하면서 어린 전학생의 악의 없는 질문에 자기 자신을 노출시킬 마음이 조금도 없었다.

"됐어요." 교장이 부드럽지만 단호하게 잘라 말했다. "프랑스어를 배우지 않았다면 지금부터 시작하면 돼요. 뒤파르주 프랑스어 선생님이 곧 오실 거예요. 선생님이 오실 때까지 이 책을 보도록 해요."

세라는 얼굴이 빨개졌다. 아이는 자리로 돌아가 앉아 책을 펼쳤다. 첫 장을 읽는 아이의 얼굴이 사뭇 진지했다. 아이는 웃으면 무례해 보인다는 걸 알았기 때문에, 예의에 어긋나게 행동하지 않으려고 마음을 다잡았다. 그럼에도 '르 페르le père'는 '아버지', '라 메르la mère'는 '어머니'를 뜻한다고 적힌 책을 보자니 어색하지 않을 수 없었다.

민친 교장은 힐끗 돌아보며 아이의 기색을 살폈다.

"화가 났나 보군요, 세라." 교장이 말했다. "프랑스어를 배우고 싶어하지 않는다니 유감이에요."

세라는 다시 상황을 설명해야겠다고 생각하면서 대답했다. "프랑스어를 배우는 건 좋아하지만, 그렇지만……."

"선생님 말에 '그렇지만'이라고 대답하면 못써요." 민친 교장이 말허리를 잘랐다. "책 보세요."

그래서 세라는 책을 보았고, '르 피스le fils'가 '아들', '르 프레르le frère'가 '형제'를 뜻한다는 내용을 보면서도 웃지 않았다.

아이는 생각했다. '뒤파르주 선생님이 오시면, 잘 설명할 수 있을 거야.'

얼마 지나지 않아 뒤파르주 선생이 교실로 들어왔다. 뒤파르주 선생은 푸근한 인상에 지적으로 보이는 중년의 프랑스인으로, 공손하게 앉아 작은 단어집을 골똘히 들여다보는 세라를 흥미로운 표정으로 바라보았다.

"이 학생이 제가 가르칠 새로운 학생인가요, 마담?" 뒤파르주 선생이 민친 교장에게 물었다. "내게 행운이 되었으면 좋겠군요."

"아이 아버지, 그러니까 크루 대위는 아이가 프랑스어를 배우길 간절히 바라고 있어요. 그런데 아쉽게도 저 아이는 프랑스어에 대한 터무니없는 편견을 가진 모양이에요. 배우고 싶은 마음이 없는 눈치예요." 민친 교장이 대답했다.

"안타깝군요, 마드무아젤." 뒤파르주 선생이 세라에게 다정하게 말했다. "선생님하고 함께 공부하면 프랑스어가 얼마나 매력적인 언어인지 알게 될 거예요."

어린 세라는 자리에서 일어났다. 망신스러운 일을 당했을 때처럼 절망감이 엄습했다. 뒤파르주 선생을 올려다보는 커다란 녹회색 눈에는 진심으로 호소하는 빛이 역력했다. 아이는 자기가 말하면 선생이 바로 이해할 것임을 알았다. 그래서 아름답고 유창한 프랑스어로 상황을 간략히 설명하기 시작했다. 교장 선생님이 이해를 못했다, 프랑스어를 책으로 배운 건 아니지만 아빠와 주위 사람들이 늘 자신에게 프랑스어로 말했다, 그래서 영어를 읽고 쓰듯 프랑스어를 읽고 쓸 줄 안다, 아빠는 프랑스어를 사랑하고 그래서 자기도 프랑스어를 사랑한다, 엄마는 자기가 태어날 때 돌아가셨지만 프랑스 사람이었다, 선생님이 가르쳐주시는 건 무엇이든 즐겁게 배우겠다, 그런데 이 책 — 그러면서 작은 단어집을 내밀어 보였다 — 에 실린 단어는 이미 다 아는 것들이라고 교장 선생님에게 설명하려 했다는 등의 이야기를 했다.

민친 교장은 아이가 말을 꺼내자마자 깜짝 놀라더니 말을 다 끝마칠 때까지 안경 너머로 분노에 찬 시선을 던졌다. 뒤파르주 선생의 얼굴에 미소가 떠올랐다. 몹시 즐거운 눈치였다. 자신의 모국어를 이렇게 명쾌하고 매력적으로 말하는 어린아이의 아름다운 목소리를 듣고 있자니, 마치 고국에 온 듯한 기분이었다. 어두컴컴하고 안개 낀 런던에서 보내는 나날은 때로 고국이 몇 행성은 떨어진 것처럼 느끼게 했다. 아이가 말을 마치자 뒤파르주 선생은 애정 어린 눈길을 보내며 단어집을 받아 갔다. 그런 다음 민친 교장에게 말을 건넸다.

"아, 마담, 아이에게 가르칠 게 별로 없어 보이는군요. 이 아이는 프랑스어를 배우지 않았어요. 그냥 프랑스 사람이니까요. 억양이 참으로 아름답습니다."

"설명을 했어야지요." 체면이 깎인 민친 교장은 세라를 돌아보며 쏘아붙였다.

"그러려고, 설명해드리려고 했어요." 세라가 대답했다. "다만 제대로 시작을 못 했을 뿐이에요."

민친 교장은 아이가 설명하려고 했으나 끝내 설명하지 못한 게 아이 잘못이 아니라는 걸 알았다. 학생들이 귀를 쫑긋 세우고 있고, 라비니아와 제시가 프랑스 문법 책 뒤에서 킥킥대는 걸 보자, 교장은 분노가 치밀어 올랐다.

"조용히 하세요, 모두!" 교장은 책상을 두드리며 엄하게 소리쳤다. "다들 조용!"

바로 그때부터 교장은 자신의 전시용 학생을 미워하기 시작했다.

어먼가드

수업 첫날 아침, 민친 교장 옆에 앉아 모든 학생의 시선을 온몸
으로 느끼던 세라는 또래 아이가 생기 없는 연푸른색 눈을 올
려 뜨고 자신을 뚫어지게 쳐다보는 것을 발견했다. 뚱뚱한 데
다 영특함이라곤 조금도 없어 보이는 듯한 아이였지만, 삐죽
내민 입술은 순해 보였다. 꼼꼼하게 땋아 내린 옅은 금빛 머리
칼을 리본으로 묶었는데, 책상에 팔꿈치를 괸 채 전학생에게
감탄 어린 눈길을 보내는 동안 땋은 머리를 목 주위로 잡아당
겨 리본 끝을 잘근잘근 씹어대고 있었다. 뒤파르주 선생이 세
라에게 말을 건네자, 그 순간 아이의 얼굴에 겁먹은 표정이 떠
올랐다. 잠시 뒤 세라가 앞으로 걸어나가 진심을 다해 호소하
는 눈빛으로 선생을 올려다보며 느닷없이 프랑스어로 대답하
자, 뚱뚱하고 작은 여자아이는 소스라치게 놀라며 부러움으로
얼굴까지 빨개졌다. '라 메르'는 '어머니', '르 페르'는 '아버지'

라는 뜻이라는 걸 외우기 위해 애쓰며 몇 주 동안 절망스런 눈물을 흘린 뒤였기에—영어는 꽤 능숙하면서—자기 또래가 이런 단어들에 익숙해 보이는 데다 다른 단어도 숱하게 알고, 더 나아가 대수롭지 않다는 듯 동사까지 섞어 문장을 술술 말하는 모습을 보니 그저 경이로울 따름이었다.

아이가 전학생을 하도 뚫어져라 쳐다보며 리본을 질겅질겅 씹어대는 통에 그만 민친 교장의 눈에 띄고 말았다. 그즈음 교장은 부아가 치밀 대로 치민 상태라 벼락 같은 불호령이 떨어졌다.

"세인트 존 양!" 교장이 매섭게 아이를 불렀다. "그게 무슨 행동이지요? 책상에서 팔꿈치를 떼세요! 입에 물고 있는 리본도 뱉고! 똑바로 앉아요!"

교장의 호통에 세인트 존 양은 화들짝 놀랐고, 라비니아와 제시가 킥킥거리는 소리에 얼굴은 한층 더 빨개졌다. 어찌나 새빨갛던지 생기 없는 불쌍한 눈에 금방이라도 눈물이 차오를 것처럼 보였다. 그 모습을 본 세라는 마음이 아픈 나머지 그 아이가 좋아지고 친구가 되고 싶어졌다. 누군가 곤란해지거나 불행해졌을 때 그 상황에 기꺼이 개입하려는 아이가 세라였다.

아빠는 입버릇처럼 말하곤 했다. "세라가 몇백 년 전에 남자로 태어났더라면 칼을 차고 온 나라를 돌아다니면서 고통에 신음하는 백성을 구하고 보호했을 거야. 곤경에 빠진 사람을 보면 언제나 맞서 싸우려고 하니 말이야."

그리하여 세라는 뚱뚱하고 둔한 세인트 존 양에게 마음이 갔고, 그날 아침 내내 아이를 힐끔힐끔 쳐다보았다. 세라가 보기에 아이는 공부를 어려워했고, 전시용 학생으로 떠받들어져 안하무인으로 굴 가능성은 전혀 없어 보였다. 아이의 프랑스어 실력은 안쓰러울 정도였다. 아이의 발음을 듣고 뒤파르주 선생은 저도 모르게 웃었고, 라비니아와 제시 같은 행운아들은 킥킥대거나 기막히다는 듯 경멸에 찬 시선을 보냈다. 하지만 세라는 웃지 않았다. 세인트 존 양이 '르 봉 팽le bon pain'을 '리 봉 팡lee bong pang'으로 읽을 때는 마치 그 소리를 듣지 않았다는 듯 행동했다. 뜨겁고 올곧은 성품을 가진 세라는 뒷전에서 킥킥거리는 소리에 바보같이 괴로워하는 저 불쌍한 아이의 얼굴을 보는 것이 야만스럽게 느껴졌다.

"전혀 웃기지 않아." 세라는 책 위로 몸을 굽히면서 입을 앙다물고 중얼거렸다. "웃으면 안 되는 일이야."

수업이 끝나고 학생들이 삼삼오오 모여 이야기를 나눌 때 세라는 세인트 존 양을 찾아 교실을 둘러보았다. 시무룩한 표정으로 창턱에 쪼그리고 앉은 아이를 발견하고는 그쪽으로 걸어가 말을 붙였다. 어린 여자아이들이 친해지고 싶을 때 으레 하는 말을 건넨 것뿐인데도 세라의 말에는 어딘가 다정함과 따뜻함이 묻어났고, 모든 사람이 그렇게 느꼈다.

"이름이 뭐니?" 세라가 물었다.

이 질문에 세인트 존 양이 얼마나 놀랐는지 설명하려면, 전학생이란 얼마 동안은 미지의 존재라는 사실을 떠올려야 한다. 게다가 이번에 새로 전학 온 학생에 대해선, 지난밤 너나없이 모두 흥분에 싸여 제풀에 지쳐 잠들 때까지 온갖 상반되는 이야기를 늘어놓은 터였다. 마차와 조랑말에 하녀를 동반하고 인도에서부터 먼 길을 왔다는, 신기한 이야깃거리가 넘쳐나는 이 전학생은 평범한 존재가 아니었다.

"어먼가드 세인트 존이야." 아이가 대답했다.

"난 세라 크루야." 세라가 아이의 말을 받았다. "이름이 예쁘구나. 동화책에 나오는 이름 같아."

"내 이름이 예쁘다고?" 어먼가드가 더듬거렸다. "네 이름, 네 이름도 예뻐."

세인트 존 양의 삶에서 가장 큰 문제는 똑똑한 아버지를 두었다는 것이었다. 이 사실은 때로 아이에게 끔찍한 불행으로 다가왔다. 모르는 게 없고 일고여덟 언어를 구사할 줄 아는, 책수천 권을 외우다시피 하는 아빠라면, 자기 아이가 적어도 교과서 내용은 제대로 익히기를 기대할 것이다. 그런 아빠가 아이에게 몇몇 역사적 사실을 기억하고 프랑스어 연습 문장을 쓸 줄 알아야 한다고 말하는 일은 충분히 있음 직하다. 한마디로 어먼가드는 세인트 존 씨에게 혹독한 시련이었다. 그는 어떻게 자기 아이가 이토록 명백하게 멍청할 수 있는지, 어떻게 잘하는 분야가 단 하나도 없는지 도저히 납득할 수 없었다.

"맙소사!" 세인트 존 씨가 딸을 쳐다보면서 이렇게 말한 게 한두 번이 아니었다. "저럴 때 보면 꼭 엘리자 고모처럼 멍청하다니까."

엘리자 고모가 배우는 것에는 굼뜨고 까먹는 일에는 잽싸다면, 어먼가드는 고모를 닮은 게 틀림없었다. 어먼가드는 학교에서 가장 공부를 못하는 아이였고, 그것은 부인할 수 없는 사실이었다.

"어떻게든 저 아이가 공부하도록 해주십시오." 어먼가드의 아빠는 민친 교장에게 당부했다.

그래서 어먼가드는 많은 시간을 치욕과 눈물 속에서 보내야 했다. 아이는 배우고 나면 곧 잊어버렸다. 설령 외웠다 하더라도 무슨 말인지 이해하지 못했다. 아이가 세라와 첫인사를 나눈 뒤 창턱에 앉아 순전히 감탄스런 눈길을 보낸 것은 어찌 보면 당연했다.

"너 프랑스 말 잘하지, 그렇지?" 어먼가드가 존경스럽다는 듯이 말했다. 세라는 널찍한 창턱으로 올라가 무릎깍지를 끼고 앉았다.

"늘 들어서 잘하는 거야." 세라가 대답했다. "너도 나처럼 늘 들었다면 잘했을 거야."

"아, 아니야, 난 못해." 어먼가드가 말했다. "난 절대 못할 거야!"

"왜?" 세라가 이상하다는 듯 물었다.

어먼가드가 고개를 내젓자 땋은 머리칼이 흔들렸다.

"내가 말하는 거 들었잖아." 어먼가드가 대답했다. "늘 그랬어. 단어 하나 제대로 못 읽는데. 단어들이 너무 이상해."

어먼가드는 잠시 말을 끊었다가 경이에 찬 목소리로 덧붙였다.

"넌 똑똑하지, 그렇지?"

세라는 창밖 너머 칙칙한 광장을 내다보았다. 참새들이 물기에 젖은 철책과 검댕이 앉은 나뭇가지 위를 찍찍거리며 뛰어다녔다. 세라는 잠시 생각에 잠겼다. '똑똑하다'는 소리를 숱하게 들었지만 자신이 진짜 똑똑한지, 그렇다면 어떻게 해서 그리되었는지 생각했다.

"잘 모르겠어." 세라가 대답했다. "정말이야." 동그랗고 통통한 친구의 얼굴에 슬픈 표정이 깃들자 작게 웃으며 말머리를 돌렸다.

"에밀리 보고 싶지 않니?" 세라가 물었다.

"에밀리가 누구야?" 민친 교장이 그랬듯이 어먼가드도 물었다.

"내 방에 가면 볼 수 있어." 세라가 친구의 손을 잡으면서 말했다.

둘은 창턱에서 같이 뛰어내려 위층으로 올라갔다.

"정말이야?" 어먼가드가 복도를 지나면서 속삭였다. "너 혼자 쓰는 놀이방이 있다는 게?"

"응." 세라가 대답했다. "아빠가 민친 교장 선생님께 부탁했어. 왜냐하면, 음, 난 놀 때 이야기를 지어내서 혼잣말을 하거든. 그때 다른 사람은 들으면 안 돼. 사람들이 듣는 걸 알면 이야기가 엉망이 돼."

세라의 방으로 이어지는 복도에 이르렀을 즈음에 이 말을 들은 어먼가드가 우뚝 멈춰 서더니 가쁜 숨을 몰아쉬면서 세라를 돌아보았다.

"이야기를 지어낸다고!" 어먼가드가 숨찬 목소리로 되물었다. "정말로 이야기를 지어낼 수 있어? 프랑스 말만 하는 게 아니라? 정말?"

세라는 놀라서 친구의 얼굴을 쳐다보았다.

"이야긴 누구나 지어낼 수 있는걸." 세라가 대꾸했다. "넌 한번도 안 해봤니?"

그러고는 조심하라는 듯이 어먼가드의 손에 자신의 손을 포갰다.

"방까지 살금살금 가야 해." 세라가 소곤거렸다. "내가 문을 벌컥 열어젖히면 에밀리를 딱 잡을 수도 있을 거야."

세라는 반쯤 웃고 있었는데, 눈에는 어먼가드를 매료시키는 신비로운 희망의 기운이 서려 있는 듯했다. 그럼에도 어먼가드는 이게 무슨 상황인지, 세라가 '딱 잡으려는' 게 무엇인지, 왜 그러고 싶어하는지 조금도 감이 오지 않았다. 무슨 일이든 무척 신이 나리라는 데는 의심할 여지가 없었다. 그래서 기대에 잔뜩 부푼 채 친구를 따라 발끝으로 복도를 걸어갔다. 두 아이는 숨소리 한번 크게 내지 않고 방 앞에 이르렀다. 갑자기 세라가 손잡이를 돌려 방문을 벌컥 열어젖혔다. 문이 열리자 깔끔하게 정리된 조용한 실내가 보였다. 벽난로에서는 부드러운 불꽃이 너울대며 타올랐고, 그 옆 의자에는 예쁜 인형이 언뜻 보기에 책을 읽는 듯 앉아 있었다.

"아, 우리가 보기 전에 자기 자리로 되돌아갔구나!" 세라가 안타깝게 소리쳤다. "하기야 늘 그런걸. 원래 번개처럼 빠르거든."

어먼가드는 친구와 인형을 번갈아 보았다.

"쟤가…… 걸을 수 있어?" 어먼가드가 숨이 막힌 듯 물었다.

"그럼." 세라가 대답했다. "적어도 난 그렇게 믿어. 아니, 적어도 그렇게 믿는 체하는 거야. 그러면 진짜처럼 느껴지거든. 넌 그렇게 해본 적 없니?"

"응, 없어." 어먼가드가 대답했다. "한번도. 난…… 인형 얘기 좀 들려줘."

어먼가드는 새로 사귄 별난 친구에게 홀린 나머지 지금까지 본 어떤 인형보다 매력적인 에밀리 대신 세라에게서 눈을 뗄 줄 몰랐다.

"우리 앉아서 얘기하자." 세라가 말했다. "엄청 쉬워서 너도 시작하면 그만둘 수 없을걸. 계속 그렇게 하면 되거든. 얼마나 멋진데. 에밀리, 너도 들어봐. 얘는 어먼가드 세인트 존이야. 어먼가드, 이쪽은 에밀리. 한번 안아볼래?"

"아, 그래도 돼?" 어먼가드가 말했다. "정말 안아도 돼? 진짜 예쁘다!" 그러면서 에밀리를 품에 안았다.

짧은 생애 동안 따분하게만 지내온 세인트 존 양은 점심종이 울려 아래층으로 내려갈 때까지 별난 새 친구와 그런 시간을 보낼 줄은 꿈에도 상상하지 못했다.

세라는 벽난로 앞 양탄자에 앉아 신기한 이야기를 들려주었다. 옹크리고 앉은 세라의 초록색 눈은 생기로 가득해 반짝였고 뺨은 발갛게 달아올랐다. 항해며 인도에 관한 이야기도 흥미로웠지만, 어먼가드를 온통 사로잡은 것은 인형이 걷고 말하는 것은 물론이고 방에 아무도 없을 땐 무엇이든 마음대로 하다가 이런 능력을 들킬세라 인기척이 나면 '번개처럼' 제자리로 되돌아간다는 세라의 상상 속 이야기였다.

"우린 못하는 일이야." 세라가 진지한 얼굴로 말했다. "그건 마법이거든."

에밀리를 찾아 나선 이야기로 넘어간 순간, 어먼가드는 친구의 얼굴빛이 별안간 달라졌다고 느꼈다. 먹구름이 얼굴을 스쳐 지나가는가 싶더니 반짝이는 눈에서 불꽃이 꺼졌다. 세라는 기이하고도 슬픈 소리가 날 만큼 숨을 크게 들이마시고는, 마치 무슨 일을 할지 말지 결심한 사람처럼 입을 앙다물었다. 어먼가드는 세라가 여느 아이 같았다면 갑자기 흐느껴 울었을 거라고 생각했다. 하지만 세라는 울지 않았다.

"어, 어디 아프니?" 어먼가드가 조심스레 물었다.

"응." 세라는 잠시 침묵을 지킨 뒤 대답했다. "하지만 몸이 아픈 게 아니야." 떨리는 목소리를 진정시키려 애쓰며 나직이 덧붙였다. "너도 세상에서 아빠를 가장 사랑하니?"

어먼가드의 입이 살짝 벌어졌다. 아빠를 사랑할 수 있다는 생각은 단 한 번도 머리에 떠오른 적 없고, 아빠와 10분 동안 단둘이 있는 상황을 피할 수만 있다면 무엇이든 하겠다고 고백하는 것이, 교양 있는 사립 학교 학생이 지닐 태도가 아니라는 건 아이도 잘 알았다. 아이는 무척 당황스러웠다.

"아, 아빠를 거의 못 봐." 어먼가드가 말을 더듬었다. "아빤 늘 뭔가를 읽으면서 서재에 계시거든."

"난 이 세상을 합친 것보다 열 배는 더 우리 아빠를 사랑해." 세라가 말했다. "그래서 마음이 아픈 거야. 아빠가 멀리 갔거든."

그러고는 옹크린 작은 무릎에 얼굴을 말없이 올려놓고 한참 동안 가만히 앉아 있었다.

'이제 큰 소리로 울겠지.' 어먼가드는 걱정스러워하며 생각했다.

하지만 세라는 울지 않았다. 짧고 검은 머리칼이 귓가로 쏟아져 내릴 뿐 고요했다. 그렇게 고개를 숙인 채 말했다.

"잘 참기로 아빠랑 약속했거든. 꼭 그렇게 할 거야. 누구나 참고 견뎌야 해. 군인들을 생각해봐! 우리 아빠도 군인이야. 전쟁이 나면 아빠는 긴 행군도 목마름도 깊은 상처도 참아야 해. 그러면서 아프다는 말도 안 해. 단 한 마디도."

어먼가드는 그저 세라를 바라볼 뿐이었지만, 이 아이가 참좋다는 건 느낄 수 있었다. 세라는 너무 멋졌고 다른 아이들과 너무도 달랐다.

얼마 지나지 않아 세라는 고개를 들고 검은 머리를 흔들어넘기면서 묘한 미소를 지었다.

세라가 입을 뗐다. "너한테 계속 말하면, 그러니까 상상 놀이에 대해 말하고 또 말하면 훨씬 잘 견딜 수 있을 것 같아. 잊지는 못해도 견디는 건 더 잘할 수 있어."

어먼가드는 까닭을 알 수 없었지만, 어떤 덩어리가 목울대로 울컥 치밀어 오르고 눈시울이 뜨거워지는 걸 느꼈다.

"라비니아와 제시는 '단짝'이야." 어먼가드가 약간 쉰 듯한

목소리로 말했다. "우리도 '단짝'이 됐으면 좋겠어. 내 단짝이
되어줄래? 넌 똑똑하고 난 학교에서 제일 멍청하지만, 아, 네가
정말 좋아!"

　　"나도 그러면 좋겠어." 세라가 대답했다. "날 좋아하는 사
람이 있다니 고마운 일이야. 응, 그렇게 해. 우리 친구가 되자.
아, 좋은 생각이 있어." 순간 세라의 얼굴이 환해졌다. "내가 프
랑스어 공부를 도와줄게."

로티

세라가 다른 아이였다면 민친 기숙 학교에서 보낸 2년은 백해 무익했을 것이다. 아이는 학교에서 평범한 학생이라기보다는 거의 귀빈 대접을 받았다. 아집이 세고 오만한 아이였다면 이렇게 사치와 아첨이 넘치는 공간에서 지내다가 결국 상종도 못할 만큼 불쾌한 존재가 되었을 것이다. 또한 게으른 아이였다면 아무것도 배우지 못했으리라. 민친 교장은 속으로 아이를 미워했지만, 계산속이 빠른 여자라 이런 복덩이에게 학교를 떠나고 싶은 마음이 들게 할 만한 말이나 행동을 할 리가 없었다. 세라가 아빠에게 학교생활이 불편하다느니 불행하다느니 하는 편지를 써서 보내면 크루 대위가 당장 아이를 학교에서 빼가리라는 사실을 교장은 잘 알고 있었다. 아이에게 끊임없이 칭찬 세례를 퍼붓고 원하는 걸 모두 하게 해주면, 그런 대접을 받는 곳을 틀림없이 좋아할 거라고 민친 교장은 생각했다. 따라서 세라는 수업 내용을 빨리 익힌다고, 예의가 바르다고, 친구들에게 친절하다고, 돈이 가득 들어 있는 작은 지갑에서 너그럽게도 6펜스 은화 한 닢을 거지에게 내어주었다고 칭찬을 들었다. 세라가 한 대수롭지 않은 행동 하나하나가 마치 대단한 미덕인 양 포장되었다. 성향이 지금과 다르고 머리도 그렇게 영리하지 않았다면, 자기만족에 빠져 사는 아이로 컸을 터다. 그러나 영특한 작은 머리는 아이에게 자기 자신과 주변 환경에 관한 분별 있는 진실을 알려주었고, 아이는 시간이 지나면서 어먼가드에게 이따금씩 속내를 내비치곤 했다.

"많은 일이 우연하게 일어나." 세라가 언젠가 이렇게 말했다. "내게 근사한 일이 많이 생긴 것도 우연이야. 어떻게 하다 보니 난 공부와 책을 좋아하게 되었고, 배운 내용을 잘 기억하게 된 거야. 내가 잘생기고 다정하고 똑똑한 아빠한테서 태어난 것도, 원하는 모든 걸 들어주는 아빠가 있는 것도 다 우연이라고. 난 원래 착한 아이가 아닐 수도 있어. 하지만 갖고 싶은 건 다 가질 수 있고, 모든 사람이 친절하게 대해주는데, 어떻게 착한 아이가 되지 않을 수 있겠니?" 표정이 제법 진지해졌다. "나도 잘 모르겠어, 내가 진짜로 착한 아이인지, 아니면 못된 아이인지. 지금까지 힘든 일을 겪지 않아서 아는 사람이 없을 뿐, 어쩌면 난 끔찍한 아이일지도 몰라."

어먼가드가 침착하게 대꾸했다. "라비니아는 힘든 일을

겪지 않았는데도, 충분히 끔찍하잖아."

세라는 이 문제를 생각하는지 골똘한 표정으로 작은 코끝을 문질렀다.

이윽고 세라가 입을 열었다. "그건, 그건 말이지, 라비니아가 크는 중이라서 그럴 거야."

이 말은 라비니아가 하루가 다르게 자라다 보니 건강에도 성격에도 변화가 생기는 것 같다는 어밀리아 선생의 말을 우호적으로 기억해내서 하는 소리였다.

사실 라비니아는 약이 올라 있었다. 세라에게 못 견디게 샘이 났다. 세라가 전학 오기 전까지 라비니아는 자기가 이 학교의 대장이라고 생각했다. 자기를 따르지 않으면 재미없을 거라고 다른 학생들에게 각인시켰기 때문에 대장 노릇을 할 수 있었다. 라비니아는 어린 학생들에게는 군림했고, 함께 어울릴 만한 또래에게는 위세를 부렸다. 얼굴도 꽤 예쁜 편이고, 전교생이 둘씩 짝을 지어 길을 갈 때는 옷도 제일 잘 입는 학생이었다. 물론 휘늘어진 공작 깃털에 벨벳 외투와 흑담비 머프로 꾸민 세라가 민친 교장이 이끄는 줄의 맨 앞에 서기 전까지의 일이었다. 처음에는 이것만으로도 충분히 괴로웠다. 그런데 시간이 지나면서 세라가 대장이라는 사실이 명백해졌다. 그것도 무례하게 굴어서가 아니라 정반대로 행동해서였다.

"세라 크루한텐 뭔가가 있어." 한번은 제시가 솔직하게 말하는 바람에 '단짝'이 성을 낸 적이 있었다. "걔는 '잘난 척'을 요만큼도 안 하잖아. 그럴 법도 한데 말이야, 라비. 내가 걔처럼 좋은 물건이 많고 야단스럽게 칭찬을 들으면 잘난 척할 것 같은데. 그야 아주 조금이겠지만. 민친 교장이 부모님들 앞에서 걔를 치켜세우는 거 보면 토할 것 같다니까."

"우리 세라, 응접실로 와서 머스그레이브 부인께 인도 얘기 좀 들려드려야지요.'" 라비니아가 한껏 과장된 목소리로 민친 교장 흉내를 내며 말했다. "'우리 세라, 피트킨 여사께 프랑스어 좀 들려드리렴. 이 아이의 억양은 완벽하답니다.' 우리 학교에서 프랑스어를 배운 것도 아니면서. 프랑스어를 알면 다 똑똑한 거야? 걔도 자기 입으로 프랑스어를 배우지 않았다고 하잖아. 자기 아빠가 말하는 걸 늘 들어와서 그냥 하는 거라면서. 걔 아빠도 마찬가지야. 인도 장교인 게 뭐 대단한 일이라고."

"음." 제시가 천천히 말했다. "호랑이를 많이 잡았잖아. 세라 방에 있는 호랑이 가죽도 아빠가 잡은 거래. 그래서 세라가 그렇게 좋아하는 거고. 그 위에서 뒹굴고 대가리를 쓰다듬으며 고양이라도 되는 양 말까지 걸던데."

"웃긴 짓만 한다니까." 라비니아가 톡 쏘아붙였다. "우리 엄마는 개처럼 '체하는 놀이'를 하는 건 웃기대. 나중에 커서 이상한 애가 될 거라는데."

세라가 '잘난 척'하는 법이 없다는 말은 사실이었다. 천성

56

이 다정한 아이였고, 자신에게 주어진 특권과 물건을 누구와도 나누려고 했다. 무시하고 명령하는 열두어 살 된 언니들에게 익숙해진 어린 학생들은 선망의 대상인 세라 덕분에 울음을 터뜨리는 일이 없었다. 어린 엄마 같은 세라는 넘어져 무릎이 까진 아이가 보이면 제일 먼저 달려가 일으켜 세웠고, 아이의 등을 토닥이며 아이를 달랠 만한 사탕 같은 것을 주머니에서 찾아 건네곤 했다. 어린 학생을 밀치는 법도 없었고, 나이 어린 걸 창피하다든지 결점이라고 여기는 법도 없었다.

"네 살짜리는 네 살짜리로 대해줘야 해." 언젠가 라비니아가 로티를 찰싹 때리면서―이 사실을 고백하지 않을 수 없다―'망나니'라고 부르는 걸 보고는 세라가 심각한 표정을 지었다. "하지만 저 애도 내년에는 다섯 살이 되고, 2년 후에는 여섯 살이 될 거야. 그리고……" 호소력이 짙은 커다란 눈을 더 크게 뜨면서 말했다. "스무 살까지는 16년밖에 남지 않았어."

"흥!" 라비니아가 쏘아붙였다. "산수도 잘하셔!" 그러나 16에 4를 더하면 20이 된다는 건 부인할 수 없는 사실이었다. 더욱이 스무 살은 대담한 아이들도 감히 꿈꿀 수 없는 나이였다.

그래서 어린아이들은 세라를 좋아했다. 세라가 이렇게 무시당하는 어린 친구들과 자기 방에서 다과회를 연 것도 한두 번이 아니었다. 다과회엔 에밀리도 함께했고, 에밀리의 다기―달짝지근하고 연한 차를 담은 푸른 꽃무늬 찻그릇―세트도 사용되었다. 인형에게 딸린 진짜 다기 세트는 모두 처음 보았다. 그날 오후부터 세라는 알파벳을 배우는 어린 학생들에게 여신이자 여왕이었다.

로티 레가 세라를 하도 따랐으므로, 세라에게 엄마 같은 성품이 없었더라면 귀찮아했을지도 모른다. 로티의 변덕스러운 젊은 아빠는 딸을 어찌해야 좋을지 몰라 기숙 학교로 보냈다. 엄마는 젊어서 죽었고, 로티는 태어나면서부터 귀여운 인형이나 버릇없는 원숭이, 혹은 작은 강아지처럼 키워진, 한마디로 철없는 악동이었다. 원하는 게 있어도 싫어하는 게 있어도 일단 소리부터 질러대면서 울었다. 언제나 가질 수 없는 걸원하는 데다가 몸에 좋은 건 거부하는 바람에 앙칼진 비명과함께 로티의 울음소리가 집 안 곳곳에서 들려오곤 했다.

로티가 가진 가장 큰 무기는 엄마 잃은 어린아이에게는 모두가 동정과 관심을 보낸다는 사실—어떤 방법으로 알게 되었는지는 모르지만—을 알아냈다는 것이다. 엄마가 죽고 얼마지나지 않아 몇몇 어른이 자신에 대해 하는 말을 들었을지도모른다. 어쨌건 아이는 습관적으로 이 사실을 최대한 활용했다.

세라가 로티를 처음 맡게 된 것은, 어느 날 아침 응접실 앞을 지나가다가 민친 교장과 어밀리아 선생이 아무리 달랬다가 위협했다 해도 막무가내로 울어대는 소리를 들었을 때였다. 아이가 고집스레 우는 통에 민친 교장은 제 목소리가 들리도록―위엄 있고도 엄한 말투로―소리를 지르다시피 했다.

"왜 자꾸 우는 거니?" 민친 교장이 언성을 높였다.

"아, 아, 아!" 아이 목소리가 들렸다. "난 엄마가 없어, 어, 엄마아!"

"오, 로티!" 어밀리아 선생이 비명을 질렀다. "제발 뚝! 그만 좀 울어! 제발!"

"아! 아! 아!" 로티는 더 격렬하게 소리를 질렀다. "난, 엄마가, 없어, 어, 엄마아!"

"맞아야겠구나." 민친 교장이 짧게 내뱉었다. "요 못된 녀석, 회초리 맛 좀 봐야겠어!"

로티는 전보다 더 크게 울었다. 어밀리아 선생도 울음을 터뜨렸다. 민친 교장은 목소리를 벼락처럼 높였다가, 잠시 후 무력감과 분노가 교차하는 표정을 지으며 자리에서 벌떡 일어나더니, 어밀리아 선생에게 뒷일을 맡기고 발을 쾅쾅 구르며 응접실에서 나왔다.

세라는 최근에 로티와 꽤 친해졌으니 아이를 달랠 수 있겠다 싶어서 복도에 선 채 안으로 들어갈지 말지 망설였다. 민친 교장은 밖으로 나오다 세라를 보고는 짜증스런 표정을 지었다. 조금 전 자기 목소리가 기품이 있지도 상냥하지도 않았다는 것을 깨달았기 때문이다.

"아, 세라구나!" 민친 교장이 애써 고상한 미소를 지으며 말했다.

"로티가 울고 있기에 여기 서 있었어요." 세라가 설명했다. "어쩌면, 이건 어디까지나 제 생각이지만, 로티를 진정시킬 수 있을 것 같아서요. 들어가 봐도 될까요, 민친 교장 선생님?"

"재주가 있으면 해보렴, 영리한 아이니." 민친 교장이 짧게 대꾸하고 입을 꼭 다물었다. 냉랭한 기운에 세라의 얼굴이 굳어지는 걸 보고는 얼른 태도를 고치며 덧붙였다. "우리 세라가 못하는 게 없잖니." 평소의 너그러운 말투였다. "너라면 할 수 있을 거야. 어서 들어가 보렴." 교장은 뒤돌아 걸어갔다.

방에 들어가서 보니 로티는 바닥에 드러누워 괴성을 지르면서 작고 통통한 발을 거칠게 굴렀고, 어밀리아 선생은 땀이 번진 시뻘건 얼굴에 경악과 절망이 가득한 표정을 지은 채 아이를 내려다보고 있었다. 아이는 예전에 집에서 발버둥치고 비명을 지르면 자기 뜻대로 된다는 걸 터득한 터였다. 살집 좋은 가엾은 어밀리아 선생은 쩔쩔매며 이 방법 저 방법을 써보았다.

"가엾은 우리 로티! 로티한테 엄마가 없다는 거 선생님도 알아, 가엾은⋯⋯." 한번은 이렇게 말하다가 그다음엔 말투를 바꿔 말했다. "로티, 뚝 그치지 않으면 혼내줄 거야. 오, 불쌍한 우리 어린 천사! 저런! 저런! 요 사악하고 못된 미운 녀석 같으니, 엉덩이를 맞아야겠구나! 어서!"

세라는 조용히 다가갔다. 어떻게 해야 할지는 몰랐지만, 저렇게 결이 다른 말을 속수무책으로 흥분해서 떠드는 게 별 도움이 되지 않는다는 것만은 어렴풋이 알 수 있었다.

"어밀리아 선생님." 세라가 나지막이 불렀다. "저더러 달래보라고 민친 교장 선생님께서 말씀하셨는데, 제가 한번 해볼까요?"

어밀리아 선생은 몸을 돌려 절망스런 표정으로 세라를 쳐다보았다. "아, 할 수 있겠니?" 그러고 나서 짧은 한숨을 내쉬었다.

"할 수 있을지는 모르겠어요." 반은 속삭이는 목소리로 세라가 대답했다. "그래도 한번 해볼게요."

무릎을 꿇었던 어밀리아 선생이 한숨을 내쉬면서 비틀비틀 일어서자, 로티는 작고 통통한 발을 더 세게 굴렀다.

세라가 말했다. "제가 같이 있을 테니, 방에서 살짝 나가세요."

"아, 세라야!" 어밀리아 선생이 울먹이며 말했다. "이렇게 지독한 아이는 처음 본다. 얘를 학교에 계속 둘 수 있을지 모르겠구나."

어밀리아 선생은 살그머니 방 밖으로 나가면서 자리를 피할 수 있는 핑곗거리가 생겨 다행이라고 생각했다.

세라는 길길이 소리를 지르는 아이 옆에 서서 아무 말도 하지 않은 채 한동안 아이를 내려다보았다. 그런 다음 바닥에 반듯이 앉아 기다렸다. 로티의 화난 비명만 들릴 뿐 방은 조용했다. 비명을 지르면 으레 혼내고 애원하고 명령하고 어르는 소리를 번갈아 듣던 어린 로티 레는 처음 겪는 일이었다. 바닥에 드러누워 발길질하고 새된 소리를 질러대는데도 유일하게 곁에 있는 사람이 조금도 개의치 않는다는 게 아이의 관심을 끌었다. 아이는 누군지 보려고 눈물범벅이 된, 꼭 감았던 눈을 떴다. 어린아이가 혼자 있을 뿐이었다. 그것도 에밀리를 비롯한 온갖 멋진 물건을 가진 아이였다. 그 아이가 그저 생각에 잠긴 듯 물끄러미 자기를 내려다보고 있었다. 몸부림을 멈춘 몇 초 동안 상황을 파악한 로티는 다시 발버둥을 쳐야겠다고 생각했지만, 방의 정적과 묘하게 집중한 세라의 얼굴 때문에 비명은 건성으로 흘러나왔다.

"난, 엄마가, 없어, 어, 엄마아!" 아이가 다시 소리쳤지만 목소리에는 힘이 실리지 않았다.

세라는 흔들림 없는 시선으로 아이를 바라보았지만, 눈에는 이해심이 담겨 있었다.

"나도 엄마가 없어." 세라가 마침내 입을 뗐다.

전혀 예상도 못한 말이라 아이는 깜짝 놀랐다. 로티는 발길질을 멈추고 몸을 꼼틀거리더니 가만히 누워 세라를 올려다보았다. 백약이 무효일 때는 새로운 발상이 우는 아이를 그치게 하는 법이다. 게다가 로티는 성질 고약한 민친 교장이나 바보처럼 너그러운 어밀리아 선생과는 달리, 비록 만난 지 얼마 되지는 않았어도 세라를 좋아했다. 엄마 잃은 아이가 가진 슬픔을 포기하고 싶지는 않았지만, 이미 생각이 산만해진 터라 로티는 발버둥을 한 번 치고는 흐느낌이 묻어나는 부루퉁한 목소리로 물었다.

"엄마가 어디 있는데?"

세라는 잠시 가만히 있었다. 엄마가 하늘나라에 계신다는 말을 들은 후로 세라는 이 문제를 곰곰이 생각했고, 결론은 여느 사람과 사뭇 달랐다.

"하늘나라에 계셔." 세라가 대답했다. "엄마를 만나진 못하지만 가끔씩 날 보러 오셔. 네 엄마도 그러실 거야. 지금 엄마들이 우리를 보고 계실지도 몰라. 두 분 다 이 방에 있을걸."

로티는 벌떡 일어나 앉아 주위를 돌아보았다. 아이는 곱슬머리에 얼굴이 예뻤고, 동그란 눈은 꼭 물기를 머금은 물망초 같았다. 엄마가 지난 30분 동안 아이를 지켜보았다면 천사 같은 아이라는 생각은 조금도 들지 않았을 테지만.

세라는 이야기를 이어나갔다. 동화 같은 이야기로 여길 사람도 있겠지만, 로티에게는 상상력에 딱 들어맞는 이야기라 자기도 모르게 귀를 기울였다. 그전에도 엄마에게 날개와 왕관이 있다느니 하는 소리를 숱하게 듣고 흰옷을 입은 아름다운 천사 사진도 수없이 보아온 터였다. 그에 반해 세라는 진짜 사람들이 사는 아름다운 땅에 대해 이야기했다.

"드넓은 들판에 꽃이 가득 피어 있어." 상상 속에 빠져들 때면 으레 그렇듯 세라는 자기 자신도 잊은 채 꿈결처럼 말을 이어갔다. "끝없는 백합꽃 밭이야. 산들바람이 불어오면 꽃향기가 공기 가득 퍼져나가지. 바람이 늘 불기 때문에 향기는 누구나 맡을 수 있어. 어린아이들이 백합꽃 밭을 뛰어다니며 팔에 한 아름 꽃을 따 모으고는 활짝 웃으면서 작은 꽃목걸이를 만들어. 거리는 환히 빛나고 있어. 걷고 또 걸어도 지치는 사람은 아무도 없어. 원하는 곳은 어디든 날아다닐 수도 있어. 또 진주와 금으로 만들어진 벽이 도시를 에워쌌지만 야트막해서 넘어갈 수도 있고, 걸터앉아 거리를 내려다보면서 웃으며 아름다운 말을 전할 수도 있어."

다른 이야기를 했더라도 로티는 분명 울음을 그치고 귀를 기울였으리라. 하지만 이 이야기는 부인할 수 없을 만큼 유독 아름다웠다. 아이는 세라에게 바짝 다가가 앉아 이야기가 끝날 때까지—너무 빨리 끝나버렸다—단어 하나하나를 곱씹었다. 이야기가 끝나자 아이는 아쉬운 나머지 금방이라도 울 듯 입술을 삐죽 내밀었다.

"나도 거기 가고 싶어." 아이가 소리쳤다. "학교엔 엄마가 없잖아."

세라는 위험 징후를 포착하고 얼른 꿈에서 빠져나왔다. 아이의 통통한 손을 잡고 달래듯 작게 웃으며 아이를 바짝 당겨 앉혔다.

"내가 엄마가 되어줄게." 세라가 말했다. "로티는 어린 딸 놀이를 하는 거야. 에밀리는 로티 동생이고."

아이의 얼굴에 보조개가 폭 파였다.

"정말?" 아이가 소리쳤다.

"그럼." 세라가 일어나면서 대답했다. "얼른 가서 에밀리에게 얘기하자. 세수하고 머리도 빗어야지."

로티는 선선히 동의하고 빠른 걸음으로 응접실을 나와 세라와 함께 위층으로 올라갔다. 점심시간에 맞춰 세수하고 머리를 빗어야 한다는 말에 한 시간 동안 그 난리를 벌였고, 위풍당당한 권위를 빌리기 위해 민친 교장까지 호출되었다는 사실을 까마득히 잊은 얼굴이었다.

그 이후로 세라는 로티의 양엄마가 되었다.

베키

당연하게도 세라가 가진 가장 큰 힘은 이야기를 지어내고, 꼭 이야기가 아니더라도 이야기처럼 들리게 하는 능력이었다. 화려한 물건이 많다거나 '전시용 학생'으로 뽑혔다는 사실보다 이 힘으로 세라는 더 많은 추종자를 거느렸고, 라비니아를 비롯한 몇몇 학생들에게 부러움을 사는 동시에 때론 그 아이들 또한 자기도 모르게 이야기에 빠져들도록 만들었다.

학교에서 이야기꾼을 만나본 사람이라면 누구나 이 힘이 얼마나 경이로운지—아이들이 어떻게 이야기꾼을 쫓아다니면서 이야기를 더 들려달라고 나지막한 목소리로 조르는지, 혹은 인기 좋은 무리 주위로 몰려들어 끄트머리에라도 들러붙어서 이야기를 들으려고 목을 빼는지—알 것이다. 세라는 이야기를 지어낼 줄 알았을 뿐만 아니라, 이야기를 들려주는 것도 좋아했다. 둥그렇게 에워싼 무리의 한복판에 앉거나 서서 멋진 이야기를 들려줄 때면 초록색 눈은 더욱 커지면서 반짝였고, 뺨은 발그스름하게 상기된 채로 생각지도 못하는 사이에 연기까지 하면서 이야기에 빠져들었다. 그러는 가운데 목소리를 높였다 낮췄다 하고 손짓을 섞어가며 날씬한 몸피를 굽히거나 흔들기도 하면서, 이야기를 한층 아름답게 하거나 무섭게도 했다. 그럴 때면 귀를 쫑긋 세우고 이야기를 듣는 아이들이 있다는 사실을 잊곤 했다. 세라는 왕이나 여왕, 아름다운 귀부인 같은 동화 속 인물들을 만났고, 그들과 함께 살았으며, 그들이 펼치는 모험담을 들려주었다. 이야기를 끝마친 뒤에는 이따금 흥분으로 가쁜 숨을 내쉬며 고동치는 작고 날씬한 가슴에 손을 올려놓고는, 마치 자기 자신을 향하듯 반쯤은 웃는 얼굴을 보였다.

세라는 이렇게 말하곤 했다. "이야기를 하는 동안에는 지어낸 이야기처럼 느껴지지 않아. 여기 있는 너보다, 학교 교실보다 더 실제처럼 느껴져. 이야기에 나오는 모든 사람이 꼭 나 같아. 이 사람 다음엔 저 사람, 이런 식으로. 참 신기하지."

세라가 민친 기숙 학교에 들어온 지 2년째 되던 어느 안개 낀 겨울날 오후였다. 세라가 제일 따뜻한 벨벳 옷과 털외투로 몸을 포근하게 감싸고 자신이 생각하는 것보다 훨씬 화려한 모습으로 마차에서 내려 길을 건너가는데, 행색이 꾀죄죄한 아이가 지하실 계단에 서서 눈을 동그랗게 뜬 채 난간 사이로 세라를 보려고 목을 길게 늘이고 있었다. 때 묻은 얼굴에 떠오른 진지하고 수줍은 표정이 세라의 시선을 끌었다. 세라는 다른 사람에게 하듯 아이를 쳐다보면서 미소를 지었다.

그러나 눈을 커다랗게 뜬 땟국이 흐르는 얼굴의 주인은 이렇게 중요한 학생을 쳐다보다가 들켜버려 겁을 잔뜩 먹은 눈치였다. 상자 뚜껑을 열면 튀어나오는 용수철 인형처럼 튕기듯 몸을 돌려 부엌으로 후다닥 뛰어 내려갔다. 어찌나 빨리 모습을 감추던지, 그렇게 작은 체구에 초라하고 쓸쓸해 보이는 아이가 아니었더라면 세라는 저도 모르게 웃었을 것이다. 그날 저녁 세라가 교실 모퉁이에서 무리의 한가운데에 앉아 이야기를 들려주는데, 오후에 본 그 아이가 버거운 듯한 석탄 통을 들고 수줍어하며 교실로 들어와서는 벽난로에 석탄을 다시 채우고 재를 쓸어내려고 양탄자에 무릎을 꿇고 앉았다.

지하실 계단 난간 사이로 세라를 훔쳐볼 때보다는 깨끗했지만 겁먹은 듯한 표정은 그대로였다. 학생들을 쳐다보고 그들이 하는 말을 듣는 것처럼 비칠까 봐 두려워하는 모양이었다. 아이는 행여나 방해가 될까 싶어 석탄을 손가락으로 집어 조심스레 벽난로 속에 내려놓고, 재를 살살 긁어냈다. 얼마 지나지 않아 세라는 아이가 이야기에 귀를 기울인 채 단어 하나라도 놓칠세라 일을 천천히 한다는 사실을 깨달았다. 그래서 세라는 목소리를 높이고 더 또렷한 어조로 말했다.

"인어들이 깊은 바다에서 딴 진주로 엮은 그물을 끌고 수정처럼 푸른 물속을 헤엄쳤지." 세라가 이야기를 이어갔다. "공주는 흰 바위에 앉아 인어들을 바라보았어."

인어 왕자와 사랑에 빠져 바닷속 빛나는 동굴에서 살게 된 공주에 대한 아름다운 이야기였다.

벽난로 앞에 꿇어앉은, 체구가 작은 허드레꾼은 재를 쓸고 또 쓸었다. 그렇게 같은 행동을 세 번 반복했다. 재를 세 번째 쓸 때는 이야기에 빠진 나머지 주문에 걸린 듯, 자신이 그 사이에 끼어 이야기를 들을 자격이 없다는 사실뿐 아니라 모든 것을 까맣게 잊고 말았다. 발꿈치가 엉덩이에 닿도록 양탄자에 무릎을 꿇고 앉은 데다 빗자루는 손가락 사이에 맥없이 걸려 있었다. 끊일 줄 모르고 이어지는 이야기는 맑고 푸른 불빛이 부드럽게 빛나고 깨끗한 황금빛 모래로 뒤덮인 구불구불한 바닷속 동굴로 아이를 더욱 깊숙이 빨아들였다. 신기한 바다의 꽃들과 풀들이 아이 곁에서 나풀거렸고, 음악에 맞춘 노랫소리가 아득하게 들려왔다.

그때 잡일로 거칠어진 손에서 빗자루가 스르르 미끄러져 내렸고, 그 소리에 라비니아 허버트가 주위를 돌아보았다.

"쟤도 듣고 있잖아." 라비니아가 말했다.

아이는 죄인이라도 된 듯 빗자루를 움켜쥐고 벌떡 일어섰다. 석탄 통을 손에 들더니 겁먹은 토끼처럼 방에서 허겁지겁 걸어나갔다.

세라는 왈칵 화가 치밀어 올랐다.

"저 애가 듣는다는 거 난 이미 알았어." 세라가 입을 뗐다. "쟤가 듣지 말아야 할 이유라도 있어?"

라비니아는 사뭇 우아하게 고개를 치켜들었다.

"이를 어쩌나." 라비니아가 비아냥거렸다. "너희 엄마는 네가 하녀에게 이야기를 들려줘도 된다고 하실지 모르겠지만, 우리 엄마는 내가 그러는 거 별로 좋아하지 않으셔서."

"우리 엄마라고!" 세라가 묘한 표정을 지으며 대꾸했다. "우리 엄마라면 전혀 개의치 않으실걸. 이야기는 모든 사람을 위해 있다는 걸 잘 아시는 분이니까."

라비니아가 기억을 더듬는 듯 진지한 얼굴로 되쏘았다. "내가 알기론 너희 엄마는 돌아가셨을 텐데, 어떻게 그런 걸 아시니?"

"우리 엄마가 모른다고?" 세라가 작지만 단호하게 되물었다. 세라가 내는 작은 목소리에는 이따금 이런 단호함이 묻어났다.

"세라 엄마는 모르는 게 없어." 로티가 날카로운 목소리로 끼어들었다. "우리 엄마도 그래. 민친 기숙 학교에선 세라가 엄마지만 말이야. 우리 엄마도 모르는 게 없어. 거리엔 빛이 쏟아지고, 백합꽃 밭은 끝없이 펼쳐지고, 모두 백합꽃을 모아. 나를 재워주면서 세라가 다 얘기해줬어."

"앙큼하긴." 라비니아는 세라를 돌아보며 톡 쏘았다. "하늘나라에 관한 이야기를 지어내셨군."

"요한계시록에는 이것보다 훨씬 멋진 얘기가 많아." 세라가 응수했다. "한 번만 봐도 알걸! 내 얘기가 지어낸 얘기라고 어떻게 장담해? 하나는 분명히 말해두지 — 하늘나라와는 전혀 어울릴 것 같지 않은 화난 목소리로 — 라비니아 언니가 지금보다 다른 사람에게 친절하게 대하지 않으면 그게 지어낸 이야기인지 아닌지 절대 알 수 없을 거야. 로티, 이리 와." 세라는 방 밖으로 향하면서 어린 하녀를 다시 보았으면 하고 은근히 바랐지만, 복도로 나갔을 때에는 흔적도 찾을 수 없었다.

"벽난로에 불을 지피는 그 작은 아이는 누구예요?" 그날 밤 세라가 마리에트에게 물었다.

마리에트는 아이에 관한 설명을 장황하게 늘어놓기 시작했다.

"세라 아가씨가 궁금해하는 것도 당연하지요. 얼마 전에 부엌데기로 들어온 불쌍한 아이예요. 말이 부엌데기지, 안 하는 게 없어요. 구두를 닦고, 벽난로를 청소하질 않나, 무거운 석탄 통을 들고 계단을 오르내리질 않나, 마룻바닥을 문지르고 창문을 닦질 않나, 이거 해라 저거 해라 그 아이에게 시키지 않는 사람이 없어요. 열네 살인데도 제대로 먹지 못해 키가 크지 않아서 기껏해야 열두 살 정도로밖에 보이지 않아요. 진짜 안쓰러워 죽겠어요. 수줍음은 어찌나 많은지 누가 말이라도 걸라 싶으면 불쌍해 보이는 겁먹은 눈이 튀어나올 것 같다니까요."

"이름이 뭐예요?" 세라는 탁자에 턱을 괴고 앉아 장황한 말에 귀를 기울였다.

"베키예요. 아래층에서 별의별 사람이 5분에 한 번씩 '베키, 이것 좀 해', '베키, 저것 좀 해' 하고 시키는 소리가 들린다니까요."

세라는 마리에트가 방에서 나간 뒤에도 얼마간 베키를 생각하며 가만히 앉아 벽난로의 불꽃을 바라보았다. 그러면서 베키를 구박받는 주인공으로 삼아 이야기도 지어냈다. 베키는 평생 배불리 먹어본 적이 없는 아이 같았다. 눈동자엔 굶주림이 가득했다. 세라는 다시 그 아이를 만났으면 했지만, 두어 번 무언가를 들고 계단을 오르내리는 걸 보았을 뿐, 매번 너무 바빠 보이는 데다 눈에 띄는 걸 두려워하는 눈치라서 도저히 말을 붙일 수 없었다.

그로부터 몇 주가 지난 어느 안개 긴 날 오후, 방으로 들어가던 세라는 가슴 아픈 장면과 맞닥뜨렸다. 불길이 환히 타오르는 벽난로 앞에서, 베키가—콧잔등이며 앞치마 곳곳에 숯검정이 묻어 있고, 작고 안쓰러운 모자는 절반쯤 머리에서 벗겨진 데다 빈 석탄 통은 근처 바닥에 그대로 둔 채—세라가 특별히 아끼는 안락의자에 앉아, 고된 일에 이골이 난 몸이 더는 견디지 못했는지 기진맥진해서는 곯아떨어진 것이었다. 베키는 저녁 시간에 맞춰 침실을 정리하려고 위층으로 올라왔다. 침실이 워낙 많은 데다 온종일 이리 뛰고 저리 뛰던 참이었다. 세라의 방은 마지막까지 아껴두었다. 그곳은 가구가 별로 없는 여느 방과는 달랐다. 보통의 학생은 필수품 몇 가지로 만족해야 했다. 세라가 지내는 안락한 방은 실제로는 햇빛이 환히 비치는 깔끔하고 작은 공간일 뿐이었지만, 부엌데기 아이에게는 더없이 사치스러운 곳이었다. 그림과 책이 있고, 인도에서 건너온 신기한 물건들이 가득했으며, 소파와 키 낮은 보드라운 의자가 놓여 있었다. 에밀리가 우두머리 여신이라도 된 듯한 자태로 의자에 앉아 있고, 벽난로에서는 항상 불꽃이 너울대며, 석탄 받침은 잘 닦여 윤이 났다. 베키는 세라의 방에서 안식을 찾았기 때문에, 오후 일이 끝날 때까지 그곳을 아껴두곤 했다. 보드라운 의자에 앉아 주위를 둘러보면서, 이런 물건을 소유한 데다 추운 날에는 지하실 계단 난간을 통해서라도 엿보고 싶을 만큼 아름다운 모자와 외투를 걸치고 외출하는 세라는 얼마나 복 받은 아이일까, 생각할 짬이 몇 분이라도 나기를 언제나 바랐다.

그날 오후 의자에 앉자, 쑤시던 작은 다리에 어찌나 기분 좋은 안도감이 전해지는지, 온몸에서 느껴지는 고통을 달래주는 듯했다. 벽난로 불꽃에서 뿜어져 나오는 따뜻하고 편안한 기운이 마법처럼 아이의 몸을 덮었고, 이윽고 새빨갛게 달아오른 석탄을 바라보던 숯검정 묻은 얼굴에 지친 미소가 천천히 피어올랐다. 곧이어 고개가 절로 수그러지고 두 눈이 스르르 감기더니 아이는 잠 속으로 빠져들었다. 세라가 그 광경을 목격한 것은 아이가 방에 들어온 지 10분밖에 지나지 않았을 때였지만, 아이는 마치 백 년 동안 깊은 잠에 빠진 '잠자는 숲속의 공주'처럼 곤히 잠든 채였다. 행색은—불쌍한 베키!—전혀 잠자는 숲속의 공주 같지 않았지만. 그저 못생기고 발육 상태가 좋지 않은, 지칠 대로 지친 부엌데기 아이에 불과했다.

그에 비해 세라는 별세상에서 온 듯 전혀 달라 보였다.

이 특별한 오후, 세라는 무용 수업을 받고 오는 길이었다. 비록 매주 있는 수업이었지만, 무용 선생님이 오는 날 오후엔 기숙 학교 전체가 들썩였다. 학생들은 제일 예쁜 드레스를 차려입었고, 특히 춤을 잘 추는 세라는 몇 번이고 앞으로 불려나가는 터라 마리에트는 세라에게 최대한 하늘거리는 예쁜 옷을 입히라는 분부를 받았다.

그날 세라는 장밋빛 드레스에 마리에트가 사온 생화 몇 송이로 만든 화환을 검은 머리 위에 얹었다. 커다란 장밋빛 나비가 날아다니는 듯 교실을 도는 신나는 무용을 새로 배운 참이었고, 한바탕 춤을 춘 뒤라 얼굴에는 행복한 환희가 가득했다.

세라는 나비처럼 가볍게 몇 걸음 미끄러져 방 안으로 들어가다가 모자가 반쯤 얼굴로 흘러내린 채 의자에 앉아 꾸벅거리며 졸고 있는 베키를 발견했다.

"아!" 베키를 본 순간 세라가 부드럽게 외쳤다. "불쌍하기도 해라!"

세라는 아끼는 의자에 자그마하고 꾀죄죄한 아이가 앉아 있다는 사실에도 전혀 화가 나지 않았다. 오히려 그 모습을 보고 기뻐했다. 자신이 지어낸 이야기 속의 구박받는 주인공이 눈을 뜨면 말을 걸 수도 있을 터였다. 세라는 아이 쪽으로 조용히 다가가 아이를 내려다보았다. 가늘게 코를 고는 소리가 들렸다.

"저절로 눈을 뜨면 좋으련만." 세라는 혼잣말을 했다. "깨우고 싶지 않아. 하지만 민친 교장이 이 사실을 알면 화를 낼 텐데. 몇 분 더 기다려봐야겠어."

세라는 탁자 모서리에 걸터앉아 날씬한 장미색 다리를 간들간들 흔들면서 어떻게 해야 좋을지 생각했다. 어밀리아 선생이 언제든 들이닥칠 수 있고, 그렇게 되면 베키가 혼날 게 분명했다.

'하지만 저렇게 피곤해하는데.' 세라가 생각했다. '저 아이는 너무 피곤하다고!'

그 순간 불타는 석탄 조각 하나가 당혹스런 고민을 해결해주었다. 큰 덩이에서 부서져 나온 석탄 조각이 난로망 위에 떨어졌다. 베키가 움찔하더니 겁먹은 숨을 짧게 들이마시며 눈을 떴다. 아이는 잠들었다고 생각지 못하는 눈치였다. 잠시 의자에 앉아 아름다운 불꽃을 느꼈을 뿐이었다. 그런데 눈을 떠보니 깜짝 놀란 표정으로 자신이 이 경이로운 학생을 쳐다보고 있었다. 자기 코앞에 앉아 흥미롭다는 시선을 보내는 장밋빛 요정 같은 학생을.

아이는 벌떡 일어나 모자를 움켜쥐었다. 모자가 귓가에 걸린 것을 느끼고 바로 쓰려고 안간힘을 썼다. 아, 앙갚음이 따라올지 모르는 곤경에 스스로를 빠뜨리다니! 뻔뻔하게도 이렇게 고운 아가씨의 의자에 앉아 잠이 들다니! 품삯도 받지 못하고 쫓겨나겠지.

아이는 숨이 막히는지 크게 흐느껴 우는 것 같은 소리를 냈다.

"아, 아가씨! 아, 아가씨!" 아이가 더듬거렸다. "용서해주셔요, 아가씨! 아, 제발요, 아가씨!"

세라는 탁자에서 사뿐히 내려와 아이에게 다가갔다.

"겁먹지 마." 마치 자기 같은 어린아이에게 말하는 것 같은 말투였다. "별거 아니니까."

"일부러 그런 거 아녀요, 아가씨." 베키가 해명하듯 말했다. "불은 따뜻하지, 몸은 피곤하지, 그만…… 그니까, 말이지요, 무례하게 굴려고 한 게 아녀요!"

세라는 나직이 따뜻하게 웃어 보이고는 아이의 어깨에 손을 얹었다.

"많이 피곤했구나." 세라가 말했다. "어쩔 수 없었을 거야. 근데 아직 잠이 덜 깬 것 같아."

베키가 세라를 바라보던 그 눈길이란! 베키는 이제껏 이토록 다정하고 친근한 목소리를 들어본 적이 없었다. 명령과 꾸짖음, 그리고 따귀를 때리는 손길에 익숙할 뿐이었다. 그런데 이 소녀는―오후의 무용 수업을 끝내고 장밋빛 찬란함에 감싸인 채―자신을 죄인 보듯 보지 않았다. 오히려 자신에게 피곤해할 권리가 있다는 듯이, 심지어는 곯아떨어질 권리까지 있다는 듯이 쳐다보았다! 어깨에 얹은 가느다랗고 작은 손에서 전해지는 보드라운 감촉이라니, 이렇게 놀라운 일은 생전 처음이었다.

"화, 화가 안 나셔요, 아가씨?" 아이는 놀라움에 숨이 멎는 것 같았다. "선생님께 안 이르나요?"

"응." 세라가 펄쩍 뛰었다. "절대 말하지 않을 거야."

세라는 숯검정이 묻은 얼굴을 짓누르는 슬프도록 겁에 질린 표정을 보자, 불현듯 견딜 수 없을 만큼 베키가 안쓰러워졌다. 그때 늘 하는 엉뚱한 생각이 머릿속을 헤집고 들어왔다. 세라는 베키의 뺨에 손을 갖다대었다.

"그래." 세라가 말했다. "우린 똑같아. 나도 너처럼 어린아이일 뿐이야. 내가 너로 태어나지 않고 네가 나로 태어나지 않은 건 어쩌다 우연히 일어난 사고 같은 거야!"

베키는 무슨 말인지 짐작조차 할 수 없었다. 아이 머리로는 이렇게 놀라운 생각을 파악할 재간이 없을뿐더러 아이에게 '사고'는 마차에 치이거나 사다리에서 떨어져 '병원'으로 옮겨지는 것 같은 변고를 뜻하는 것이었다.

"사고라니요, 아가씨?" 아이가 공손하지만 떨리는 목소리로 물었다. "그런 것이어요?"

"그래." 세라는 대답하고 잠시 꿈을 꾸듯 아이를 쳐다보았다. 하지만 다음 순간 입을 열었을 때에는 말투가 달라졌다. 베키가 자기 말을 이해하지 못했음을 깨달은 것이다.

"일은 다했어?" 세라가 물었다. "여기에서 몇 분 더 머물러도 돼?"

베키는 다시 숨이 멎는 듯 보였다.

"여기서요, 아가씨? 저요?"

세라는 문가로 달려가 문을 열고 기척이 들리는지 살폈다.

"아무도 없어." 세라가 대답했다. "침실 정리 다했으면 여기 잠깐만 더 있어. 내 생각엔, 음, 네가 케이크를 좋아할 것 같아서."

그다음 10분은 베키에게 꿈같은 시간이었다. 세라는 찬장을 열어 커다란 케이크 한 조각을 꺼내 베키에게 건넸다. 아이가 정신없이 케이크를 베어먹는 걸 보면서 세라는 기분이 좋아졌다. 세라가 끊임없이 이야기하고 묻고 간간이 웃음을 터뜨리자 두려움이 차차 누그러지는지, 아이는 비록 외람되다고 느끼면서도 두어 번 용기를 내어 세라에게 질문을 던지기까지 했다.

"저, 그게." 아이는 장밋빛 드레스에 부러운 눈길을 고정시킨 채 조심스레 물었다. "그게 제일 좋은 옷이어요?"

"여러 무용복 가운데 하나야." 세라가 답했다. "내가 좋아하는 옷이야. 너도 마음에 드니?"

얼마간 베키는 감탄하느라 말을 잊은 듯했다. 그러다 경외심이 가득한 목소리로 입을 열었다.

"공주를 본 적이 있어요. 코번 가든 근처 길가에 사람들하고 서서 멋쟁이들이 오페라 하우스에 들어가는 걸 봤는데, 그 속에 모두 우러러보는 그분이 있었네요. 서로들 보면서 '저분이 공주님이구나' 하고 수군수군들 했지요. 곱게 자란 숙녀였고, 온통 분홍이었어요. 가운이니 드레스니 꽃이니 모조리 말이어요. 탁자에 앉은 아가씨를 보는 순간 딱 그 공주가 생각났네요. 꼭 그분 같아서요."

세라가 생각에 잠긴 목소리로 대꾸했다. "나도 가끔, 공주라면 좋겠다는 생각을 해. 느낌이 어떨지 궁금하거든. 이제부터 공주가 된 것처럼 행동하면 어떨까."

베키는 감탄스러운 눈길로 세라를 쳐다보았지만, 아까처럼 무슨 말인지 조금도 이해하지 못하는 눈치였다. 그저 애정 어린 시선으로 세라를 바라볼 뿐이었다. 곧 세라는 자신의 생각에서 깨어나 베키를 돌아보며 화제를 바꿨다.

세라가 물었다. "베키, 그때 내 얘기 듣고 있었지?"

"맞네요, 아가씨." 베키가 또 한 번 놀란 표정을 지으며 솔직히 말했다. "그러면 안 된다는 거 아는데, 얘기가 어찌나 아름다운지, 안, 안 들을 수 있어야지요."

"난 네가 들어줘서 좋았는걸." 세라가 대답했다. "이야기를 지어낸 다음에 원하는 사람에게 들려주는 것만큼 신나는 일이 없거든. 왜 그런지는 나도 몰라. 그 이야기 마저 듣고 싶니?"

베키는 또다시 숨이 멎는 듯한 눈치였다.

"저요, 얘기 들어도 되나요?" 아이가 크게 되물었다. "학생처럼요, 아가씨? 왕자니, 머리에 별 달고 웃으며 헤엄치는 몸통 쪼매난 하얀 인어 아가들이니 하는 거요?"

세라는 고개를 끄덕여 보였다.

"지금은 시간이 안 되겠지만, 내 방 청소하러 언제 오는지 미리 알려주면 될 수 있는 대로 시간에 맞춰 방에 있을게. 이야기가 끝날 때까지 매일 조금씩 들려줄 수 있어. 아름답고 긴 이야기야. 매번 조금씩 새로운 내용을 덧붙이거든."

베키가 거의 경건한 말투로 대답했다. "그렇다면, 아무리 석탄 통이 무거워도 상관이 없어요. 생각할 거리가 있다면요, 요리사 아줌마가 뭐라건 신경 안 써요."

"응, 그래." 세라가 대꾸했다. "이야기를 끝까지 들려줄게."

아래층에 내려왔을 때, 베키는 무거운 석탄 통을 들고 비틀거리며 계단을 올라가던 조금 전의 그녀가 아니었다. 주머니에 케이크 한 조각이 들어 있는 데다 배불리 먹고 몸도 따뜻했다. 비단 케이크와 벽난로뿐 아니라 배를 채워주고 몸을 데워준 무엇이 더 있었다. 바로 세라였다.

베키가 방에서 나간 뒤 세라는 탁자 끝 자신이 가장 좋아하는 자리에 앉았다. 다리는 의자에 올려놓고, 팔꿈치는 무릎에 대고, 두 손으로는 턱을 괸 채였다.

"내가 공주라면, 진짜 공주라면." 세라가 중얼거렸다. "모든 이에게 아낌없이 나눠줄 텐데. 하지만 가짜 공주라 하더라도 작은 선행을 생각해낼 수 있어. 이번처럼 말이야. 큰 선물이라도 받은 것처럼 기뻐하잖아. 이렇게 작은 일을 하면서 큰 선물을 나눠주는 것처럼 생각하면 돼. 난 많은 걸 베푼 거야."

다이아몬드 광산

이 일이 있고 얼마 지나지 않아 매우 흥미로운 일이 생겼다. 세라뿐 아니라 학교 전체가 흥분으로 들썩였고, 그 후 몇 주 동안 모였다 하면 이 이야기뿐이었다. 크루 대위가 편지로 재미있는 소식을 전한 것이다. 대위는 어린 시절 같이 학교를 다닌 친구가 예기치 않게 인도로 찾아왔다고 했다. 친구는 자기가 소유한 드넓은 땅에 다이아몬드가 묻혀 있다는 사실을 알고는 광산 개발에 뛰어들었다. 모든 게 계획대로 착착 진행된다면, 생각만 해도 현기증이 날 정도로 엄청난 부를 소유하게 될 터였다. 학창 시절 친구를 아끼는 마음에 그는 크루 대위에게 자신이 계획하는 광산 개발의 동업자가 되어 막대한 부를 함께 나누자고 제의했다. 여기까지가 세라가 아빠의 편지에서 얻은 정보였다. 제아무리 거창하다고 해도 사업 계획이라는 게 본래 세라는 물론 학교 친구들의 흥미를 끌 만한 일은 아니지만, '다이아몬드 광산'은 관심을 안 가지려야 안 가질 수 없는『아라비안나이트』같았다. 세라는 꽤 흥미롭다고 생각하면서 어먼가드와 로티에게 보여줄 요량으로 미로처럼 얽혀 있는 깊은 땅속 길을 그렸다. 거기에선 반짝이는 보석이 벽이며 지붕, 천장에 가득 박혀 있고, 피부색이 어두운 낯선 남자들이 무거운 곡괭이를 들고 보석을 캐고 있었다. 이야기를 듣고 어먼가드는 좋아했고, 로티는 매일 저녁 들려줘야 한다고 우겼다. 라비니아는 괜히 심술궂은 소리를 하면서 다이아몬드 광산 같은 건 존재할 리 없다고 제시에게 말했다.

"우리 엄마한테 40파운드나 하는 다이아몬드 반지가 있거든." 라비니아가 말했다. "그런데도 알이 별로 크지 않아. 다이아몬드로 가득한 광산이 있으면 말도 안 되는 부자가 되게."

"그럼 세라가 말도 안 되는 부자가 되겠네." 제시가 킥킥댔다.

"걘 부자가 아니어도 이미 말도 안 되는 아이야." 라비니아가 톡 쏘았다.

"너, 걔 미워하지?" 제시가 물었다.

"아니." 라비니아가 말꼬리를 낚아챘다. "다이아몬드로 가득 찬 광산 같은 걸 믿지 않는다는 거야."

"어디에선가는 다이아몬드를 캐와야 하잖아." 제시가 대꾸하고는 또 한 번 킥킥대며 말했다. "라비니아, 거트루드가 말한 거 어떻게 생각해?"

"모르겠어, 정말이야. 또 세라 어쩌고 하는 얘기라면 신경
끄고 싶어."

"세라 얘기야. 요새 걔가 무슨 '상상'을 하냐면, 자기가 공
주라는 거야. 언제나 공주처럼 행동한다니까. 심지어 수업 시
간에도 그래. 걔 말로는 그러면 공부를 더 잘할 수 있대. 어먼
가드한테도 공주가 되라고 한다는데, 어먼가드는 공주가 되기
엔 자기가 너무 뚱뚱하대."

"너무 뚱뚱하긴 하지." 라비니아가 말을 받았다. "세라는
너무 말랐고."

당연하게도 제시가 또 한 번 킥킥거렸다.

"세라 말로는 외모도 재산도 중요하지 않대. 어떤 생각을
하느냐, 무엇을 하느냐가 중요할 뿐이래."

"걘 비렁뱅이가 돼도 자기가 공주라고 생각할걸." 라비니
아가 비꼬았다. "이제부터 '공주 마마'라고 불러야겠어."

그날 수업이 끝난 터라 학생들은 교실 벽난로 앞에 앉아
하루 중 가장 기다렸던 시간을 즐기고 있었다. 그때는 민친 교
장과 어밀리아 선생이 응접실에서 차를 마시는 신성한 시간이
기도 했다. 특히 어린 학생들이 얌전히 군다면, 곧 티격태격 싸
우거나 시끄럽게 뛰어다니지 않는다면—그런 일이 종종 일어
난다고 고백해야겠다—그 시간을 틈타 수많은 이야기가 오갔

고 말 못 할 온갖 비밀을 은밀히 공유했다. 어린아이들이 소란을 피우면 보통은 손위 학생들이 끼어들어 혼을 내거나 서로 화해를 시켰다. 모두 질서를 지켜야 했는데, 그러지 않으면 민친 교장이나 어밀리아 선생이 교실로 올라와 그 축제 시간에 종지부를 찍을 위험이 있었기 때문이다. 라비니아가 말을 하는 순간, 문이 열리더니 세라와 로티가 들어왔다. 로티는 버릇처럼 어디를 가나 작은 강아지라도 된 듯 세라 뒤를 졸졸 쫓아다녔다.

"쟤 왔어, 저 끔찍한 꼬맹이랑 같이!" 라비니아가 나직이 속삭였다. "꼬맹이가 그렇게 좋으면 자기 방에 데리고 있을 일이지. 5분만 있어 봐, 별것도 아닌 일 가지고 난리를 칠 테니."

공교롭게도 로티는 갑자기 교실에서 놀고 싶다는 충동에 사로잡혀서, 양엄마에게 교실에 가서 놀자고 졸라대던 터였다. 로티는 모퉁이에서 노는 조무래기 무리에 어울렸다. 세라는 창턱에 웅크리고 앉아 책을 펼치고 읽기 시작했다. 프랑스혁명에 관한 책이었다. 세라는 곧 바스티유 감옥 죄수들—너무 오랫동안 지하 감옥에 갇힌 나머지 혁명군의 손에 구조되어 세상 밖으로 나왔을 때는 길게 자란 잿빛 머리칼과 수염이 얼굴을 뒤덮다시피 했고, 바깥세상이라는 존재마저 잊었는지 마치 꿈속을 헤매는 듯 행동했다—의 참상을 그린 그림에 빠져들었다.

세라는 교실에서 아득히 먼 곳에 떨어져 있던 터라, 느닷없이 들리는 로티의 비명에 이끌려 현실로 돌아오자니 기분이 썩 유쾌하지 않았다. 책에 몰두하던 중에 갑자기 방해를 받을 때만큼 화를 참기 힘들 때는 없었다. 책을 좋아하는 사람이라면 그런 순간 온몸을 훑고 지나가는 분노를 잘 알리라. 발칵 성질을 내고 싶은 충동은 쉽게 통제할 수 있는 것이 아니다.

"그럴 때면 한 대 얻어맞은 기분이야." 한번은 세라가 어먼가드에게 속내를 털어놓았다. "그러면 나도 되받아 한 대 때리고 싶어져. 날카로운 말을 뱉지 않으려면 얼른 다른 생각을 해야 해."

창가에 책을 내려놓고 그 익숙한 자리에서 뛰어내릴 때도 세라는 재빨리 다른 생각을 떠올리려고 했다.

교실 바닥에서 미끄럼을 타던 로티는 부산스러운 소리를 내는 것만으로도 충분히 라비니아와 제시의 심기를 건드렸는데, 결국 바닥에 넘어져 통통한 무릎이 깨지고 말았다. 아이는 자신을 교대로 달랬다가 혼냈다가 하는 친구와 적들에게 둘러싸인 채 한복판에서 비명을 지르고 발버둥을 쳤다.

"뚝 그쳐, 이 울보야! 당장 그치지 못해!" 라비니아가 명령했다.

"난 울보 아니야, 아니라구!" 로티가 사납게 울부짖었다. "세라, 세라야!"

"지금 그치지 않으면 민친 교장이 듣고 올라올 거야." 제시가 큰 소리로 외쳤다. "우리 예쁜 로티, 1페니 줄게!"

"돈 필요 없어." 로티가 훌쩍였다. 그러다가 통통한 무릎을 내려다보고는 피 한 방울이 맺혀 있는 걸 보자 다시 울음을 터뜨렸다.

세라는 교실을 날 듯이 가로질러 다가와서 무릎을 꿇고 앉아 로티를 품에 꼭 안았다.

"자, 로티." 세라가 달랬다. "착하지, 우리 로티, 세라랑 약속했잖아."

"나더러 울보래." 로티가 흐느꼈다.

세라는 아이의 등을 토닥이면서 로티가 익히 아는 침착한 목소리로 말했다.

"하지만 계속 울면 울보가 되는 거야, 우리 예쁜 로티. 약속했잖아."

로티는 약속했다는 사실이 기억났지만, 목소리를 한껏 높이는 쪽을 선택했다.

"난 엄마가 없어." 로티가 확인하듯 말했다. "난, 엄마가, 없어."

"엄마가 있지, 왜 없어?" 세라가 쾌활한 목소리로 대답했다. "잊었어? 세라가 엄마라는 거 잊은 건 아니지? 세라가 엄마가 되는 거 싫어?"

로티는 위로가 된 듯 코를 훌쩍이며 세라에게 더 바짝 안졌다.

"나랑 창가에 가서 앉을까?" 세라가 말을 이었다. "이야기 들려줄게."

"정말?" 로티가 훌쩍이며 되물었다. "응, 응, 들려줘, 다이아몬드 광산 얘기야?"

"다이아몬드 광산이라고?" 라비니아가 말허리를 잘랐다. "요 못된 녀석 같으니. 한 대 찰싹 때리고 싶다니까!"

세라는 재빨리 몸을 일으켰다. 여기서 우리가 명심해야 할 점은, 세라가 수양딸을 돌보러 달려와야 한다는 걸 깨달았을 때는 바스티유 감옥에 관한 책을 한창 읽던 중이었고, 그래서 몇몇 다른 생각을 급히 떠올려야 했다는 것이다. 세라는 천사가 아니었고, 더군다나 라비니아를 좋아하지 않았다.

"물론." 세라가 화난 목소리지만 감정을 억누르며 말했다. "나도 언니를 한 대 때리고 싶지만, 그렇게 하지 않을 거야! 언니를 때리고 싶지만, 그런 마음이 들지만, 그러지 않을 거야. 우린 막 자란 아이가 아니니까. 이제 그 정도는 알 만큼 크지 않았어?"

라비니아는 기회를 놓치지 않았다.

"아, 그럼요, 공주 마마." 라비니아가 말했다. "우리 모두 공주니까요. 우리 중 적어도 한 명은 공주지요. 민친 교장이 공주를 학생으로 받아들였으니 학교가 어련히 세련되게 바뀌겠어요."

세라는 라비니아 쪽으로 걸어갔다. 따귀를 올려붙일 것 같은 기세였다. 실제로 그러려고 했는지도 모른다. 상상하는 기술은 세라가 살아가면서 큰 기쁨을 느끼게 해주었다. 세라는 자기가 좋아하지 않는 학생들에게는 그것에 대해 일언반구도 하지 않았다. 새로 시작한 공주인 '체하기'를 세라는 무척 소중하게 여겼고, 부끄러움을 느낀 만큼 예민하게 반응했다. 제 딴에는 비밀에 부친다고 했는데, 지금 라비니아가 거의 모든 학생 앞에서 대놓고 조롱한 것이다. 피가 얼굴로 와락 몰리면서 귓바퀴까지 화끈거렸다. 잠시 후 세라는 치솟는 분노를 간신히 가라앉혔다. 공주는 불같이 화를 내는 법이 없다. 손을 내린 채로 얼마간 가만히 서 있었다. 입을 열었을 때는 조용하고 침착한 말투였다. 세라가 고개를 들고 말하자, 모든 학생이 세라의 말에 귀를 기울였다.

"맞아." 세라가 인정했다. "이따금 난 내가 공주라고 상상해. 공주답게 행동하려고 공주인 체하는 거야."

라비니아는 대꾸할 마땅한 말이 떠오르지 않았다. 세라를 상대하면서 흡족한 대답이 생각나지 않은 게 한두 번이 아니었다. 다른 아이들이 언제나 제 앙숙인 세라와 알게 모르게 한편인 까닭이었다. 라비니아는 아이들이 흥미로운 표정으로 귀를 쫑긋 세우고 있음을 알았다. 사실 공주는 혹할 만한 주제라, 아이들은 스스로를 공주라고 상상하는 세라에 대해 뭔가 명쾌한 이야기를 듣지 않을까 하는 기대에 세라 쪽으로 마음이 더 기울어진 상태였다.

라비니아는 간신히 한마디를 내뱉었을 뿐인데, 별 볼일 없었다.

"맙소사!" 라비니아가 말했다. "왕좌에 앉을 때 부디 우리를 잊지 말아라."

"그럴 리가." 세라가 대꾸했다. 세라는 더 이상 말하지 않고 가만히 서서 라비니아가 제시의 팔짱을 끼고 교실에서 나가는 모습을 똑바로 응시했다.

이 일이 있고 나서, 세라를 질투하고 미워하는 아이들은 특히 경멸스러운 티를 내고 싶을 때 세라를 '공주 마마'라고 불렀고, 세라를 좋아하는 아이들은 자기들끼리 있을 때 애정의 표현으로 세라에게 그 애칭을 붙이곤 했다. '세라' 대신 '공주님'이라고 대놓고 부르는 사람은 없었지만, 세라의 추종자들은 공주라는 칭호가 주는 웅장함에 흡족해했고, 이 이야기를 들은 민친 교장은 왕실 학교라는 인상을 준다고 여겼는지 학교를 찾은 부모에게 여러 차례 공주 이야기를 꺼냈다.

베키에게 이보다 더 적절한 호칭은 없어 보였다. 안개 낀 어느 날 오후 세라의 안락의자에 앉아 잠이 들었다가 겁에 질린 채 화들짝 놀라 잠에서 깼을 때 시작된 두 사람의 관계는 시간이 지나면서 점점 무르익고 깊어갔다. 물론 민친 교장과 어밀리아 선생은 아직 그 관계를 눈치채지 못했음을 고백해야 한다. 세라가 부엌데기에게 '친절하다'는 것은 대충 알았지만, 베키가 위층의 침실 정리를 번개처럼 해치운 뒤 세라 방에 이르러 무거운 석탄 통을 내려놓으며 기쁨이 넘치는 숨을 내쉬는, 그 달뜬 순간을 아슬아슬하게 만끽하고 있음은 까마득히 몰랐다. 세라는 매번 조금씩 이야기보따리를 풀어내고, 입을 즐겁게 해줄 것을 찬장에서 꺼내 베키에게 먹이거나 혹은 밤늦게 다락방으로 올라갔을 때 먹을 수 있도록 서둘러 호주머니에 넣어주곤 했다.

"아주 조심히 먹어야 해요, 아가씨." 언젠가 베키가 말했다. "부스러기 남기면 쥐들이 몰려오지요."

"쥐라고!" 세라가 겁에 질려 소리쳤다. "방에 쥐가 있어?"

"있는 정도가 아니어요, 아가씨." 베키는 아무렇지 않은 듯 대꾸했다. "다락방에 생쥐고 들쥐고 얼마나 많은데요. 요리조리 뛰어다니는 고놈들 소리에 금방 익숙해지니까요. 하도 많이 봐서 베개로만 안 올라오면 괜찮아요."

"으!" 세라가 진저리를 쳤다.

"조금만 지나면 익숙해져요." 베키가 설명했다. "부엌데기로 났으니 그래야지요, 아가씨. 바퀴벌레보단 쥐가 나아요."

"그건 그래." 세라가 수긍했다. "시간이 지나면 쥐랑은 친구가 될 수 있어도 바퀴벌레랑은 도저히 안 될 것 같아."

베키가 밝고 따뜻한 세라의 방에 몇 분 이상 머물지 못할 때도 많았다. 그런 날이면 몇 마디 주고받을 뿐이었고, 베키는 치마 속 허리춤에 묶은 낡은 쌈지에 작은 먹거리를 집어넣었다. 자그마하게 꿍칠 수 있는 요깃거리를 찾는 일은 세라에게 색다른 즐거움을 주었다. 마차를 타고 가거나 거리를 걸어가면서 세라는 가게의 진열창을 유심히 들여다보곤 했다. 작은 고기 파이를 두어 개 사야겠다는 생각이 처음 들었을 때는 마치 대단한 발견이라도 한 양 기뻤다. 베키 앞에 고기 파이를 내놓자 베키의 눈이 반짝 빛났다.

"아, 아가씨!" 베키가 나지막이 탄성을 질렀다. "맛나고 배도 부를 테죠. 배부른 게 최고예요. 스펀지케이크는 맛나지만, 배 속에서 순식간에 녹아버려서. 무슨 말인지 아실까 모르겠지만요, 아가씨. 이건 배 속에 오래오래 있겠어요."

"글쎄." 세라가 잠시 주저했다. "그게 배 속에 오래 남아 있으면 몸에는 좋지 않겠지만, 든든하기는 하겠어."

고기 파이는 과연 배를 채워주었고, 식당에서 산 비프 샌드위치도, 롤빵과 볼로냐소시지도 그랬다. 베키는 차차 배고픔도 피곤함도 잊었고, 석탄 통이 예전처럼 견딜 수 없을 만큼 무겁게 느껴지지도 않았다.

제아무리 석탄 통이 무겁고 요리사가 성질을 부려도, 날마다 짊어져야 할 고된 노동이 어깨를 가혹하게 짓눌러도, 베키에겐 이제 하루 종일 손꼽아 기다리는—세라 아가씨가 방에서 기다리는—오후 시간이 있었다. 사실 고기 파이가 없어도 세라 아가씨를 보는 것만으로도 충분했다. 몇 마디 주고받을 시간밖에 없을 때도 세라 아가씨는 언제나 들으면 기운이 절로 나는 다정하고 기분 좋은 말을 건네주었다. 그보다 여유가 있을 때는 한 회 정도 분량의 이야기를 들려주거나 혹은 나중에 두고두고 기억할, 이따금 잠 못 이루는 밤에 다락방 침대에 누워 곰곰이 생각할 거리를 던져주었다. 세라—조물주가 이 아이를 '베푸는 사람'으로 만들었으니, 이 아이는 그저 무의식적으로 자기가 가장 좋아하는 일을 하는 것뿐이다—는 자신이 불쌍한 베키에게 어떤 존재인지, 얼마나 든든한 후원자인지 전혀 알지 못했다. 조물주가 '베푸는 사람'으로 태어나게 했다면, 손도 마음도 만인에게 활짝 열려 있게 마련이다. 빈손인 경우에도 마음이 늘 충만하니 사람들에게 많은 걸—도움이건 위로건 웃음이건, 따뜻하고 친절하고 기분 좋은 모든 것—줄 수 있다. 살다 보면 유쾌하고 다정한 웃음이 가장 큰 도움이 될 때가 있다.

베키는 고된 노동으로 점철된, 비참하고 짧은 생애 동안 웃음이 무엇인지 거의 모른 채 살았다. 세라는 아이를 웃게 했고, 아이와 함께 웃었다. 둘 다 의식하지는 못했지만, 웃음은 고기 파이만큼 허기를 채워주었다.

세라가 열한 살이 되는 생일을 며칠 앞두고 아빠에게서 편지가 왔다. 예전 편지와 다르게 소년 같은 생기발랄함 같은 건 찾을 수 없었다. 몸도 좋지 않은 데다 다이아몬드 광산 일로 몹시 지친 모양이었다.

아빠는 편지에 이렇게 썼다.

우리 세라도 알겠지만, 아빠는 사업가가 아니야. 숫자니 서류니 하는 게 아빠를 힘들게 하는구나. 이해도 다 못하겠고, 모든 게 너무 엄청나 보이는구나. 열에 들떠서 밤의 절반은 잠 못 이루며 뒤척이고, 나머지 절반은 설핏 잠이 든다 하더라도 뒤숭숭한 꿈속을 헤매는구나. 우리 어린 마님이 여기 있다면 진지한 얼굴로 꽤 요긴한 충고를 해줄 텐데 말이야. 그렇지, 우리 어린 마님?

아이가 쓰는 예스러운 표현 때문에 아빠는 장난삼아 아이를 '어린 마님'이라 부르곤 했다.

아빠는 아이의 생일을 위해 멋진 준비를 했다. 새 인형을 파리에서 주문했고, 인형 옷은 감탄이 절로 나올 만큼 완벽하게 맞출 예정이었다. 선물로 인형이 괜찮냐는 아빠의 편지에 세라는 어른 같은 답장을 보냈다.

아이는 편지에 이렇게 썼다.

저도 이제 제법 나이를 먹었어요. 살면서 또 다른 인형을 받는 일은 없을 거예요. 이게 마지막 인형이에요. 왠지 비장한 느낌이 들어요. 제가 시인이라면 '마지막 인형'에 관한 시를 쓸 텐데요. 하지만 전 시인이 아니에요. 한번 도전해본 적이 있는데, 그저 웃음밖에 나오지 않았어요. 와츠, 콜리지, 셰익스피어의 시 같은 느낌이 전혀 나지 않았어요. 에밀리를 대신할 건 없지만, '마지막 인형'을 존중할게요. 학교 친구들도 분명히 좋아할 거예요. 모두 인형을 좋아하니까요. 큰 언니 몇몇—이제 곧 열다섯 살이 돼요—은 어른 흉내를 내지만 말이에요.

크루 대위는 인도의 집에서 머리가 깨질 듯이 아플 때, 이 편지를 읽게 되었다. 눈앞의 탁자에는 그를 깜짝 놀라게 하고 불안과 두려움에 떨게 하는 서류며 편지 따위가 수북했지만, 대위는 편지를 읽고 웃음을 터뜨렸다. 몇 주 동안 웃을 일이 없었는데 말이다.

"아, 우리 딸이 한 살 더 먹었다고 더 재미있어졌구나. 신이여, 부디 사업이 잘되어 훌훌 털고 자유로운 몸으로 딸아이에게 달려가도록 해주소서. 세라야, 지금 이 순간 네가 아빠에게 달려와 작은 팔로 아빠 목을 껴안아줄 수만 있다면 아빠가 무엇을 못 하겠니! 무엇을 못 주겠어!"

생일날에는 성대한 축하연이 벌어질 계획이었다. 색색으로 꾸민 교실에서 파티를 열기로 했다. 제법 격식을 갖춰, 선물 상자 개봉식을 한 뒤, 민친 교장의 신성한 응접실에서 푸짐한 생일상을 받기로 한 것이다. 드디어 생일날이 되자 학교 전체가 흥분으로 들썩였다. 다들 분주하게 파티 준비를 하느라 아침이 어떻게 지나가는지 모를 정도였다. 호랑가시나무로 만든 화환을 교실 곳곳에 걸고, 책상을 한쪽으로 치우고, 교실 벽을 따라 옮겨놓은 걸상에는 빨간색 천을 씌웠다.

아침나절 세라가 방으로 들어갔더니 누르스름한 종이로 포장한 작고 납작한 꾸러미가 탁자 위에 놓여 있었다. 선물임을 깨닫자 누가 보냈는지 대충 짐작이 갔다. 세라는 조심스레 포장을 뜯었다. 그다지 깨끗해 보이지 않는 빨간색 플란넬로 만든 네모 모양의 바늘꽂이였다. 검은 바늘 여러 개가 정성스레 꽂혀서 '생일 추카함니다'라는 문구를 이루었다.

"세상에!" 세라는 탄복했다. 마음 한 편이 따뜻해졌다. "얼마나 정성을 들였을까! 예쁘긴 한데, 왠지 슬퍼지잖아."

다음 순간 세라는 어리둥절했다. '어밀리아 민친 선생님'이라는 이름이 반듯하게 새겨진 카드가 바늘꽂이 밑에 꽂혀 있는 것이다.

세라는 카드를 뒤집어보고 또다시 뒤집어보았다.

"어밀리아 선생님이라니!" 세라가 혼잣말로 중얼거렸다. "어떻게 된 일이지!"

바로 그 순간 문이 조심스레 열리는 소리가 들렸다. 돌아보니 베키가 얼굴을 빼꼼히 내밀고 세라를 쳐다보았다.

만면에 애정 어린 행복한 미소를 띠고 베키가 발을 질질 끌며 걸어와서는 옆에 서서 초조하게 손가락 끝을 매만졌다.

"맘에 드시는가요?" 베키가 물었다. "네, 세라 아가씨?"

"마음에 드냐니?" 세라가 큰 소리로 외쳤다. "베키, 이걸 혼자서 다 만든 거야?"

베키는 좋아서 거의 발작적으로 코를 훌쩍였고, 두 눈은 기쁨으로 촉촉해 보였다.

"그냥 플란넬이어요, 새 거도 아니고. 그래도 뭔가를 드리구 싶어서 밤마다 만들었죠. 아가씨라면 다이아몬드 바늘을 꽂은 비단 천이다 상상할 테니까요. 만들면서 저도 그렇게 생각했어요. 카드는요, 아가씨." 망설이는 목소리였다. "쓰레기통에서 주워왔는데 잘못된 거는 아니지요, 그죠? 어밀리아 선생님이 그 카드를 버렸어요. 카드 없지, 카드 없으면 예의 아니지, 해서 어밀리아 선생님 카드를 꽂았어요."

세라는 달려가 베키를 꼭 끌어안았다. 목울대가 왜 뜨거워지는지 자기 자신은 물론 누구에게도 설명할 길이 없었다.

"아, 베키!" 세라는 작고 묘한 웃음소리를 내며 외쳤다. "사랑해, 베키. 정말이야, 정말이래도!"

"아, 아가씨!" 베키가 나직이 말했다. "진짜로 고맙습니다, 아가씨. 그렇게 좋은 거도 아닌데요. 새 거도 아니고."

또다시 다이아몬드 광산

오후에 세라는 행렬의 선두에 선 채 호랑가시나무 화환이 걸린 교실로 걸어 들어갔다. 민친 교장은 자신이 가진 옷 중에서 가장 좋은 드레스를 차려입고 앞줄에서 세라의 손을 잡고 걸었다. 남자 하인이 '마지막 인형' 상자를 들고 뒤따랐고, 두 번째 상자를 든 하녀가 그 뒤를 이었으며, 맨 뒷줄에는 깨끗한 앞치마에 새 모자를 쓴 베키가 세 번째 상자를 들고 따라왔다. 세라는 평소대로 하고 싶었지만, 민친 교장이 세라를 응접실로 부르더니 자기의 희망사항을 털어놓았다.

"이게 어디 보통 일이니." 교장이 말했다. "선생님은 세라의 생일을 대수롭지 않은 일로 만들고 싶지 않단다."

그리하여 세라는 교장의 손에 이끌려 요란하게 교실로 입장했다. 하지만 큰 언니들이 자신을 빤히 쳐다보면서 옆 친구의 팔을 쿡쿡 찌르고, 기쁨에 들뜬 어린 꼬마들이 자리에서 들썩이는 모습을 보자 부끄럽고 창피했다.

"숙녀 여러분, 모두 조용!" 웅성거리는 소리가 커지자 민친 교장이 목소리를 높였다. "제임스, 책상에 상자를 내려놓고 뚜껑을 열어요. 에마는 의자에 상자 내려놓고." 그러고는 느닷없이 무서운 목소리로 소리쳤다. "베키!"

베키는 기쁜 나머지 온통 정신을 빼앗겨, 흥분과 기대로 몸을 뒤트는 로티를 바라보면서 활짝 웃고 있었다. 그러다 별안간 자신을 나무라는 목소리를 듣고는 화들짝 놀라서 하마터면 상자를 떨어뜨릴 뻔했다. 겁에 질려 연신 고개를 숙이며 용서를 비는 모습이 우스운지 라비니아와 제시가 킥킥 웃음을 터뜨렸다.

"감히 여기가 어디라고 어린 숙녀들을 쳐다보는 거냐?" 민친 교장이 호통쳤다. "분수도 모르고. 어서 상자를 내려놔."

베키는 허둥거리며 시키는 대로 하고는 황급히 문 쪽으로 물러났다.

"이제 나가봐요." 민친 교장이 나가라고 손짓하며 하인들에게 말했다.

베키는 윗사람들이 먼저 나가도록 공손하게 옆으로 비켜섰다. 그러면서 부러운 마음에 눈길이 절로 책상 위 상자들로 향하는 건 어쩔 수 없었다. 얇은 포장지 사이로 삐져나온 푸른 새틴으로 만든 뭔가가 보였다.

"민친 교장 선생님." 세라가 불쑥 말을 꺼냈다. "괜찮다면 베키도 같이 있어도 될까요?"

대담한 요구였다. 민친 교장은 저도 모르게 흠칫 놀라는 눈치였다. 그러더니 안경을 올려 쓰며 자신의 전시용 학생을 당황스런 눈길로 쳐다보았다.

"베키도 같이?" 교장이 큰 소리로 말했다. "세상에, 세라!"

세라는 교장 쪽으로 한 걸음 다가갔다.

"베키도 선물을 보고 싶어할 테니까 여기 있으면 좋겠어요." 세라가 설명했다. "아직 어린 여자아이니까요."

민친 교장은 은근히 화가 치밀었다. 세라를 바라보던 교장이 베키에게 고개를 돌렸다.

"세라." 교장이 입을 열었다. "베키는 부엌에서 일하는 하녀란다. 부엌데기는, 음, 그러니까, 어린 여자아이가 아니야."

사실 부엌데기가 어린 여자아이일 수 있다는 생각은 단 한 번도 교장의 머리에 떠오른 적이 없었다. 부엌데기는 석탄 통을 나른다든지 벽난로에 불을 지핀다든지 하는 허드렛일을 하는 기계일 뿐이었다.

"하지만 베키는 어린 여자아이인걸요." 세라가 대꾸했다. "분명히 좋아할 거예요. 제발 같이 있게 해주세요. 오늘은 제 생일이잖아요."

민친 교장은 한껏 위엄을 돋운 목소리로 말했다.

"세라가 생일이라고 특별히 부탁하니, 같이 있어도 돼요. 레베카, 큰 친절을 베푼 세라 양에게 고맙다고 해."

베키는 기대와 불안이 교차하는 표정으로 교실 뒤쪽 모퉁이에 서서 앞치마 자락을 배배 꼬던 차였다. 교장의 말에 앞으로 걸어 나와 고개를 숙여 보였지만, 세라와는 따뜻한 이해를 품은 눈빛을 반짝 주고받았다. 베키의 입에서 두서없이 감사의 말이 쏟아져 나왔다.

"아, 아가씨가 괜찮다면요! 감사하지요, 아가씨! 인형 진짜로 보고 싶었지요, 진짜예요. 고맙네요, 아가씨. 교장 선생님도 감사하고요, 이렇게 있게 해주셔서." 민친 교장 쪽으로 몸을 돌려 주눅이 든 듯 인사를 했다.

민친 교장은 손을 다시 내저었다. 이번에는 문 가까이 모퉁이를 향해서였다.

"저쪽으로 가서 서 있어." 교장이 명령했다. "숙녀들에게 너무 가까이 가지 말고."

베키는 생긋 웃으며 교장이 가리킨 쪽으로 걸어갔다. 시끌벅적 생일 파티가 열리는 동안 아래층 부엌방 대신 교실에 머무는 행운을 누릴 수만 있다면 어디에 서든 상관없었다. 민친 교장이 불길하게 목청을 가다듬고 다시 입을 열었을 때도 신경 쓰지 않았다.

"숙녀 여러분, 먼저 몇 마디 할 얘기가 있어요." 교장이 운을 뗐다.

"연설하려나 봐." 학생 하나가 소곤거렸다. "제발 빨리 끝나라."

세라는 왠지 불안했다. 오늘이 생일인 만큼 자신에 관한 내용일 것 같았다. 교실에 서서 자기 얘기를 듣는 게 가히 유쾌한 일은 아니었다.

"여러분도 알겠지만." 연설이―진짜로 한바탕 연설이었다―시작되었다. "오늘이 우리 세라의 열한 번째 생일이에요."

"우리 세라!" 라비니아가 작게 콧방귀를 뀌었다.

"이미 열한 살 생일을 맞은 학생이 여럿이지만, 세라의 생일은 좀 특별해요. 세라는 어른이 되어 막대한 유산을 물려받을 테니까요. 유산을 뜻있게 쓰는 게 앞으로 세라가 할 일이겠지요."

"다이아몬드 광산." 제시가 킥킥 웃으며 소곤거렸다.

세라는 제시의 말을 듣지 못했지만, 녹회색 눈을 민친 교장에게 똑바로 고정한 채 서 있는 동안 얼굴이 달아오르는 것을 느꼈다. 민친 교장이 돈 얘기를 꺼내자, 항상 자신이 교장을 미워했음을 새삼 깨달았다. 물론 어른을 미워하는 게 옳은 일은 아니지만 말이다.

"세라의 아버지 크루 대위가 인도에서 세라를 데려와 내게 맡기실 때 농담처럼 이렇게 말씀하셨어요." 연설은 계속되었다. "'민친 교장 선생님, 이 아이는 엄청난 부자가 될 겁니다.' 그래서 내가 이렇게 대답했어요. '크루 대위님, 세라는 막대한 재산을 더욱 돋보이게 할 교육을 우리 학교에서 받게 될 겁니다.' 선생님은 지금껏 세라만큼 영특한 학생을 본 적이 없어요. 프랑스어 실력이며 무용 실력은 우리 학교의 자랑입니다. 행동 거지는 또 어찌나 완벽한지, 덕분에 '세라 공주'라는 별칭이 생겼다지요. 오늘 오후 생일 파티만 봐도 여러분에게 큰 친절을 베푼다는 걸 알겠지요. 여러분 모두 세라가 보여준 아량에 감사하길 바라요. 자, 우리 모두 '고마워, 세라!'라고 큰 소리로 외치며 고마움을 표현해볼까요."

세라의 기억 속에 선명하게 아로새겨진 첫날 아침처럼 학생들이 모두 일어섰다.

"고마워, 세라!" 아이들이 한목소리로 외쳤다. 고백하건대 로티는 위아래로 펄쩍펄쩍 뛰었다. 세라는 순간 민망했지만 답례 인사―매우 우아한 몸짓으로―를 했다.

"생일 파티에 와줘서 고마워." 세라가 대답했다.

"좋아요, 좋아, 세라." 민친 교장이 흡족한 듯 말했다. "진짜 공주라면 대중이 갈채할 때 그렇게 하는 법이에요. 라비니아." 꾸짖는 듯 이어 말했다. "조금 전에 코웃음 비슷한 소리를 낸 것 같은데. 반 친구에게 샘이 나더라도 감정 표현은 숙녀처럼 해야지. 자, 이제 마음껏 즐기도록 해요."

교장이 교실에서 나가자, 교장이라는 존재만으로도 주문에 걸렸던 아이들이 일순간 깨어났다. 문이 닫힘과 동시에 모두 자리에서 일어났다. 어린아이들은 의자에서 펄쩍 뛰어내렸고, 몇몇은 넘어지기도 했다. 상급생들은 그런 데 낭비할 시간이 없었다. 하나같이 선물 상자로 뛰어갔다. 세라는 기쁜 얼굴로 상자 하나를 내려다보았다.

　"이건 책이야." 세라가 말했다.

　어린아이들은 아쉬운 듯 수런거렸고, 어먼가드는 깜짝 놀란 표정을 지었다.

　"너희 아빠도 생일 선물로 책을 보내니?" 어먼가드가 큰 소리로 물었다. "우리 아빠만큼 나쁘네. 열지 마, 세라."

　"난 책이 좋아." 세라는 웃으면서 제일 큰 상자로 몸을 돌렸다. 상자에서 꺼낸 '마지막 인형'은 황홀할 정도로 아름다워서, 어린아이들은 기쁨 가득한 숨 막히는 탄성을 토해내며 한 걸음 물러나 넋을 놓은 채 인형을 바라보았다.

　"키가 로티만 해." 누군가 외쳤다.

　로티는 깔깔 웃으면서 손뼉을 치며 뱅글뱅글 춤을 추었다.

　"극장에 가는 복장이야." 라비니아가 한마디 거들었다. "망토 자락은 흰족제비 털인가 봐."

　"어머!" 어먼가드가 앞으로 나오면서 소리쳤다. "손에 오페라 안경도 들고 있어. 푸른색과 금색이야."

"짐 가방도 있어." 세라가 말했다. "뭐가 들었나 열어볼까."

세라는 바닥에 앉아 열쇠를 돌렸다. 세라가 칸막이 상자를 하나씩 꺼내 내용물을 보여주는 동안, 주위로 몰려든 아이들은 서로 보겠다고 아우성을 쳤다. 학교가 이렇게 시끄러웠던 적은 한 번도 없었다. 레이스 달린 옷깃에 실크 스타킹과 손수건이 있고, 보석함에는 꼭 진짜 다이아몬드로 만든 것 같은 목걸이와 티아라가 들어 있었다. 물개 가죽으로 만든 기다란 머프가 있고, 드레스도 무도회용, 외출용, 방문용 등 각양각색이었다. 모자와 차 모임용 옷, 부채까지 들어 있었다. 라비니아와 제시마저 인형을 좋아할 나이가 지났다는 사실을 잊은 채 탄성을 연발하며 이것저것을 들고 살펴보았다.

"한번 상상해봐." 세라가 책상 옆에 서서 말했다. 손으로는 얼굴에 냉담한 미소를 띤, 이 모든 화려한 물건의 임자에게 커다란 검은색 벨벳 모자를 씌웠다. "얘가 사람 말을 알아들어서 이렇게 사랑받는 걸 즐긴다고 말이야."

"또 상상 타령이네." 라비니아가 비꼬았다. 깔보는 기색이 역력했다.

"나도 알아." 세라가 침착하게 응수했다. "난 상상하는 게 좋아. 그것보다 재미있는 건 없거든. 마치 요정이 되는 기분이야. 상상에 몰두하면 상상하는 모든 게 진짜처럼 느껴져."

"없는 것 없이 다 가졌으니 상상하는 게 재미있겠지." 라비니아가 쏘아붙였다. "알거지 신세가 되어 다락방에서 산다고 한번 상상해보시지."

세라는 '마지막 인형'의 타조 깃털을 매만지던 손길을 멈추고 문득 생각에 잠겼다.

"그것도 할 수 있을 것 같은데." 세라가 대답했다. "오히려 거지라면 하루 종일 상상하고 '체'해야 할 테니까. 당연히 쉽지는 않겠지."

어떻게 말을 마치기가 무섭게 ─ 한 치의 어긋남도 없이 ─ 어밀리아 선생이 교실로 들어왔는지, 참 얄궂기도 하다고 세라는 후일 종종 생각했다.

"세라." 어밀리아 선생이 말했다. "아버지의 변호사인 배로 씨가 민친 교장 선생님을 뵈러 오셨어. 교장 선생님이랑 단둘이 말씀을 나누셔야 한다는구나. 응접실에 생일상을 차려두었으니 어서 가서들 먹자. 그래야 교장 선생님이 배로 씨와 교실에서 말씀을 나누시지."

먹는 일이라면 언제든 마다하는 법이 없으니, 아이들 눈이 반짝 빛났다. 어밀리아 선생은 아이들을 질서정연하게 줄지어 세운 다음 세라를 자기 옆의 맨 앞줄에 세워 아이들을 이끌고 교실에서 나갔다. '마지막 인형'이 앉은 의자 주변에는 아름다운 옷가지가 그대로 흩어진 채였다. 드레스니 외투니 하는 것들은 의자 등받이에 걸쳐두었고, 레이스 주름이 달린 페티코트는 의자에 수북이 쌓인 채였다.

생일상에 낄 수 없는 베키는 경솔하게도 이 아름다운 물건들을 보느라 잠시 남았다. 정말이지 경솔한 행동이었다.

"베키, 어서 일하러 가야지." 어밀리아 선생이 교실을 나가면서 말했지만, 베키는 의자 옆에 서서 거의 경건한 몸가짐으로 머프에 이어 외투를 손에 들었다. 무엇에 홀린 듯 물건들을 내려다보는데 민친 교장이 문지방을 넘어오는 소리가 들렸다. 베키는 빈둥거린다고 혼이 날까 두려워 책상보가 길게 드리워진 책상 아래로 잽싸게 몸을 숨겼다.

민친 교장이 교실로 들어온 데 이어 땅딸막하고 날카로우며 건조한 인상의 신사가 뒤따랐다. 신사는 어딘가 당혹스러운 기색이었다. 민친 교장 역시 당황한 눈치임을 인정해야겠다. 교장은 메마른 인상을 가진 키 작은 신사를 난처하면서도 짜증이 난 듯한 표정으로 쳐다보았다.

위엄 있게 허리를 세우고 의자에 앉은 교장은 신사에게도 와서 앉으라고 손짓을 했다.

"어서 와 앉으세요, 배로 씨." 교장이 입을 열었다.

배로 씨는 곧장 앉지 않았다. '마지막 인형'과 주변에 흩어진 물건들에 신경이 쓰이는 모양이었다. 그는 안경을 쓰고 못마땅한 듯 신경질적으로 그것들을 훑어보았다. '마지막 인형'은 그러거나 말거나 아랑곳하지 않는 듯했다. 그저 의자에 꼿꼿하게 앉아 사내가 보내는 시선을 무심하게 되받아줄 뿐이었다.

"이게 다 100파운드예요." 배로 씨가 뜬금없이 말했다. "파리의 양재사가 만든 이 값비싼 물건들이 모두 100파운드란 말입니다. 젊은 아빠가 이렇게 돈을 펑펑 썼어요."

민친 교장은 불쾌했다. 학교에서 첫째가는 후원자에 대한 무례한 비난이었다.

아무리 변호사라 하더라도 이렇게 무례를 범할 권리는 없었다.

"죄송합니다만, 배로 씨." 교장이 딱딱한 어조로 말했다. "무슨 말씀인지 모르겠군요."

"열한 살짜리에게 이런 선물을 주다니!" 배로 씨는 여전히 비난하는 투였다. "광기 넘치는 사치라고 불러야겠군요."

민친 교장은 허리를 더 꼿꼿하게 세워 앉았다.

"크루 대위는 부유한 분이에요." 교장이 대꾸했다. "다이아몬드 광산만으로도……."

배로 씨가 교장 쪽으로 몸을 틀었다.

"다이아몬드 광산이라고요!" 그가 말허리를 잘랐다. "그런 건 없어요! 처음부터 없습니다!"

민친 교장은 자리에서 벌떡 일어섰다.

"뭐라고요!" 교장이 날카롭게 소리쳤다. "그게 무슨 말이에요?"

배로 씨가 퉁명스레 말을 내뱉었다. "그러니까, 그런 게 아예 없었더라면 더 좋았을 뻔했다는 말입니다."

"다이아몬드 광산이 없다니요?" 민친 교장이 의자 등받이를 움켜잡으며 외쳤다. 장밋빛 꿈이 저만치 사라지는 기분이었다.

"다이아몬드 광산이라는 게 원래 돈보다 파멸을 부르는 법입니다." 배로 씨가 말했다. "사업가도 아니면서 절친한 친구 손에 놀아나는 사람이라면, 친구의 다이아몬드 광산이든 황금 광산이든 가까이 가지 않는 게 상책이지요. 친구들이 돈을 투자하라고 꼬드기는 어떤 광산이라도 마찬가지입니다. 고인이 된 크루 대위는……."

여기까지 듣고 민친 교장은 숨을 헐떡이며 사내의 말을 끊었다.

"고인이 된 크루 대위라니요!" 교장이 비명을 질렀다. "고인이라니! 설마 나를 보러 온 이유가 크루 대위……."

"크루 대위는 죽었습니다, 선생님." 배로 씨가 짧고 냉정하게 대답했다. "말라리아에 걸린 데다 사업 문제까지 겹쳐 죽었습니다. 사업 문제로 괴로워하지 않았다면 말라리아만으로는 죽지 않았을 겁니다. 마찬가지로 말라리아가 거들지 않았다면 사업 문제만으론 죽지 않았을 겁니다. 어쨌건 크루 대위는 죽었습니다!"

민친 교장은 의자에 털썩 주저앉았다. 배로 씨가 던진 한

마디 한마디는 경악 그 자체였다.

"사업 문제가 뭐였나요?" 교장이 물었다. "대체 뭐였죠?"

"다이아몬드 광산." 배로 씨가 대답했다. "친한 친구들, 그리고 파산이지요."

민친 교장은 숨이 막혔다.

"파산!" 교장이 숨을 헐떡이며 내뱉었다.

"한 푼도 남김없이 모두 날렸습니다. 그 젊은 대위는 돈이 너무 많았어요. 다이아몬드 광산에 미친 절친한 친구가 있었는데, 그 친구는 자기가 가진 돈은 물론이고 대위 돈까지 몽땅 거기에 투자했어요. 얼마 지나지 않아 친구는 종적을 감췄고, 소식이 전해졌을 무렵 크루 대위는 이미 말라리아에 걸린 뒤였습니다. 충격이 엄청났겠지요. 대위는 의식이 혼미한 상태에서 횡설수설 딸 애기를 늘어놓다가 숨을 거두었습니다. 딸에게는 한 푼도 남기지 않았죠."

이제 민친 교장은 상황을 파악했고, 이렇게 큰 충격은 난생처음이었다. 자신의 전시용 학생이, 전시용 후원자가 한 방에 이 명문 사립 학교에서 날아간 것이다. 흠씬 두들겨 맞고 도둑맞은 기분이었다. 이 모든 일에 크루 대위와 세라, 배로 씨가 똑같이 책임을 져야 할 것 같았다.

교장이 격앙된 어조로 소리쳤다. "그러니까 지금 말씀이, 대위가 한 푼도 남기지 않았다는 건가요? 그래서 세라가 유산을 받지 못한다고요? 알거지나 다름없다고요? 유산 상속자가 아닌 가난뱅이로 내 손에 남았다고요?"

배로 씨는 약삭빠른 사업가답게 자신에겐 어떠한 책임도 없음을 지체 없이 밝히는 게 상책이라고 판단했다.

"세라는 무일푼입니다." 그가 대답했다. "우리가 아는 한 피붙이가 없으니, 이제부턴 교장 선생님이 맡아야 합니다."

민친 교장은 문 쪽으로 걸어갔다. 시끌벅적 음식을 나눠 먹으며 즐겁게 진행되는 생일 파티를 멈추려고 당장이라도 문을 박차고 뛰쳐나갈 태세였다.

"이게 말이 돼요?" 교장이 외쳤다. "세라는 지금 레이스 페티코트에 실크 드레스를 입고 내 돈으로 내 응접실에서 생일 파티를 하고 있다고요."

"생일 파티를 열어줬다면 교장 선생님이 비용을 부담해야 할 것입니다." 배로 씨가 차분하게 설명했다. "배로 앤드 스킵워스 변호사 사무실은 어떠한 것에도 책임이 없습니다. 이렇게 재산을 깨끗이 날리는 경우도 처음 봅니다. 크루 대위는 우리에게 지불할 마지막 대금도 치르지 않고 죽었습니다. 금액이 꽤 컸는데 말입니다."

민친 교장은 한층 화가 난 얼굴로 문가에서 몸을 돌렸다. 상상조차 할 수 없는 최악의 상황이었다.

"지금 대체 내게 무슨 일이 일어난 건가요?" 교장이 소리쳤다. "대위가 돈을 보낼 거라 확신해서, 저 아이한테 온갖 값비싼 것들을 다 사줬다고요. 저 말도 안 되는 인형이며 화려한 옷들을 모두 내 돈으로 샀어요. 저 아이는 원하는 걸 다 가져야 하니까. 마차에 조랑말에 하녀까지 있고, 지난번 받은 수표 이후로는 모든 걸 다 내 돈으로 해결했어요."

배로 씨는 변호사 사무실 측의 입장을 명확하게 밝히고 몇 가지 사실을 알린 다음에는 민친 교장이 쏟아내는 비탄에 젖은 넋두리를 들어주기 위해 남아 있을 뜻이 전혀 없었다. 그는 분개한 기숙 학교 교장들에게 딱히 연민을 느껴본 적이 없었다.

"더는 돈을 쓰지 않는 게 좋겠군요, 선생님." 배로 씨가 충고했다. "학생에게 선물을 줄 생각이 아니라면 말입니다. 선생님의 미덕을 기억해주는 사람은 아무도 없습니다. 저 학생은 이제 땡전 한 푼 없습니다."

"이제 난 어떻게 해요?" 마치 이 문제를 바로잡는 게 배로 씨가 마땅히 해야 할 도리라도 된다는 듯이 민친 교장이 물었다. "어떻게 하죠?"

"선생님이 할 일은 없습니다." 배로 씨가 안경을 접어 주머니에 집어넣으면서 말했다. "크루 대위는 죽었습니다. 아이는 무일푼으로 남았고요. 선생님 말고는 아이를 책임질 사람이 없다는 말씀입니다."

"내가 왜 아이를 책임져요? 난 책임을 거부합니다!"

민친 교장의 얼굴이 분노로 새하얘졌다.

배로 씨는 자리를 뜨려고 몸을 돌렸다.

"저희는 그 일에 하등의 관계가 없습니다, 선생님." 그가 감정 없이 말했다. "배로 앤드 스킵워스는 아무 책임도 없습니다. 일이 이렇게 되어 매우 유감입니다."

"내가 아이를 맡으리라고 생각한다면 오산이에요." 민친 교장이 숨 가쁘게 말을 이어갔다. "난 도둑맞고 사기를 당했어. 아이를 길바닥으로 쫓아낼 거야!"

화가 폭발하지 않았다면 그런 말을 내뱉을 만큼 교장은 부주의한 사람이 아니었다. 그런데 자신이 늘 미워하던, 온갖 사치를 누리며 자란 아이를 떠맡게 되었다는 사실에 이성을 잃은 것이다.

배로 씨는 흔들림 없이 문 쪽으로 걸어가며 말했다.

"저라면 그렇게 하지 않겠습니다, 교장 선생님. 모양새가 좋지 않을 테니까요. 학교와 관련된 흉흉한 소문이 돌지 않겠습니까. 연고도 없고 무일푼인 아이를 내쫓았다고."

장삿속이 밝은 사내라 그는 자신의 말에 포함된 의도를 정확히 알고 있었다. 민친 교장 역시 잇속에 밝은 사람이라 약삭빠르게 상황을 파악하리라는 것도 잘 알았다. 교장은 사람들이 자신을 두고 잔인하다느니 매정하다느니 하면서 수군거리는 걸 그냥 보아 넘길 형편이 아니었다.

"아이를 데리고 있으면서 잘 부려먹는 게 좋을 겁니다." 사내가 덧붙였다. "똑똑한 아이잖아요. 좀 더 크면 써먹을 데가 많을 겁니다."

"더 크기 전에 충분히 써먹을 거예요!" 민친 교장이 소리쳤다.

"그럼요, 그러셔야지요." 배로 씨가 기분 나쁘게 씩 웃으며 대꾸했다. "의심할 여지가 없습니다. 좋은 아침 보내십시오!"

고개를 숙여 인사하고는 문을 닫고 나갔다. 고백하건대 민친 교장은 한동안 꼼짝 없이 서서 문을 노려보았다. 사내가 한 말에는 틀린 데가 없었다. 교장도 잘 아는 사실이었다. 보상이라곤 어디에서도 받을 수가 없었다. 전시용 학생은 온데간데없이 사라지고 의탁할 곳 없는 무일푼 비렁뱅이만 남은 것이다. 자신이 미리 지불한 많은 돈도 받을 길이 없었다.

교장이 충격으로 숨도 제대로 쉬지 못한 채 서 있는데, 연회장으로 내어준 자신의 신성한 응접실에서 왁자지껄 신나게 떠드는 소리가 들려왔다. 적어도 이것만은 멈출 수 있었다.

교장이 발작적으로 발걸음을 떼는데, 어밀리아 선생이 문을 열고 들어오다가 분노로 확 달라진 언니의 얼굴을 보고는 흠칫 놀라 한 발 뒤로 물러섰다.

"언니, 무슨 일 있어?" 어밀리아 선생이 놀라서 물었다.

대답하는 교장의 목소리는 험악스러웠다.

"세라 크루 어디 있어?"

어밀리아 선생은 영문을 몰라 어리둥절했다.

"세라?" 어밀리아 선생이 말을 더듬었다. "그야, 애들하고 언니 방에 있지."

"그 호사스런 장롱 안에 검은 원피스도 있겠지?" 비꼬는 말투였다.

"검은 원피스라고?" 어밀리아 선생이 다시 말을 더듬거렸다. "검은색?"

"하기야 갖가지 색의 옷이 다 있으니, 검은색도 있겠지?"

어밀리아 선생은 얼굴이 창백해졌다.

"없는데…… 아, 있다!" 어밀리아 선생이 대답했다. "그런데 너무 짧을걸. 낡은 검정 벨벳 옷이 하나 있는데, 작을 거야."

"가당찮은 분홍색 실크 드레스는 당장 벗고 검은 원피스로 갈아입으라고 해. 짧든 길든 전혀 상관없어. 예쁜 옷은 이제 끝이야!"

그 소리에 어밀리아 선생은 살찐 손을 비비면서 울기 시작했다.

"아, 언니!" 어밀리아 선생이 훌쩍이며 말했다. "아, 언니! 도대체 무슨 일이 일어난 거야?"

민친 교장은 본론으로 바로 들어갔다.

"크루 대위가 죽었어." 교장이 대답했다. "한 푼도 남기지 않고. 맨날 상상이나 하는 별난 응석받이가 거지가 되어 내 손에 맡겨졌다고."

어밀리아 선생은 가장 가까운 의자에 털썩 주저앉았다.

"어처구니없게도 걔한테 수백 파운드를 썼는데, 이제 한 푼도 돌려받을 수 없어. 저 기막힌 생일 파티부터 중지시켜. 걔한테 당장 옷 갈아입으라고 해."

"나더러 말하라는 거야?" 어밀리아 선생이 숨을 거칠게 내쉬며 되물었다. "지금 가서 말하라고?"

"지금 당장!" 사나운 대답이 되돌아왔다. "바보처럼 그렇게 멍하니 앉아 있지만 말고. 어서!"

불쌍한 어밀리아 선생은 바보라는 소리에 익숙했다. 자기에게 바보 같은 구석이 있으며, 보통 하기 싫은 일은 바보에게 맡겨진다는 것도 잘 알았다. 기쁨에 들뜬 아이들의 한가운데로 가서 난데없이 파티 주인공에게 네가 거지가 되었으니 위층으로 올라가 껑충하고 낡은 검은 옷으로 갈아입으라고 말하는 건 어찌 되었든 참 난처한 일이었다. 그런데도 그 일을 해야 했다. 지금은 질문할 때가 아니었다.

어밀리아 선생은 눈이 빨개지도록 손수건으로 눈가를 훔쳤다. 그러고 나서 감히 한마디도 더 꺼내지 못하고 자리에서 일어나 교실을 나갔다. 언니가 조금 전처럼 눈알을 부라리면서 말할 때는 아무 말 없이 따르는 게 최선이었다. 민친 교장은 교실을 왔다 갔다 했다. 스스로 의식하지 못한 채 큰 소리로 혼잣말을 했다. 작년 한 해 동안 다이아몬드 광산에 얽힌 이야기는 그녀에게 별별 꿈을 다 꾸게 했다. 심지어 기숙 학교 교장도 광산 주인에게 도움을 받으면 큰돈을 손에 쥘 수 있었다. 그런데 이제 큰 이익을 바라기는커녕 손해를 따져야 할 신세가 되었다.

"하, 세라 공주라고!" 교장이 내뱉었다. "여왕이라도 된 것처럼 제멋대로 굴더니!"

분을 삭이지 못해 거친 숨을 식식 몰아쉬며 모퉁이에 놓여 있는 책상을 지나는데, 책상보 아래에서 흐느끼는 소리가 들렸다. 교장은 흠칫 놀라 발걸음을 멈췄다.

"뭐야?" 교장이 화가 나서 소리쳤다. 또다시 흐느끼는 소리가 크게 들리자, 교장은 허리를 굽히고 책상 위에서 길게 늘어져 있는 책상보를 걷어 올렸다.

"네가 어떻게 감히 여기에!" 교장이 빽 소리를 질렀다. "어떻게 감히! 당장 나와!"

가엾은 베키가 책상 아래에서 기어 나왔다. 모자는 한쪽으로 삐뚜름하게 내려왔고, 얼굴은 울음을 참느라 빨개진 채였다.

"죄송해요, 선생님. 저예요, 교장 선생님." 베키가 입을 뗐다.

"그러면 안 되는 거 저도 알죠. 근데 인형을 보다가 선생님 들어오시는 소리에 그만 겁이 덜컥 나서, 책상 아래로 숨었어요."

"내내 다 들으면서 거기에 있었단 말이지." 민친 교장이 호통을 쳤다.

"아녜요." 베키가 머리를 조아리며 해명했다. "들으려고 들은 게 아녜요. 선생님 모르게 살짝 빠져나가려고 했는데, 그래 못했어요. 그치만 진짜 들으려고 한 게 아녜요, 선생님. 제가 뭐 하러 그래요. 그치만 들리는 것을 막을 순 없었어요."

베키는 별안간 자기 눈앞에 선 이 무시무시한 여자에 대한 두려움 같은 건 싹 잊은 듯 보였다. 베키가 왈칵 눈물을 쏟으며 말했다.

"오, 맙소사, 선생님. 혼내실 거 아는데, 세라 아가씨 넘 불쌍해서, 흐흑, 넘 불쌍해요!"

"당장 나가!" 민친 교장이 명령했다.

베키는 눈물을 줄줄 흘리며 교장에게 다시 공손히 고개를 숙였다.

"그럴게요, 선생님." 베키가 떨리는 목소리로 말했다. "그치만 아, 꼭 드릴 말씀이 있는데. 세라 아가씬, 그니까 그렇게 부자 아가씨가, 여지껏 시중만 받고 살았는데, 어떻게 하녀 없이 사나요? 저요, 그니까 저 부엌일 다하고 세라 아가씨 시중들면 안 될까요? 이제 아가씨 돈 없으니까 시중들게만 하시면 부얼일 후딱 할 거예요. 흑." 베키는 또다시 울음을 터뜨렸다. "불쌍한 세라 아가씨, 공주라고 부르던 분인데."

베키 때문에 민친 교장은 화가 더 끓어올랐다. 한낱 부엌데기에 불과한 것이 그 아이—교장은 세라를 한 번도 좋아한적이 없다는 사실을 어느 때보다 절실히 깨달았다—편에 서서 이렇게까지 말하다니, 참기 힘들었다. 교장은 발을 쾅쾅 굴렀다.

"안 돼." 교장이 소리를 질러댔다. "다른 사람 시중을 들어야 할 애가 시중을 받다니, 절대 안 될 소리. 쫓겨나고 싶지 않으면 당장 나가."

베키는 앞치마에 얼굴을 묻고 도망치듯 그곳에서 빠져나왔다. 교실에서 나와 계단을 내려가 부엌방으로 들어가서는 식기와 주전자 사이에 쪼그리고 앉아 애끓는 울음을 토해냈다.

"꼭 동화책에 나오는 얘기 같네." 베키가 구슬프게 울면서 말했다. "길거리로 쫓겨난 불쌍한 공주들 이야기처럼 말이야."

몇 시간 후 세라가 응접실로 불려 들어왔을 때, 민친 교장은 더없이 침착하고 냉정해 보였다.

그때쯤에는 세라에게도 생일 파티는 지나간 꿈이거나 몇년 전에 일어난 일, 아니면 다른 아이의 삶에서 일어난 일처럼 느껴졌다.

파티의 흔적은 어디에서도 찾을 수 없었다. 호랑가시나무 화환은 교실 벽에서 내려졌고, 책상이며 걸상은 모두 제자리로 돌아갔다. 민친 교장의 응접실은 여느 때와 다름없어 보였다. 생일상은 말끔히 치웠고, 민친 교장은 평소 입던 치마로 갈아입은 뒤였다. 학생들은 파티복을 벗으라는 지시를 받고 옷을 갈아입고는 교실로 돌아와 삼삼오오 모여 앉아 흥분한 목소리로 자기들끼리 나직이 소곤거렸다.

"세라더러 내 방으로 오라고 해." 민친 교장은 여동생에게 말한 터였다. "내 앞에서 울고불고 야단 부릴 생각은 하지도 말라고 단단히 일러둬."

어밀리아 선생이 후에 말했다. "언니, 정말 이상한 아이야. 난리는커녕 조용하기만 했어. 크루 대위가 인도로 돌아갔을 때도 그랬던 거 언니도 기억하지. 애기를 듣는 내내 숨소리도 없이 가만히 서서는 나만 빤히 쳐다보던데. 눈이 점점 커지는가 싶더니 안색이 창백해지는 것 같기는 했어. 말을 다 끝낸 후에도 얼마간 꼼짝 없이 서서 앞만 보더라고. 그러고는 턱이 떨리는 듯싶더니 곧 몸을 돌려 교실에서 뛰어나가 위층으로 올라갔어. 몇몇 아이들이 울음을 터뜨렸는데도 전혀 못 듣는 기색이더라고. 사실 내가 하는 말 말고 어떤 것에도 반응하지 않는 것 같았어. 대답을 못 들으니 기분이 좀 묘하던데. 뜻밖의 놀라운 소식을 접하면 뭐라도—그게 뭐든 간에—애기하는 게 정상이잖아."

위층으로 뛰어 올라가 문을 잠근 뒤에 방에서 무슨 일이
있었는지는 세라 이외에 아무도 몰랐다. 실은 세라 자신도 방
안을 서성이며 자기 목소리가 아닌 듯한 목소리로 계속 똑같은
말을 되뇌었다는 것 말고는 명확히 기억나는 게 없었다.

"아빠가 죽었어! 아빠가 죽었어!"

그러고는 의자에 앉아 자신을 지켜보는 에밀리 앞에 멈춰
서서 미친 듯 소리쳤다.

"에밀리! 듣고 있니? 듣고 있는 거야? 아빠가 죽었다고!
아빠가 인도에서 죽었어. 수천 킬로미터 떨어진 곳에서."

세라가 호출을 받고 민친 교장의 응접실로 들어섰을 때,
얼굴은 창백했고 눈 밑에는 그늘이 짙게 드리워져 있었다. 입
을 앙다문 것이 마치 과거와 현재에 자신이 겪고 있는 고통을
드러내지 않겠다는 고집처럼 읽혔다. 화려하게 장식된 교실에
서 선물 사이를 날아다니는 장밋빛 나비 같던 아이는 찾아볼
수 없었다. 대신 낯설고 쓸쓸한, 기이해 보이기까지 하는 자그
마한 아이가 있을 뿐이었다.

세라는 한쪽 구석에 처박아두었던 검은색 벨벳 원피스를
마리에트의 도움 없이 혼자 입었다. 길이도 짧고 품도 꼭 끼었
다. 껑충한 치마 아래 드러난 날씬한 다리는 더 길고 가늘어 보
였다. 검은 끈을 찾지 못해 풀어 헤친 짧고 숱 많은 검은 머리

칼이 얼굴 위로 흘러내려 파리한 낯빛과 대조를 이루었다. 검은 천으로 감싼 에밀리를 한 팔로 꼭 껴안은 채였다.

"인형 내려놔." 민친 교장이 명령했다. "무슨 생각으로 인형을 가지고 온 거야?"

"아니요." 세라가 대답했다. "내려놓지 않을 거예요. 에밀리는 제가 가진 전부니까요. 아빠가 제게 준 선물이에요."

세라는 언제나 민친 교장을 남몰래 불편하게 만들었는데, 지금도 마찬가지였다. 무례하지 않으면서도 침착함과 냉정함을 잃지 않는 태도에 민친 교장은 늘 쩔쩔매곤 했다. 어쩌면 자신이 인정머리라고는 없이 비정하게 행동한다는 것을 스스로 잘 알기 때문일 수도 있다.

"하기야 앞으론 인형 놀이를 할 시간이 없겠구나." 교장이 말했다. "일도 하면서 실력을 키워 쓸모 있는 사람이 되어야 하니 말이다."

세라는 커다랗고 묘한 눈을 교장에게 고정한 채 한마디도 하지 않았다.

"지금부턴 모든 게 달라질 거다." 민친 교장이 말을 이어 나갔다. "어밀리아 선생님께 상황을 들어 너도 알겠지."

"네." 세라가 대답했다. "아빠가 돌아가셨어요. 제게 한 푼도 남기지 않고요. 전 이제 무일푼이에요."

"그래, 넌 알거지야." 민친 교장이 쏘아붙였다. 이게 무슨 뜻인지 떠오르자 다시 부아가 치밀어 올랐다. "피붙이도 집도 없는 널 돌봐줄 사람은 아무도 없어."

그 순간 핏기 없이 갸름한 아이의 작은 얼굴에 경련이 이는 듯싶었지만, 아이는 아무 말도 하지 않았다.

"뭘 그렇게 쳐다봐?" 민친 교장이 날카롭게 물었다. "이해도 못 할 만큼 바보야? 하늘 아래 이제 너 혼자 남았고, 널 위해 줄 사람은 아무도 없어. 내가 자애를 베풀어 너를 거두지 않으면 말이다."

"알아요." 세라가 나직이 말했다. 잠시 후 목울대 너머로 차오르는 무언가를 힘겹게 삼키는 듯한 소리가 들렸다. "잘 알아요."

"저 인형." 민친 교장이 근처 의자에 놓인 화려한 생일 선물을 손가락으로 가리키며 소리쳤다. "저 호사스런 인형이며 말도 안 되게 비싼 저 옷가지들, 전부 다 내 돈으로 산 거야!"

세라는 의자를 돌아보았다.

"마지막 인형, 마지막 인형." 세라가 중얼거렸다. 슬픔에 젖은 작은 목소리가 기이하게 들렸다.

"흥, 마지막 인형!" 민친 교장이 되쏘았다. "지금도 네 것인 줄 알아? 이젠 내 거야. 네 물건은 모조리 내 거야."

"그럼 가져가세요." 세라가 말했다. "전 필요 없어요."

세라가 겁먹은 표정으로 흐느껴 울었다면 민친 교장은 좀 더 인내심을 발휘했을지도 모른다. 교장은 사람을 지배하면서 자기의 힘을 과시하고 싶어하는 여자였다. 세라가 창백한 작은 얼굴에 당황하는 기색도 비치지 않고 목소리마저 당당하자, 교장은 마치 자기 힘을 깡그리 무시당하는 기분이었다.

"잘난 척하지 마." 교장이 쏘아붙였다. "그럴 때는 지나갔어. 지금도 공주인 줄 아니? 마차고 조랑말이고 하녀고 다 돌려보낼 거야. 옷도 제일 낡고 형편없는 걸 입고. 지금 네 상황에 그런 호사스런 물건이 가당키나 해? 네가 베키와 다를 게 뭐야. 이제 네 손으로 일하면서 벌어먹어야 해."

놀랍게도 아이의 눈에서 보일락 말락 희미한 빛 ─ 어떤 안도감 ─ 이 반짝였다.

"일할 수 있나요?" 아이가 물었다. "그럴 수 있다면 크게 문제 되지 않을 거예요. 무슨 일을 할 수 있나요?"

"하라고 하는 건 다 해야지." 교장이 답했다. "영특한 아이니 일은 수월하게 배우겠지. 쓸모 있다 싶으면 널 여기 머물게 해줄 수도 있어. 프랑스어가 능숙하니 어린 학생들을 도울 수 있을 게다."

"정말요?" 세라가 큰 소리로 물었다. "아, 제발요, 그렇게 해주세요! 어린아이들을 잘 가르칠 수 있어요. 저도 걔들을 좋아하고, 걔들도 절 좋아해요."

"누가 널 좋아하느니 하는 말도 안 되는 소리는 이제 그만

집어치워." 민친 교장이 응수했다. "어린 학생들을 가르치는 것 말고도 할 일이 많아. 잔심부름도 하고 부엌일도 도와야 해. 마음에 들지 않으면 당장 쫓아낼 거다. 명심해. 이제 가봐."

세라는 교장을 마주 보며 잠시 가만히 서 있었다. 어린 머리로 기묘한 상상에 몰두하던 참이었다. 아이는 곧 방에서 나가려고 몸을 돌렸다.

"거기 서!" 교장이 세라를 불러 세웠다. "고맙다는 인사도 안 하고 가?"

세라는 걸음을 멈췄다. 머릿속을 헤집고 다니던 별별 묘한 상상이 한꺼번에 쏟아져 나오는 것 같았다.

"왜 고맙다고 해야 하죠?" 세라가 물었다.

"친절을 베풀었잖아." 민친 교장이 대답했다. "네게 살 집도 주고."

세라는 교장 쪽으로 두어 걸음 내디뎠다. 가녀린 작은 가슴이 들먹들먹하더니 아이답지 않은 낯설고 격렬한 어조로 말했다.

"친절하게 대하지 않으셨어요." 세라가 말을 이었다. "친절하지도 않고, 여기는 집도 아니에요." 그러고는 민친 교장이 미처 멈춰 세우기도 전에 몸을 돌려 교실에서 뛰어나갔다. 교장은 치미는 분노를 어쩌지 못해 아이의 뒷모습만 노려볼 뿐이었다.

세라는 계단을 천천히 올라가면서도 가쁜 숨을 내쉬었다. 옆구리에는 에밀리를 꼭 껴안은 채였다.

"에밀리가 말을 할 줄 알면 얼마나 좋을까." 아이가 혼잣말을 했다. "말을 할 수 있다면, 그럴 수만 있다면!"

세라는 자기 방으로 들어가 호랑이 가죽에 누워, 커다란 고양잇과 동물의 대가리에 뺨을 댄 채 벽난로 불꽃을 바라보면서 생각에 생각을 거듭할 작정이었다. 그런데 층계참에 도달했을 즈음 어밀리아 선생이 방에서 나오더니 문을 닫고는 초조하고 어색한 표정으로 문 앞에 서 있었다. 사실 어밀리아 선생은 교장이 지시한 대로 조금 전에 한 일을 부끄럽게 여기던 참이었다.

"넌, 넌 이제 그 방에 들어가면 안 돼." 어밀리아 선생이 입을 뗐다.

"들어가면 안 된다니요?" 세라가 소리치면서 뒷걸음질했다.

"이제 네 방이 아니야." 어밀리아 선생이 얼굴을 붉히면서 대꾸했다.

세라는 단박에 상황을 알아챘다. 민친 교장이 말한 변화가 시작되었음을 깨달은 것이다.

"그럼, 제 방은 어디예요?" 목소리가 떨리지 않기를 간절히 바라면서 세라가 물었다.

"베키의 옆방인 다락방이야."

세라는 그곳이 어디인지 알았다. 베키가 예전에 다락방 얘기를 들려준 적이 있었다. 세라는 몸을 돌려 층계참을 두 번 지날 때까지 계단을 올라갔다. 마지막 층계참은 좁은 데다 다 닳아서 해진 양탄자가 깔려 있었다. 이젠 자기 자신이라 말할 수조차 없는 낯선 아이가 살던 세상을 등지고 저 멀리 걸어가는 기분이었다. 껑충하니 몸에 꼭 끼는 낡은 원피스를 입고 다락방 계단을 오르는 이 아이는 분명 다른 아이였다.

다락방 앞에 이르러 문을 여는 순간, 가슴이 무겁게 내려앉았다. 잠시 후 세라는 문을 닫고 거기에 기대서서 주위를 둘러보았다.

그곳은 완전히 다른 세상이었다. 지붕은 비스듬히 기울어져 있고 벽에는 회반죽만 발라져 있었다. 게다가 거무칙칙하게 바랜 회반죽 벽은 곳곳이 일어나 있었다. 난로 받침쇠엔 녹이 슬었고, 철제 침대 틀은 낡았으며, 딱딱한 매트리스에는 색이 바랜 침대보가 덮여 있었다. 아래층에서 쓰기엔 너무 낡은 가구 몇 점이 보였다. 칙칙한 잿빛 하늘 외엔 보이는 게 없는 길쭉한 천창 아래 붉은색의 낡은 발 받침대가 놓여 있었다. 세라는 그쪽으로 걸어가 받침대에 앉았다. 세라는 우는 법이 거의 없었다. 지금도 울지 않았다. 에밀리의 얼굴이 위로 향하도록 무릎에 올려놓고 꼭 껴안은 채로, 혼잣말은커녕 숨소리도 없이 작고 검은 머리를 검은 원피스에 파묻고 옹크리고 앉아 있을 뿐이었다.

이렇게 고요 속에 앉아 있는데 문을 두드리는 낮은 소리가 들려왔다. 처음에는 듣지 못할 만큼 주저하듯 워낙 작은 소리라서, 빼꼼히 열린 문 사이로 가엾게도 눈물범벅이 된 얼굴이 보이기 전까지 세라는 인기척을 느끼지 못했다. 베키였다. 베키는 몇 시간 동안 혼자 울면서 얼굴이 이상해 보일 때까지 눈가를 앞치마로 훔친 터였다.

"아, 아가씨." 베키가 숨을 죽이며 말했다. "저, 저, 들어가요?"

세라는 고개를 들고 베키를 쳐다보았다. 미소를 지으려 했지만 도저히 그럴 수가 없었다. 별안간—이 모두는 애정과 슬픔을 듬뿍 담은 채 쉴 새 없이 눈물을 흘리는 베키의 눈을 통해 본 것이다—세라가 평소처럼 어른스러워 보이지 않고 그저 어린아이처럼 보였다. 세라는 손을 뻗고 낮게 흐느꼈다.

"아, 베키." 세라가 말했다. "우린 똑같은 사람이라고 예전에 말했잖아. 두 어린아이일 뿐, 그냥 어린아이들이야. 내 말이 맞았다는 거 이제 알겠지? 우린 차이가 없어. 이제 난 공주가 아니야."

베키가 달려와 무릎을 꿇고 앉아 세라의 손을 잡고 가슴에 꼭 갖다대면서 비통한 울음을 토해냈다.

"지금도 공주예요, 아가씨, 공주가 맞아요." 흐느끼느라 베키의 말이 끊겼다. "아가씨한테 뭔 일이 났건, 아가씨는 영원한 공주예요. 아가씨는 공주 말고 딴 사람이 될 수 없어요."

다락방에서

다락방에서 보낸 첫 밤을 세라는 평생 잊을 수 없었다. 그 밤이 지나는 동안 세라는 어린아이답지 않은 거친 슬픔에 젖어 있었다. 그 슬픔에 대해 세라는 누구에게도 말하지 않았다. 이해할 사람은 아무도 없었다. 잠을 이루지 못하고 어둠 속에 누운 채 이따금 낯선 환경에 정신을 빼앗기는 것은 오히려 아이에게 다행스런 일이었다. 자신의 작은 육체로 주변 세계의 존재를 인식할 수 있는 것 역시 아이에겐 다행이었다. 그렇지 않았다면 슬픔이 너무 커서 어린 영혼으로서는 도저히 견디기 어려웠으리라. 하지만 실제로는 그 밤 동안 아이는 자신에게 육체가 있다는 사실도 거의 의식하지 못했고, 오로지 한 가지밖에 기억하지 못하는 것 같았다.

"아빠가 죽었어!" 아이는 연거푸 나지막이 중얼거렸다. "아빠가 죽었어!"

아이는 딱딱한 침대에서 그나마 편한 곳을 찾으려고 자꾸만 몸을 뒤척였다는 사실을 한참이 지나서야 깨달았다. 이제껏 알지 못했던 깜깜한 어둠이 주변을 감쌌고, 바람은 울부짖는 짐승처럼 지붕 위 굴뚝 사이로 휘몰아쳤다. 얼마 후 더 나쁜 일이 벌어졌다. 벽과 굽도리 뒤에서 무언가 부스럭거리며 긁고 찍찍대는 소리가 들렸다. 베키가 얘기한 적이 있기 때문에 세라는 무슨 소리인지 알았다. 들쥐, 집쥐들이 싸우거나 장난치는 소리였다. 날카로운 발톱으로 바닥을 긁으며 잽싸게 달려가는 소리도 두어 번 들렸다. 세라는 그 소리를 처음 들었을 때 침대에서 벌떡 일어나 두려움에 몸을 잔뜩 옹송그리고 앉았다가 머리끝까지 이불을 뒤집어쓰고 도로 누운 사실을 훗날 기억을 더듬으며 떠올리곤 했다.

아이에게 삶의 변화는 서서히 온 게 아니라 어느 날 번개가 떨어지듯 찾아왔다.

"앞으로 쭉 해야 하는 일이니 바로 시작하도록 해." 민친 교장이 어밀리아 선생에게 말했다. "저 아이한테 무슨 일을 해야 할지 당장 가르쳐줘."

이튿날 마리에트는 학교를 떠났다. 세라는 자기 방이었던 곳을 열린 문 사이로 보면서, 모든 것이 바뀌었음을 새삼 깨달았다. 장식품과 값진 물건은 말끔하게 치워졌고, 새로 들어올 학생의 침실로 꾸밀 요량으로 침대를 한쪽 모퉁이에 놓았다.

아침을 먹으려고 아래층으로 내려갔을 때, 세라는 한때 자기 자리였던 민친 교장의 옆자리에 라비니아가 앉아 있는 것을 보았다. 민친 교장이 세라에게 차갑게 말했다.

"저쪽 작은 식탁에 앉아 어린 학생들을 돕는 게 네 일의 시작이야." 교장이 말을 이었다. "아이들을 조용히 시키고, 얌전히 앉아서 잘 먹는지, 음식은 남기는 게 없는지 살펴봐. 더 일찍 내려왔어야지. 로티가 벌써 찻잔을 엎었잖아."

그것이 시작이었다. 세라에게 주어지는 일은 나날이 늘어만 갔다. 세라는 어린 학생들에게 프랑스어를 가르쳤고, 다른 공부도 봐주었다. 이것이 그나마 덜 힘든 일이었다. 세라는 써먹을 데가 참 많은 아이라는 사실이 곧 드러났다. 날이 궂어도, 밤늦은 시간이어도 심부름을 갔다. 다른 사람이 깜박 잊은 일은 세라의 몫이었다. 요리사와 하녀들은 민친 교장의 말투를 흉내 냈고, 오랜 시간 그렇게 시끌벅적했던 '어린것'에게 명령을 내리는 걸 은근히 즐겼다. 그들은 하인 중에서도 일류가 아니었고, 몸가짐도 성격도 좋은 편이 아니었다. 더욱이 손쉽게 비난할 누군가가 옆에 있다는 것은 퍽이나 편리한 일이었다.

그로부터 두어 달 동안 세라는 기꺼운 마음으로 최선을 다해 일하고 비난도 묵묵히 견디다 보면 자신에게 가혹하게 대하는 사람들의 태도가 누그러지리라고 믿었다. 자존심이 강한 어린 마음에, 자신이 자선을 받는 게 아니라 자기 손으로 벌이를 한다는 사실을 그들에게 보이고 싶었다. 그러나 어느 순간, 세라는 누그러지는 사람이 없다는 사실을 깨달았다. 지시받은 일을 열심히 하면 할수록 속 편한 하녀들은 더 까다롭게 굴면서 자기들 마음대로 하려 했고, 요리사는 더욱 빈번히 욕 세례를 퍼부었다.

세라가 좀 더 컸더라면 민친 교장은 교사를 내보내고 세라에게 큰 아이들을 맡겨 돈을 아꼈을 터였다. 그러나 세라는 아직 어린아이고, 또 그렇게 보이는 동안에는 영특한 심부름꾼이나 자질구레한 일을 하는 하녀로 써먹어야 했다. 세라만큼 똑똑하고 믿을 만한 심부름꾼은 없었다. 힘든 일도, 복잡한 전갈도 세라에게는 믿고 맡길 수 있었다. 대금을 치르러 세라를 보낼 때도 있었다. 거기에 더해 세라는 방을 말끔히 닦고 치우는 능력까지 겸비했다.

세라가 수업을 듣는 것은 과거 일이 되었다. 세라는 아무것도 배우지 못했고, 이런저런 지시에 정신없이 뛰어다니는 기나긴 하루 일과가 끝나고 밤이 되어서야, 그것도 눈치를 봐가며 낡은 책이 쌓여 있는 빈 교실로 들어가 혼자 공부를 했다.

'배운 걸 다시 익히지 않으면 곧 잊어버리게 될 거야.' 세라는 생각했다. '난 이제 부엌데기나 마찬가지야. 아는 게 없는 부엌데기라면 가엾은 베키와 다를 바가 없잖아. 배운 걸 많이 잊게 될까, h를 나도 발음하지 않게 될까, 헨리 8세에게 아내가

여섯 명이나 있었다는 사실을 기억하지 못하게 될까.'

흥미롭게도 새로 바뀐 삶에서 학생들 속 세라의 위상도 변했다. 세라는 이제 작은 공주는커녕 그들 무리의 일원으로도 보이지 않았다. 쉴 새 없이 일을 해야 하는 터라 학생들과 이야기를 나눌 기회도 없을뿐더러, 교장이 그들과 떨어져 지내기를 원한다는 것을 세라는 알았다.

"세라가 학생들에게 말을 걸어서도, 친하게 지내서도 안돼." 교장이 말했다. "여자아이들은 슬픔에 혹하게 마련이거든. 자기 처지가 어떻고 하면서 낭만적인 이야기를 늘어놓기 시작하면, 그 아이는 곧 학대받는 주인공이 될 테고 부모들에게 잘못된 인상을 심어주겠지. 아이들하고 뚝 떨어져서 저 혼자 살게 하는 편이 나아. 분수에 걸맞게 말이야. 난 걔한테 집을 줬어. 걔가 누릴 수 있는 것 이상을 베푼 거지."

세라는 많은 것을 기대하지 않았고, 자기 앞에 서면 어색해하고 불편하게 행동하는 친구들과 계속 친하게 지내고 싶은 마음을 가지기엔 자존심이 너무 셌다. 실은 민친 교장의 학생들은 대개가 따분하고 정이라곤 없는 아이들이었다. 부유하고 안락한 생활에 익숙한 아이들이어서, 세라가 입은 옷이 더 짧아지고 더 낡고 더 기이해 보일수록, 그리고 신발에 구멍이 나고, 요리사가 급할 때면 식료품점으로 심부름을 보내 장바구니를 들고 거리를 오가게 한다는 사실이 공공연해질수록, 아이들은 세라와 말을 하면서 마치 하인과 이야기하는 듯한 기분을 느꼈다.

"한때 다이아몬드 광산을 소유했던 아이라니." 라비니아가 비아냥거렸다. "지금은 꼴사나워 볼 수가 없네. 점점 더 이상해지지 않니. 쟤 한 번도 좋아해본 적이 없지만, 쟤가 말 한마디 없이 사람을 쳐다볼 때면 미칠 것 같아. 꼭 뭔가 알아내려는 눈빛 같잖아."

"제대로 봤네." 세라는 이 말을 전해 듣고 곧장 대답했다. "그게 내가 사람들을 쳐다보는 이유야. 난 사람들에 대해 알고 싶거든. 그러고 나면 후에 곱씹어 생각하지."

라비니아는 언제든 못된 장난을 칠 용의가 있는 데다, 한때 전시용 학생이었던 세라에게 장난질을 쳐놓고 좋아할 게 분명한 아이였다. 실제로 세라는 라비니아를 유심히 살핀 덕에 몇 번이고 골치 아픈 상황을 모면했다.

세라는 짓궂은 장난을 친 적도, 다른 친구 일에 훼방을 놓은 적도 없었다. 그저 묵묵히 일할 따름이었다. 보따리와 장바구니를 들고 비에 젖은 거리를 뚜벅뚜벅 걸었고, 프랑스어 수업 시간에 집중하지 못하는 어린 학생들을 도왔다. 나날이 남루해지는 행색에 영락없이 버림받은 아이로 보이게 되자, 세라는 아래층에서 밥을 먹어야 했다. 아무 관심도 못 받는 아이가 되면서 가슴에는 자부심과 상처가 함께 자랐다. 하지만 아이는 누구에게도 자기 심정을 말하지 않았다.

"군인은 불평하지 않아." 아이는 앙다문 작은 이 사이로 말하곤 했다. "나도 불평하지 않아. 전쟁 중이라고 상상할 거야."

하지만 세 친구가 없었더라면 어느 순간에 아이는 외로움으로 무너져 내렸을 것이다.

첫 번째 친구는 고백하건대 베키, 바로 베키였다. 다락방에서 보낸 첫날 밤, 쥐들이 들끓고 찍찍대던 벽 너머로 또 다른 어린 존재가 있다는 사실에 세라는 미약하나마 위안을 얻었다. 그곳에서 보내는 밤이 많아질수록 안도감은 더욱 커졌다. 낮에는 서로 말할 기회가 거의 없었다. 각자 해야 할 일이 있었고, 대화를 나눌라치면 빈둥거린다든지 시간을 허비한다든지 하는 비난을 듣기 십상이었다.

"제가 공손히 말 안 해도 신경 쓰지 마요, 아가씨." 베키가 첫날 아침에 속삭였다. "제가 그렇게 하면 미움받죠. '부탁드려요'니 '고마워요'니 '죄송해요'니 그런 말 하고 싶은데, 그치만 그럴 시간이 없죠."

그렇지만 베키는 동이 트기 전에 세라의 다락방으로 몰래 들어와, 부엌에 불을 지피려고 아래층으로 내려가기 전에 원피스 단추를 채워준다든지 하는, 필요한 도움을 주곤 했다. 어두워진 뒤에는 매일 밤 세라의 방문을 수줍게 두드렸다. 기꺼이 세라의 시녀가 되어 언제든 도움을 주겠다는 뜻이었다. 슬픔에 빠져 지낸 몇 주 동안 세라는 혼이 반쯤 나가서 누군가와 대화를 나눌 엄두조차 내지 못한 터라, 베키를 만나거나 베키의 다락방에 들르게 된 것은 한참 후의 일이었다. 베키는 곤경에 빠진 사람은 혼자 있는 게 상책이라는 사실을 가슴으로 알았다.

세라를 위로한 삼총사 가운데 두 번째는 어먼가드였다. 그런데 어먼가드가 삼총사에 합류하기에 앞서 일이 묘하게 돌아갔다.

주변을 돌아볼 만큼 정신을 차리자, 세라는 어먼가드 같은 아이들의 존재를 까맣게 잊고 지냈다는 사실을 깨달았다. 어먼가드와는 늘 친하게 지냈지만, 세라는 자신이 몇 살 위 언니인 것 같은 기분을 느끼곤 했다. 어먼가드가 다정하긴 해도 따분한 구석이 있다는 데는 반박의 여지가 없었다. 어먼가드는 속수무책으로 세라 옆에 붙어 다녔다. 수업 교재를 들고 와서 도움을 청했고, 세라의 말을 하나라도 놓칠세라 귀를 기울였으며, 이야기를 들려달라고 연신 졸라댔다. 그러면서도 정작 자신은 세라에게 재미난 이야기 하나 들려주지 못했고, 책이라면 분야를 가리지 않고 싫어했다. 한마디로 어먼가드는 지독한 곤경에 빠졌을 때 기억할 만한 친구가 아니었고, 세라는 그런 어먼가드를 까맣게 잊었다.

어먼가드가 별안간 집으로 불려 가서 몇 주 동안 자리를 비워야 했기 때문에 어먼가드를 잊기가 더욱 쉬웠을 것이다.

학교로 돌아온 뒤에도 어먼가드는 세라를 하루 이틀 정도 보지 못했고, 드디어 세라를 만났을 때는 세라가 옷가지를 한 아름 들고 복도를 걸어오고 있었다. 옷을 수선하려고 아래층으로 가져가는 모양이었다. 세라는 이미 바느질을 배운 터였다. 낯빛이 창백해 전혀 세라처럼 보이지 않았다. 게다가 기이해 보일 만큼 껑충한 원피스를 입고 있어서 검은 스타킹을 신은 야윈 다리가 훤히 드러났다.

어먼가드는 그런 상황에 대처할 만큼 영민한 아이가 아니었다. 무슨 말을 해야 할지 아무 생각도 나지 않았다. 세라에게 일어난 일은 들어서 알고 있었지만, 세라가 그럴 줄―하녀나 다를 바 없이 그렇게 낯설고 불쌍해 보일 줄―은 꿈에도 상상하지 못했다. 어먼가드는 비참한 기분이 들어서 신경질적으로 짧게 웃으며 이렇다 할 목적도 의미도 없는 외마디 탄성을 토해낼 따름이었다.

"아, 세라! 너 맞니?"

"응, 맞아." 세라가 대답했다. 순간 어떤 이상한 생각이 떠올랐는지 세라의 얼굴이 붉어졌다.

세라는 팔에 옷을 한가득 든 채 옷이 쏟아져 내리지 않게 꼭대기를 턱으로 누르고 있었다. 어먼가드는 세라가 자신을 빤히 쳐다보자 더욱 어찌할 바를 몰랐다. 세라가 다른 아이가 된 듯했고, 꼭 처음 보는 아이처럼 낯설었다. 아마 세라가 어느 날 갑자기 무일푼이 되어 베키처럼 옷을 수선하고 허드렛일을 하는 신세가 되었기 때문일 것이다.

"아, 잘, 잘 지냈어?" 어먼가드가 말을 더듬거렸다.

"모르겠어." 세라가 대답했다. "넌 어때?"

"난, 난 잘 지냈어." 어먼가드는 부끄러워서 어쩔 줄을 몰랐다. 그러다가 좀 더 친밀감을 표할 만한 무엇인가를 발작적으로 떠올린 모양이었다. "지금, 지금 많이 슬프니?" 어먼가드가 황급히 물었다.

그 말을 듣고 세라는 부당한 짓을 저지르고 말았다. 순간 갈기갈기 찢긴 가슴이 팽팽하게 부풀어 오르는 기분이었고, 저렇게 어리석은 아이는 일단 피하는 게 낫겠다는 생각이 든 것이다.

"네가 보기엔 어때?" 세라가 되물었다. "내가 지금 행복할 것 같니?" 그러고는 더 말하지 않고 어먼가드를 지나쳐 복도를 걸어갔다.

한참 시간이 지난 뒤, 세라는 그때 비참한 제 신세 때문에 주변 일을 망각하지 않았더라면, 가련할 만큼 따분한 어먼가드가 당황한 나머지 그렇게 어색하게 행동했더라도 그 아이 잘못이 아니라는 사실을 알았을 거라고 생각했다. 어먼가드는 예전이나 지금이나 행동거지가 부자연스러웠고, 스스로 그렇게 느끼면 느낄수록 한층 더 우둔하게 행동했다.

그러나 그 순간에는, 불현듯 떠오른 생각에 세라는 지나칠
만큼 민감하게 반응했다.

'재도 다른 사람과 다르지 않아.' 그때 세라는 이렇게 생각
했다. '나와 얘기하고 싶지 않은 거야. 나와 얘기할 사람이 아무
도 없다는 걸 저 애도 아는 거야.'

그리하여 몇 주 동안 둘 사이에 벽이 가로놓였다. 우연히
만나면 세라는 눈을 피했고, 어먼가드는 몸이 얼어붙은 듯 당
황해 말을 걸 엄두도 내지 못했다. 지나치면서 이따금 고개를
까닥여 보이기도 했지만, 인사조차 나누지 않고 그냥 지나칠
때도 있었다.

세라는 속으로 생각했다. '나와 얘기길 꺼려한다면, 될
수 있는 대로 마주치지 않는 게 좋겠어. 민친 교장 덕분에 어렵
진 않을 거야.'

민친 교장이 일을 아주 쉽게 만들어준 덕에 세라와 어먼가
드는 얼굴을 볼 일이 거의 없었다. 그사이 어먼가드는 이전보
다 더 어리석게 행동했고, 기력이라곤 없이 불행해 보였다. 창
턱에 몸을 옹크리고 앉아 아무 말 없이 창밖만 내다보기 일쑤
였다. 한번은 제시가 지나가다가 발을 멈추고 호기심 어린 시
선으로 아이를 쳐다보았다.

"우는 거야, 어먼가드?" 제시가 물었다.

"아니, 안 울어." 어먼가드가 떨리는 목소리를 나직이 죽인

채 대답했다.

"안 울긴." 제시가 대꾸했다. "닭똥 같은 눈물이 콧잔등으로 흘러 코끝에서 똑 떨어지던데. 또 흐르네."

"그래." 어먼가드가 마지못해 인정했다. "기분이 울적해서 그래. 그냥 좀 내버려 둬." 그러고는 통통한 등을 돌리고 손수건을 꺼내 보란 듯이 거기에 얼굴을 파묻었다.

그날 밤 세라는 평소보다 늦게 다락방으로 올라갔다. 학생들이 잠자리에 들고 나서까지 일을 해야 했고, 그 이후에 텅 빈 교실에서 홀로 공부를 하다가 오는 길이었다. 계단 꼭대기에 이르렀을 때, 문 밑으로 새어나오는 불빛이 보이자 세라는 깜짝 놀랐다.

'나 말고 있을 사람이 없는데.' 세라는 재빨리 생각했다. '누가 촛불을 켜놨나 봐.'

정말로 누군가가 초에 불을 밝혀두었는데, 세라가 평소에 쓰던 부엌 촛대가 아니라 학생 침실에서 들고 온 촛대였다. 누군가 잠옷 차림에 붉은색 숄을 두르고 낡디낡은 발 받침대에 앉아 있었다. 어먼가드였다.

"어먼가드!" 세라가 외쳤다. 너무 놀란 나머지 더럭 겁까지 났다. "들키면 어떡하려고."

어먼가드는 비틀거리며 발 받침대에서 일어났다. 그러고는 지나치게 큰 침실용 슬리퍼를 질질 끌며 문 쪽으로 걸어왔다. 울어서 눈가와 코끝이 빨갰다.

"나도 알아, 들키면 어떻게 되는지." 어먼가드가 대답했다. "하지만 신경 안 써, 그러거나 말거나 전혀 신경 안 써. 아, 세라, 제발 알려줘. 도대체 뭐가 문제인지. 왜 날 예전처럼 좋아하지 않는 거야?"

어먼가드의 목소리를 듣자 세라는 목울대에 울컥 치미는 익숙한 것을 느꼈다. 어먼가드의 목소리는 너무도 다정하고 소박했다. '단짝'이 되어달라고 부탁하던 예전의 어먼가드 그대로였다. 최근 몇 주 동안 보인 행동은 본심이 아니라고 항변하는 듯 들렸다.

"지금도 널 좋아해." 세라가 대답했다. "다만 너도 알겠지만 모든 게 달라졌어. 그리고 너도 달라진 것 같았어."

어먼가드는 눈물에 젖은 눈을 크게 떴다.

"무슨 소리야, 달라진 건 너야!" 어먼가드가 큰 소리로 말했다. "네가 나랑 말하고 싶어하지 않았잖아. 어떻게 하면 좋을지 모르겠더라. 학교로 돌아와 보니 넌 딴 애가 되어 있었어."

세라는 잠시 생각했다. 자신이 실수했음을 깨달았다.

"난 달라졌어." 세라가 설명했다. "비록 네가 생각하는 것처럼은 아니지만. 내가 학생들하고 얘기하면 민친 교장이 싫어해. 나랑 얘기하고 싶어하는 아이도 없고. 너도 그럴지도 모른다고 생각했어. 그래서 가급적 너와 마주치지 않으려고 한 거야."

"아, 세라." 어먼가드는 원망스러운 듯 비탄에 찬 소리를 냈다. 잠시 후 그들은 한 번 더 시선을 나누고는 달려가 서로를 부둥켜안았다. 세라가 자그마한 검은 머리를 붉은 숄을 두른 어깨에 얼마간 올려두었다고 고백해야겠다. 어먼가드가 자신을 버렸다고 생각했을 때 세라는 끔찍이 외로웠다.

그들은 함께 바닥에 앉았다. 세라는 두 팔로 무릎을 깍지껴 꼭 껴안았고, 어먼가드는 숄로 몸을 둥글게 감쌌다. 어먼가드는 묘한 분위기를 풍기는, 눈망울이 커다란 작은 얼굴을 사랑스럽게 쳐다보았다.

"더는 견딜 수 없었어." 어먼가드가 말했다. "세라, 넌 나없이도 살 수 있겠지. 하지만 난 너 없이는 못 살겠더라. 사는 것 같지 않았어. 그래서 오늘 밤 이불을 뒤집어쓰고 울다가 갑작스레 결심했어. 몰래 여기로 와서 다시 친구가 되어달라고 부탁하자고."

"네가 나보다 나아." 세라가 대답했다. "다시 친구를 하자고 말하는 건 도저히 자존심이 허락하지 않았으니까. 시련이 찾아온 지금, 내가 착한 아이가 아니란 것이 만천하에 드러났어. 그렇게 될까 봐 겁났는데." 현자처럼 이마에 주름을 잡으며 말을 이었다. "아마, 그래서 시련이 찾아왔나 봐."

"시련에 좋은 점이 어디 있어?" 어먼가드가 고집스레 말했다.

"그건 그래, 사실대로 말하면." 세라가 솔직히 인정했다.

"그렇지만 모든 일에는 우리가 모르는 좋은 점이 있을 거야."
그러고는 의심스러운 말투로 덧붙였다. "민친 교장한테도 좋
은 점이 있을지 몰라."

어먼가드는 두려움과 호기심이 반씩 섞인 표정으로 다락
방을 둘러보았다.

"세라." 어먼가드가 물었다. "여기서 사는 거 괜찮아?"

세라도 주위를 둘러보았다.

"다른 곳으로 상상하면, 견딜 수 있어." 세라가 대답했다.
"아니면 이야기 속 장소로 상상하거나."

세라는 천천히 말했다. 상상력이 작동하기 시작했다. 고난
이 닥친 이후로는 도무지 상상력을 발휘할 수 없었다. 마치 상
상력이 고장 난 것 같았다.

"더 안 좋은 곳에서 사는 사람들도 있어. 이프 성 감옥에
갇힌 몬테크리스토 백작을 생각해봐. 바스티유 감옥에 갇혔던
사람들도!"

"아, 바스티유 감옥." 어먼가드가 매료된 시선으로 세라를
쳐다보면서 반은 속삭이는 목소리로 말했다. 세라가 극적인 사
건 묘사를 곁들이면서 들려주던, 그래서 뇌리에 각인된 프랑스
혁명에 관한 이야기가 떠올랐다. 그렇게 할 수 있는 사람은 세
라밖에 없었다.

세라의 눈에서 익히 아는 불꽃이 일었다.

"그래." 세라가 무릎을 껴안으며 대꾸했다. "상상을 펼칠 장소로 제격이지. 난 바스티유 감옥의 죄수야. 여기에 들어온 지 십 년, 또 십 년, 그리고 또 수십 년이 지났어. 날 기억하는 사람은 아무도 없어. 민친 교장은 간수야. 그리고 베키." 또 다른 불꽃이 반짝 일어나면서 눈이 더욱 환해졌다. "베키는 옆방의 죄수고."

어먼가드를 돌아보는 세라는 예전 모습으로 돌아가 있었다.

"그렇게 상상할 거야." 세라가 덧붙였다. "그러면 큰 위안이 되겠지."

어먼가드는 황홀감에 빠진 동시에 경외심을 느꼈다.

"그 얘기 들려줄 거지?" 어먼가드가 물었다. "안전하다 싶으면 밤에 여기로 몰래 올라와도 돼? 낮에 네가 지어낸 얘기를 듣고 싶어. 그러면 예전보다 더 '단짝'이 된 기분이 들 거야."

"응." 세라가 고개를 끄덕이며 대답했다. "역경은 사람을 시험에 들게 해. 내게 찾아온 역경은 널 시험에 들게 했고, 그 결과 네가 얼마나 좋은 친구인지 증명해 보였어."

멜키세덱

삼총사 중 마지막은 로티였다. 로티는 아직 어려서 역경이 무엇인지 알 턱이 없었으므로, 어린 양엄마의 처지가 달라지자 무척 당황스러워했다. 세라에게 무언가 이상한 일이 일어났다는 소문은 들었지만, 왜 옷차림새가 달라져야 하는지, 왜 낡은 검은색 원피스를 입고 교실로 들어오는지, 왜 예전처럼 명예로운 자리에 앉아 수업을 듣지 않고 어린아이들을 가르쳐야 하는지, 그 이유를 도통 알 수가 없었다. 에밀리가 그토록 오랫동안 자리를 지키던 방에서 세라가 쫓겨났다는 소문이 돌았을 때는 어린아이들도 자기들끼리 뭐라고 수군거리면서 크게 동요했다. 로티에게 제일 큰 문제는 세라가 질문을 받고도 거의 대답을 하지 않는다는 것이었다. 일곱 살배기가 미스터리를 풀려면 일단 그 정체부터 명확히 밝혀야 하는 법이다.

"세라, 지금은 돈 없어?" 세라가 어린 학생들의 프랑스어 수업에 들어온 첫날 아침, 로티가 낮은 목소리로 물었다. "거지처럼 돈 없어?" 그러고 나서 통통한 손을 세라의 여윈 손 안에 집어넣고 눈물이 그렁그렁한 눈을 똥그랗게 떴다. "언니가 거지인 거 싫어."

금세 울음을 터뜨릴 것만 같아서 세라는 황급히 아이를 달랬다.

"거지는 살 곳이 없지만, 난 살 곳이 있어." 세라가 용기를 내어 대답했다.

"어디 사는데?" 로티가 고집스레 물었다. "언니 방에 다른 애가 들어왔어. 이젠 방이 하나도 안 예뻐."

"난 이제 다른 방에서 살아." 세라가 대답했다.

"예쁜 방이야?" 로티가 물었다. "나도 가보고 싶어."

"지금은 얘기할 시간이 아니야." 세라가 말꼬리를 돌렸다. "민친 교장이 우릴 보고 있잖아. 로티와 속삭였다고 언니가 혼나게 돼."

무슨 문제라도 생기면 모든 책임이 자신에게 돌아온다는 것을 세라는 이미 터득한 터였다. 아이들이 수업에 집중하지 않고 떠들어도, 부산스럽게 움직여도, 혼나는 사람은 언제나 세라였다.

그렇지만 로티도 만만치 않은 상대였다. 세라가 어디에서 지내는지 알려주지 않는다면 직접 알아내면 된다. 로티는 자기처럼 어린 친구들에게 물어보는가 하면, 상급생들 옆에 찰싹 붙어 언니들이 주고받는 이야기에 귀를 기울였다. 언니들이 무심코 던진 말에서 단서를 찾아낸 로티는 어느 날 오후 늦게 탐험을 떠났고, 거기 있는지조차 몰랐던 계단을 살금살금 올라가 이윽고 다락방 앞에 이르렀다. 문 두 개가 맞붙듯이 가까웠다. 그중 하나를 열자, 자신이 그토록 사랑하는 세라가 낡은 탁자 위에 올라서서 창밖을 내다보는 모습이 보였다.

"세라!" 로티는 소스라치게 놀라며 소리쳤다. "세라 엄마!" 다락방이 너무 초라하고 볼품없어서, 또 세상과 너무 동떨어져 보여서 깜짝 놀란 것이다. 그 짤따란 다리로 계단을 수백 개나 올라온 듯했다.

세라는 로티의 목소리에 고개를 돌렸다. 이번에는 세라가 소스라치게 놀랄 차례였다. 대체 무슨 일이 벌어진 건가? 로티가 울음을 터뜨리고 그것을 누군가 듣기라도 한다면 둘 다 곤경에 처하리라. 세라는 탁자에서 껑충 뛰어내려 아이에게 달려갔다.

"울면 안 돼. 시끄럽게 굴어도 안 돼." 세라가 간청하듯 말했다. "안그러면 내가 혼나. 오늘도 하루 종일 혼났는걸. 여긴, 여긴 생각만큼 그렇게 나쁘지 않아, 로티."

"정말?" 로티가 숨죽인 목소리로 되묻고는 주위를 둘러보면서 입술을 깨물었다. 응석받이로 자랐지만, 그렇게도 좋아하는 양엄마를 위해서라면 얼마든지 참을 수 있었다. 세라가 사는 곳이라면 어디든지 멋진 곳이 될 수도 있을 것 같았다. "왜 나쁜 곳이 아니야, 세라?" 로티가 말소리를 죽이며 소곤거렸다.

세라는 로티를 꼭 껴안고 애써 웃음을 지었다. 아직 아기 티를 벗지 못한 통통한 몸에서 온기가 전해지자 왠지 마음도 푸근했다. 고된 하루였고, 로티가 들어오기 전에 눈시울이 뜨거워지는 것을 느끼며 창밖을 내다보던 참이었다.

"아래층에서 볼 수 없는 걸 여기선 다 볼 수 있거든." 세라가 말했다.

"어떤 거?" 로티가 호기심 어린 표정으로 물었다. 세라는 더 큰 아이들에게도 이렇게 호기심을 불러일으키곤 했다.

"화환 모양으로, 구름 모양으로 연기를 피워 올려서 하늘 높이 날려 보내는 굴뚝이 ─ 그것도 우리 가까이에 ─ 있고, 마치 자기들이 사람인 양 폴짝이며 쩍쩍거리는 참새도 있어. 그리고 천창 밖으로 머리가 불쑥 튀어나오면 저 사람이 누굴까 참 궁금해지지. 또 아주 높은 곳에 있는 느낌이야. 꼭 별세계에 온 것처럼."

"아, 나도 볼래!" 로티가 소리쳤다. "올려줘!"

세라는 로티를 들어 올렸다. 그들은 함께 낡은 탁자에 올라서서 지붕에 난 평평한 창가에 몸을 기댄 채 밖을 내다보았다.

이렇게 해보지 않은 사람은 눈앞에 어떤 별천지가 펼쳐지는지 짐작도 못 할 것이다. 양옆으로는 슬레이트 지붕이 저 아래 배수관까지 비스듬하게 이어져 있고, 지붕을 보금자리 삼은 참새들은 쨱쨱거리며 겁 없이 지붕 사이를 후루룩 날아다녔다. 가장 가까운 굴뚝 꼭대기에 앉은 참새 두 마리가 뭐라고 시끄럽게 싸워대더니, 이윽고 하나가 다른 하나를 부리로 쪼아대며 쫓아냈다. 옆집에 사람이 살지 않아서 그 집 다락방 창문은 닫힌 채였다.

"옆집에 사람이 들어오면 좋겠어." 세라가 말했다. "이렇게 손에 닿을 듯 가까우니까, 옆집 다락방에 여자아이가 산다면 창문 너머로 얘기를 주고받다가 지붕 위로 올라가서 만날 수도 있겠지. 물론 떨어질까 봐 겁내지 않는다면 말이야."

로티는 거리에서 올려다볼 때보다 훨씬 가까워 보이는 하늘에 온통 정신을 빼앗겼다. 다락방 창문 너머 굴뚝 사이로 세상을 내려다보니 저 아래에서 일어나는 일이 거의 실제가 아닌 듯 느껴졌다. 민친 교장이니 어밀리아 선생이니 교실이니 하는 것들이 존재한다는 사실조차 믿을 수 없었고, 광장을 지나가는 마차의 바퀴 소리는 다른 세상에서 들려오는 소리처럼 아득했다.

"아, 세라!" 로티가 자신을 보호하는 세라의 팔에 꼭 안기면서 소리쳤다. "다락방이 마음에 들어, 정말 좋아! 아래층보다 훨씬 좋아!"

"저기 참새 좀 봐." 세라가 속삭였다. "참새한테 던져줄 부스러기가 있으면 좋으련만."

"나한테 있어!" 로티가 작게 소리를 질렀다. "주머니에 빵 조각 있어. 어제 내 돈으로 산 건데, 아껴뒀어."

빵 부스러기를 던지자 참새가 푸륵거리며 날아오르더니 근처 굴뚝 꼭대기로 가서 앉았다. 참새는 다락방 사람들에게 익숙하지 않은지, 예상 못 한 부스러기에 깜짝 놀란 눈치였다. 하지만 로티가 잠자코 있고 세라가 참새처럼 부드럽게 쩩쩩거리는 소리를 내자, 참새는 자신을 놀라게 한 빵 조각이 호의의 표시라고 알아챈 듯했다. 참새는 굴뚝에 앉은 채 고개를 갸우뚱하더니 눈을 반짝이며 부스러기를 내려다보았다. 로티는 가만히 있을 수가 없었다.

"먹으러 올까? 응, 먹으러 올까?" 로티가 작게 속삭였다.

"눈빛이 그럴 것 같은데." 세라 역시 나직이 속삭였다. "갈지 말지 고민하는 중일 거야. 아, 온다! 온다!"

참새는 후루룩 지붕으로 내려앉아 부스러기 쪽으로 총총 뛰어오더니, 조금 떨어진 곳에 멈춰 서서는 마치 세라와 로티가 몸집이 큰 고양이라서 자기를 잡아먹으러 훌쩍 뛰어내리면 어쩌지 고민이라도 하는 것처럼 고개를 다시 갸우뚱거렸다. 마침내 아이들이 보기보다는 착한 동물이라는 느낌이 왔는지, 참새는 폴짝이며 점점 가까이 다가오더니 번개같이 제일 큰 부스러기를 부리로 쪼아 굴뚝 반대편으로 가지고 갔다.

"이젠 알았을 거야." 세라가 말했다. "더 먹으러 또 올걸."

참새는 정말로 다시 왔고, 이번에는 친구까지 데려왔다. 그 친구는 또 푸르르 날아가 피붙이를 데리고 왔고, 그리하여 여럿으로 늘어난 참새들은 흥분해서 쨱쨱 지저귀며 따뜻한 한 끼 식사를 나눠 먹었다. 그 와중에도 이따금씩 먹는 걸 멈추고 고개를 갸웃뚱거리면서 잊지 않고 로티와 세라를 살폈다. 로티는 너무 기쁜 나머지 다락방을 처음 보고 받은 충격 따위는 싹 잊어버렸다. 로티를 안아 바닥에 내려놓고 다시 지상으로 돌아온 뒤, 세라 자신도 그전엔 미처 의식하지 못한 아름다운 것들을 방 안에서 찾아낼 수 있었다.

"여기는 아주 작고 높아서 나무 위 둥지 같은 곳이야. 천장이 비스듬한 것도 재미있지. 저쪽 끝에서는 허리를 펴고 똑바로 설 수도 없어. 날이 밝잖아, 그러면 침대에 누워 지붕 위 저 평평한 창문으로 하늘을 곧장 올려다볼 수 있어. 그땐 하늘이 네모 모양으로 잘린 것 같아. 햇살 사이로 작은 분홍색 구름이 떠가면 꼭 손으로 잡을 수 있을 듯 생생해. 비라도 내리면 빗방울이 후두두 떨어지는 게 마치 근사한 말을 들려주는 것 같아. 별이 뜨면 침대에 누워 저 네모 속에 별이 얼마나 많이 들어왔는지 세어볼 수도 있어. 셀 수도 없이 별이 많아. 모퉁이에 있는 작고 녹슨 난로 받침쇠는 또 어떻고. 광이 나도록 잘 닦아서 불을 지피면 얼마나 멋질지 한번 상상해봐. 이제 알겠지, 여기가 얼마나 멋진 곳인지."

세라는 로티의 손을 잡고 작은 다락방을 거닐면서 손짓을 해가며 새삼스레 보게 된 다락방의 좋은 점을 설명했다. 로티는 세라가 이끄는 대로 그것들을 하나씩 쳐다보았다. 로티는 세라가 생생하게 그려 보이는 이야기라면 언제나 의심 없이 믿었다.

"그리고 또 있어." 세라가 말을 이었다. "바닥에 보드라운 푸른색 인도 양탄자를 두툼하게 깔 수도 있어. 저쪽 모퉁이에는 껴안을 만한 쿠션이랑 작고 포근한 소파를 놓는 거야. 바로 그 위에 책이 빼곡하게 꽂혀 있는 책장을 두어서 손만 뻗으면 책을 꺼낼 수 있지. 난로 앞에는 털 양탄자를 깔고, 회반죽 벽을 가려야 하니까 벽에는 그림 액자 같은 장식품을 거는 거야. 크기가 작아야 하지만, 그중에 예쁜 것도 있을 거야. 또 진분홍빛이 곱게 드리우는 램프를 놓을 거야. 가운데 탁자에는 차를 마시도록 다기 세트를 놓아야지. 난로 위에서는 구리로 만든 뚱뚱한 주전자가 노래 부르듯 달각거리며 끓겠지. 침대도 다른 걸로 바꿔야겠어. 실크 침대보를 덮은 보드라운 침대로 말이야. 참 아름답겠지. 참새들도 살살 달래서 친해지잖아, 그러면 다락방 안으로 들여보내 달라고 부리로 창문을 톡톡 두드릴지도 몰라."

"아, 세라!" 로티가 감탄했다. "나도 여기서 살래!"

로티를 설득해서 침실로 내려보내고 다락방으로 돌아온 세라는 방 한가운데 서서 주위를 둘러보았다. 로티 앞에서 상상력이 한껏 부려놓은 마법은 사라진 뒤였다. 침대는 딱딱했고, 거무튀튀한 누비이불이 덮인 그대로였다. 벽에는 군데군데 회반죽이 떨어져 나갔고, 가구 없는 바닥은 냉랭했으며, 부러진 난로 받침쇠는 녹이 슬었고, 방에서 유일하게 의자 노릇을 할 만한 다 낡은 발 받침대는 다리 하나가 망가진 채 한쪽으로 기울어 있었다. 세라는 얼마 동안 양손에 얼굴을 파묻고 발 받침대에 앉아 있었다. 로티가 이곳에 있다가 돌아갔다는 사실만으로 상황은 더욱 악화되었다. 세라는 면회객이 돌아간 뒤 감옥에 남은 죄수처럼 쓸쓸하기만 했다.

"여긴 외로운 곳이야." 세라가 혼잣말로 중얼거렸다. "세상에 이보다 더 외로운 곳이 있을까."

세라가 이렇게 앉아 있는데, 가까이에서 부스럭거리는 소리가 귀를 잡아챘다. 세라는 어디서 나는 소리인지 보려고 고개를 들었다. 겁이 많은 아이였다면, 낡아빠진 발 받침대를 팽개치고 벌떡 일어나 정신없이 도망쳤을 것이다. 큰 쥐 한 마리가 앞발을 세우고 앉아 무슨 냄새라도 맡은 듯 코를 킁킁대고 있었다. 아까 빵 부스러기가 바닥에 떨어졌는지 냄새를 맡고 쥐구멍에서 나온 모양이었다.

흡사 회색 수염이 달린 난쟁이나 키 작은 도깨비처럼 희한하게 생긴 탓에, 세라는 순간 넋을 놓고 그 녀석을 바라보았다. 그 녀석 역시 궁금하다는 듯 눈을 반짝이며 아이를 쳐다보았다. 그 녀석이 경계를 풀지 않고 망설이는 동안 아이는 으레 그렇듯 자신만의 이상한 생각에 빠져들었다.

'쥐로 살아가기도 참 힘들겠지.' 아이는 생각했다. '누가 널 좋아하겠어. 좋아하기는커녕 너만 보면 펄쩍 뛰면서, 악, 쥐다! 하고 비명을 지르며 도망가기 바쁜데. 사람들이 날 보자마자 악, 세라다! 하고 비명을 질러댄다면 기분이 좋겠어? 게다가 날 잡으려고 맛있는 저녁거리처럼 보이는 덫까지 놓는다면. 참새로 사는 거랑은 참 많이 다를 거야. 그런데도 아무도 쟤한테 쥐로 태어나고 싶은지 물어보지 않았어. 참새로 태어나고 싶지는 않니? 하고 물어본 사람이 아무도 없다고.'

세라가 앉은 채로 한참 동안 움직이지 않자 쥐는 용기를 내기 시작했다. 세라가 두려웠지만, 조금 전 참새처럼 자신에게 덤벼들지 않으리라 직감으로 안 모양이었다. 무엇보다 배가 너무 고팠다. 벽 뒤에선 아내와 아이들이 기다리고 있었고, 요 며칠은 이 가족에게 끔찍이도 운이 따르지 않은 나날이었다. 쥐는 배가 고파 우는 아이들을 지켜볼 수밖에 없었던 터라, 얼마간 부스러기라도 얻을 수 있다면 용기를 내자고 마음먹고 조심스레 발을 내디딘 것이다.

"이리 와." 세라가 말했다. "난 덫이 아니야. 와서 먹어도 돼. 아, 가엾어라! 바스티유 감옥의 죄수들도 쥐랑 친구를 했다는구나. 나도 너랑 친구가 되면 어떨까."

쥐가 어떻게 이 말을 알아들었는지 모를 일이지만, 세라의 말을 알아들은 것만은 분명했다. 말로 이루어지지 않은 언어가 존재하는 터, 세상 만물은 그 언어를 이해하는가 보다. 이 세상 모든 것에는 영혼이 숨겨져 있어서, 그 영혼이 다른 영혼에게 소리 없이도 의사를 전달한다. 이유야 어찌 됐든 쥐는 그 순간부터 안전하다는 사실을─비록 쥐일망정─알았다. 빨간색 발 받침대에 앉아 있는 어린아이가 벼락같이 달려들지도, 날카로운 비명을 질러대면서 자신을 공포에 떨게 하지도 않으리라는 것을 깨달았다. 또한 아이가 냅다 집어던진 무거운 물건에 맞아, 설령 찌부러지지 않더라도 절뚝거리며 쥐구멍으로 달아날 일도 일어나지 않을 터였다. 그 녀석은 지극히 심성이 고운 쥐라서 누구에게도 해를 입힐 생각이 없었다. 반짝거리는 눈을 세라에게 고정한 채 앞발을 세우고 앉아 코를 킁킁댈 때 녀석은 자신이 착한 쥐라는 걸 세라가 알아주기를, 그래서 자신을 적으로 오인해 미워하는 일이 없기를 바랐다. 소리 없이도 뜻이 통하는 신비한 언어로 세라의 진심을 알게 된 후, 녀석은 빵 부스러기 쪽으로 살그머니 다가와 조금씩 갉아먹기 시작했다. 그러는 동안 참새가 했듯이 잊지 않고 세라 쪽을 이따금씩 힐끔거렸다. 얼굴에 어찌나 미안해하는 표정이 역력한지 세라는 가슴이 아팠다.

세라는 미동도 없이 앉은 자세 그대로 쥐가 먹는 모양을 지켜보았다. 한 조각이 다른 것들에 비해 월등히 컸다. 사실 부스러기라고 할 수 없을 만큼 크기가 상당했다. 그 조각을 탐내는 게 확실했지만, 발 받침대 가까이에 놓여 있는 터라 주저하는 눈치였다.

'벽 뒤에 있는 가족에게 가져다주고 싶은가 봐.' 세라가 생각했다. '내가 꼼짝 않고 있으면 아마 가지러 올 거야.'

세라는 숨도 쉬지 않을 만큼 집중했다. 쥐는 조금 가까이 다가오더니 부스러기 두어 조각을 더 먹고는 발을 멈추고 발 받침대에 앉은 사람을 곁눈질하면서 코를 조심스레 킁킁댔다. 그러고 나서 참새가 그랬듯이 쏜살같이 달려들어 큰 조각을 입에 물자마자 벽 쪽으로 달아났고, 굽도리 틈새로 쏙 들어가 꼬리를 감추었다.

"거 봐, 새끼들에게 갖다주는 거잖아." 세라가 말했다. "쥐랑 친구가 될 수 있을 것 같아."

일주일쯤 지난 어느 날 밤, 어먼가드가 용케 기회를 엿보다 다락방으로 올라왔고, 손가락 끝으로 문을 톡톡 두드렸다. 하지만 한참 동안 답이 없었다. 처음에는 방 안이 하도 조용해서 어먼가드는 세라가 잠 든 게 아닐까 생각했다. 그런데 세라가 나직이 웃으며 누군가를 달래는 듯한 소리가 들리자, 어먼가드는 소스라치게 놀랐다.

"어서!" 세라의 목소리가 들렸다. "어서 이거 가지고 집으로 가, 멜키세덱! 빨리 아내에게 돌아가야지!"

말이 끝남과 거의 동시에 문이 열렸다. 문을 연 세라는 어먼가드가 깜짝 놀란 표정으로 문가에 선 모습을 보았다.

"누구, 누구랑 얘기한 거야, 세라?" 어먼가드가 짧게 숨을 내뱉으며 물었다.

세라는 어먼가드를 조심스럽게 방 안으로 들였지만, 무언가 기분 좋고 신나는 일이 생긴 표정이었다.

"겁내지 않겠다고 약속해. 비명도 지르지 말고. 안 그러면 얘기 안 할 거야." 세라가 말했다.

어먼가드는 그 자리에서 비명을 지르고 싶었지만 애써 참았다. 방 안을 둘러보았지만 아무도 없었다. 하지만 세라는 분명 누군가에게 말을 하고 있었다. 귀신을 떠올렸다.

"무, 무서운 거야?" 어먼가드가 겁먹은 목소리로 물었다.

"무서워하는 사람도 있어." 세라가 대답했다. "나도 처음엔 그랬지만 지금은 아니야."

"혹시, 귀, 귀신이야?" 어먼가드의 목소리가 떨렸다.

"아니." 세라가 웃으며 말했다. "실은 쥐야."

어먼가드는 칙칙한 작은 침대 한가운데로 펄쩍 뛰어올랐

다. 그러고는 잠옷과 붉은 숄 밑으로 발을 집어넣고 꽁꽁 싸맸다. 비명을 지르지는 않았지만 겁에 질려 숨이 막히는 듯했다.

"으악! 으악!" 어먼가드가 목소리를 낮추어 소리쳤다. "쥐라고! 쥐!"

"네가 무서워하면 어떡하나 걱정했어." 세라가 말했다. "무서워하지 마. 지금 길들이는 중이야. 나를 알아보고는 내가 부르면 밖으로 나와. 괜찮으면 한번 볼래?"

부엌에서 가지고 온 음식 찌끼의 도움을 받아 별스러운 우정이 나날이 두터워지는 동안, 세라는 점차 친해지는 이 수줍음 많은 친구가 쥐라는 사실을 잊었다.

처음에 어먼가드는 너무 놀란 나머지 발을 옷으로 싸맨 채 침대에 잔뜩 옹크리고 앉아 있었지만, 세라가 침착한 얼굴로 멜키세덱과 처음 만났을 때 이야기를 하자 호기심이 일기 시작했다. 그래서 침대 가장자리로 상반신을 숙인 채 세라가 벽 쪽으로 걸어가 굽도리 틈새 앞에 무릎을 꿇고 앉는 모습을 지켜보았다.

"혹시, 혹시 순식간에 침대로 뛰어오르는 건 아니겠지?" 어먼가드가 물었다.

"응, 절대 그럴 일 없어." 세라가 대답했다. "우리처럼 점잖아. 사람이랑 똑같아. 자, 이제 잘 봐!"

세라는 휘파람 같은 낮은 소리를 내기 시작했다. 달래는 듯 나지막한 소리라서 완벽한 정적 속에서나 들릴 법했다. 세라는 온통 그 일에 정신을 쏟은 채 몇 번 더 입으로 소리를 만들어냈다. 마법을 거는 것 같다고 어먼가드는 생각했다. 마침내 회색 수염이 달린 쥐가 눈을 반짝이며 구멍 너머로 밖을 내다보았다. 세라가 부르자 응답한 게 틀림없었다. 세라는 손에 빵 부스러기를 들고 있었다. 그걸 바닥에 떨어뜨리자 멜키세덱이 조용히 밖으로 나와 먹기 시작했다. 다른 것보다 커 보이는 한 조각은 앞발로 잡더니 능숙한 솜씨로 집으로 가져갔다.

"너도 눈치챘겠지만." 세라가 말했다. "아내와 아이들한테 갖다주는 거야. 정말 착하지. 정작 자기는 조금밖에 안 먹어. 집으로 돌아가면 어김없이 식구들이 기쁨에 들떠 찍찍거리는 소리가 들려. 찍찍 소리도 세 종류가 있어. 하나는 아이들 것, 또 하나는 멜키세덱의 부인 것, 나머지 하나는 멜키세덱이 내는 소리야."

어먼가드는 웃음을 터뜨렸다.

"아, 세라!" 어먼가드가 말했다. "넌 정말 별난 아이야. 또 마음은 얼마나 착하니."

"나도 내가 별난 거 알아." 세라가 기분 좋게 수긍했다. "착한 아이가 되려고 노력하지." 그런 뒤 햇빛에 그을린 작은 손으로 이마를 문지르고는 고통이 깃든 듯한 당혹스런 표정을 지어 보였다. "아빠가 항상 날 보고 웃으셨어." 세라가 말을 이었다.

"난 그게 좋았어. 나더러 별난 아이라고 하면서도 내가 이야길 지어내는 걸 좋아하셨어. 사실 난 이야길 지어낼 수밖에 없어. 그러지 않으면 못 살 것 같아." 세라는 말을 멈추고 주위를 둘러보았다. "여기선 절대 못 살 거야." 낮게 깔린 목소리로 덧붙였다.

어먼가드는 언제나처럼 이야기에 흥미를 보였다. "네가 이야길 들려주면 꼭 진짜 같아. 멜키세덱도 진짜 사람인 것처럼 얘기했잖아."

"멜키세덱은 사람이나 마찬가지야." 세라가 대꾸했다. "우리처럼 배도 고프고 두려움도 느껴. 결혼도 했고 아이들도 있어. 쥐들이 우리처럼 생각하지 않는다고 어떻게 확신할 수 있니? 멜키세덱 눈을 보면 정말 사람 같다니까. 그래서 이름을 붙여준 거야."

세라는 제일 좋아하는 자세로, 곧 무릎깍지를 끼고 바닥에 앉았다.

세라가 잇따라 말했다. "게다가, 쟤는 내 친구가 되라고 바스티유 감옥으로 보내진 거야. 요리사가 내다버린 빵 조각은 얼마든지 매일 갖고 올 수 있어. 그거면 쟤네 가족이 먹고살고도 남아."

"바스티유 감옥이라고?" 어먼가드가 진지하게 물었다. "아직도 바스티유 감옥이라고 상상하는 거야?"

"응, 거의 그래." 세라가 대답했다. "때로 다른 곳인 척하기도 하지만 바스티유 감옥이 제일 쉬워. 특히 추울 때는 더더욱 그래."

바로 그때 느닷없이 들려오는 소리에 어먼가드는 화들짝 놀라 하마터면 침대에서 뛰어내릴 뻔했다. 벽을 두드리는 선명한 소리가 두 번 들렸다.

"무슨 소리야?" 어먼가드가 소리 높여 물었다.

세라는 바닥에서 일어나 연극 대사를 읊듯 말했다.

"옆방의 죄수야."

"베키구나!" 어먼가드가 기뻐서 소리쳤다.

"응." 세라가 대답했다. "잘 들어봐. 노크 두 번은 '죄수, 거기 있나?'라는 뜻이야."

그러고 나서 세라는 벽을 세 번 두드렸다. 마치 응답을 하는 듯했다.

"이건 '맞다, 여기 있다, 모든 게 좋다'라는 뜻이야."

베키 방 쪽에서 노크 소리가 네 번 들렸다.

"저건." 세라가 설명했다. "'그럼, 동료 죄수여, 편안히 자기 바란다. 잘 자라'라는 뜻이야."

어먼가드는 생기로 얼굴이 환해졌다.

"아, 세라!" 어먼가드가 기쁨에 넘쳐 속삭였다. "이야기 속에 들어온 것 같아!"

"이야기가 맞아." 세라가 맞장구를 쳤다. "모든 게 이야기야. 너도 이야기고, 나도 이야기야. 민친 교장도 이야기지."

그러고는 다시 바닥에 앉아 이야기를 이어나갔다. 어먼가드가 이야기에 빠져 자신이 탈옥수라는 사실을 까맣게 잊어버리는 바람에, 세라는 이렇게 밤새도록 바스티유 감옥에 머물 수는 없는 노릇이니 어서 눈에 안 띄게 아래층으로 내려가 살그머니 침대로 돌아가야 한다고 어먼가드에게 일깨워줘야 했다.

～

인도 신사

어먼가드와 로티가 떠나는 다락방 순례는 위험천만했다. 세라
가 방에 있을지 확실하지 않았고, 어밀리아 선생이 취침 시간
이후 불시에 순찰을 돌지도 모를 일이었다. 그래서 그들은 드
물게 다락방을 찾아왔고, 그만큼 세라의 삶은 낯설고 외로웠
다. 외롭기로는 다락방에 있을 때보다 아래층에 있을 때가 더
했다. 그곳에선 말할 사람이 아무도 없었다. 심부름을 하러 길
거리를 오갈 때, 특히 바람이 부는 날이면 바구니나 짐보따리
를 손에 든 채 모자가 날아갈세라 모자를 꼭 붙들어야 했고, 비
가 오는 날이면 흠뻑 젖은 신발 속에서 발을 옹종거려야 했다.
그럴 때면 자그마하고 가엾은 아이는 바삐 지나가는 사람들 틈
에서 더 큰 외로움을 느꼈다. 세라 공주였을 적에 마리에트의
시중을 받으며 사륜마차를 타거나 걸어서 갈 때는 그림 같은
외투와 모자에 더해 작은 얼굴에 떠오른 환하고 진지한 표정을

보고 사람들은 자꾸 뒤를 돌아보았다. 예쁘게 꾸민 행복한 아이는 세간의 관심을 끄는 법이다. 누더기를 걸친, 행색이 초라한 아이들은 심심찮게 눈에 띌뿐더러, 뒤돌아보면서 미소를 지을 만큼 보기에 예쁘지도 않다. 요즈음에는 아무도 세라를 눈여겨보지 않았다. 사실 인파로 붐비는 거리를 서둘러 지나갈 때면 세라는 이 세상에 없는 존재와 다름없었다. 요새 부쩍 키가 컸는데, 옷장에 남은 옷 중에서 수수한 것만 골라 입다 보니 모양새가 기괴하다는 걸 세라도 알았다. 값진 옷은 모조리 처분했고, 입을 수 있는 한 어떻게든 남은 옷을 활용해야 했다. 때로 길거리를 지나가다가 가게 창문에 비친 자기 모습을 보고 아이는 웃음을 터뜨리다 말고 곧 새빨개진 얼굴로 입술을 깨물며 고개를 돌리곤 했다.

저녁 무렵 창문에 불이 들어온 집을 지나치노라면 따뜻한 방을 들여다보면서 벽난로 앞이나 식탁에 모여 앉은 식구들을 보며 즐거운 상상을 했다. 덧문이 닫히기 전에 그런 집들을 슬쩍 보는 것은 언제나 재미있었다. 민친 교장의 학교가 위치해 있는 광장에는 여러 가족이 살았는데, 세라는 나름대로 그들을 알게 되었다. 제일 좋아하는 식구들에게는 '큰 가족'이라는 별칭을 붙였다. 덩치가 커서가 아니라—오히려 다들 작았다—식구 수가 많아서였다. '큰 가족'네 집에는 아이들 여덟에, 건장하고 혈색 좋은 엄마와 엄마만큼 건장하고 혈색 좋은 아빠,

또 아들 내외 못지않게 건장하고 혈색 좋은 할머니, 그리고 많은 하인들이 함께 살았다. 여덟 아이는 인상이 편안해 보이는 보모들의 손을 잡고 걷거나 유모차에 탄 채 산책을 즐겼고, 때론 엄마와 함께 마차를 타고 어딘가로 향하곤 했다. 저녁에는 아빠를 맞이하러 앞다퉈 문가로 달려 나와 뽀뽀하고 춤추고 외투 끝자락을 잡아당겨 주머니에 선물이 있는지 들여다보는가 하면, 놀이방 창가에 모여 앉아 밖을 내다보다가 서로 밀치면서 함박웃음을 터뜨리곤 했다. 한마디로 한결같이 대가족답게 시끌벅적 유쾌하게 지내는 듯 보였다. 세라는 이들이 마음에 들어서 각자에게 책에서 딴 이름―꽤 감상적인―을 붙여주었다. '큰 가족'으로 부르지 않을 때에는 몽모랑시네라고 불렀다. 망사 모자를 쓴 통통하고 예쁜 아기는 에텔베르타 보샹 몽모랑시, 그다음 아기는 비올레 숄몽들레 몽모랑시, 통통한 다리로 이제 막 걸음마를 뗀 남자애는 시드네 세실 비비앙 몽모랑시였고, 그 위로 릴리앙 에방젤린 모 마리옹, 로잘랭 글라뒤, 기 클라랑스, 베로니카 외스타시아, 클로드 아롤드 엑토르가 있었다.

어느 날 저녁 재미있는 일이 벌어졌다. 어떻게 보면 전혀 재미없는 일이지만 말이다.

몽모랑시 가족 몇몇이 아이들 파티에 가는 길이었다. 세라가 그 집 앞을 지나는데, 몽모랑시네 아이들이 길가에 세워둔 마차에 타려고 보도를 건너갔다. 예쁜 허리띠가 달린 흰 레이스 드레스를 입은 베로니카 외스타시아와 로잘랭 글라뒤가 막 마차에 올라탔고, 다섯 살인 기 클라랑스가 그 뒤를 따랐다. 붉은 뺨에 눈동자가 파란 남자아이가 어찌나 예쁜지, 곱슬머리의 동그란 머리통은 또 어찌나 귀여운지, 세라는 손에 든 장바구니며 초라한 행색 같은 건 까맣게 잊었다. 사실 그 아이를 그저 바라보고 싶다는 생각 말고는 떠오르는 게 없었다. 세라는 걸음을 멈추고 아이를 눈으로 좇았다.

크리스마스를 앞둔 때라, '큰 가족'네 아이들은 엄마 아빠가 없어서 양말을 선물로 채워주지도, 연극을 보러 가지도 못하는 가난한 아이들—얄따란 옷을 입고 추위와 배고픔에 떠는—이 많다는 소리를 날마다 들었다. 그런 이야기에서 친절한 사람들—때로는 따뜻한 마음씨를 가진 어린아이들—은 불쌍한 아이가 눈에 띄면 돈이나 좋은 선물을 주기도 하고, 집으로 데려가 풍성한 한 끼 식사를 먹이기도 했다. 그날 오후 기 클라랑스는 그와 비슷한 이야기를 읽고 눈물을 쏙 뽑은 터라, 불쌍한 아이가 보이면 자기가 가진 6펜스 은화를 기꺼이 내줘서 평생 배불리 먹여주고 싶다는 열망에 불타올랐다. 기에게 6펜스 동전 하나는 평생 누릴 수 있는 풍족함을 뜻했다. 현관에서 마차까지 깔아놓은 붉은색 양탄자 위로 걸어가는 기의 짧은 군복 스타일 바지 주머니에는 6펜스 동전이 있었다. 로잘랭 글라뒤가 마차에 올라타 의자 용수철이 튀어 오르는 걸 느끼려고 일부러 털썩 주저앉는 순간, 기는 누더기 같은 원피스에 모자를 쓰고 팔에는 낡은 바구니를 든 채 물기 젖은 보도에 서서 굶주린 듯한 시선으로 자신을 바라보는 세라를 발견했다.

오랫동안 먹지 못해서 눈동자가 굶주려 보인다고 기는 생각했다. 아이의 집과 장밋빛 뺨이 대변하는 따뜻하고 행복한 삶에 세라가 굶주려 있고, 세라가 아이를 품에 안고 얼굴에 뽀뽀를 해주고 싶다는 허기 같은 갈망에 사로잡혀 있다는 사실을 아이는 알 리가 없었다. 아이는 세라의 눈이 커다랗고 얼굴은 갸름하며 다리는 야윈 데다 후줄근한 차림으로 싸구려 장바구니를 들고 서 있다는 것만 알 뿐이었다. 그래서 아이는 주머니에 손을 집어넣어 6펜스를 꺼내 쥐고는 다정하게 세라에게 걸어갔다.

"너 가난하지?" 아이가 말을 걸었다. "여기 6펜스. 너한테 줄게."

세라는 깜짝 놀랐지만, 행복하던 시절 사륜마차에서 내리는 자신을 쳐다보며 보도에 서 있던 불쌍한 아이들과 자신이 조금도 다를 바 없다는 사실을 깨달았다. 세라 자신도 그 아이들에게 동전을 여러 번 주지 않았던가. 세라의 얼굴이 빨개지는가 싶더니 핏기가 사라졌다. 6펜스를 받아선 안 될 것 같다는 생각이 머리를 스쳤다.

"아, 아니야!" 세라가 대답했다. "고맙지만 안 받을래. 받을 수 없어, 정말이야!"

거리의 아이가 내는 목소리 같지도 않고 행동거지도 교육을 잘 받은 티가 나서, 베로니카 외스타시아(본명은 재닛)와 로잘랭 글라뒤(실제로는 노라)는 무슨 일인가 보려고 몸을 앞으로 기울였다.

그러나 기 클라랑스는 관대함을 베푸는 거니 물러설 생각이 추호도 없었다. 아이는 6펜스를 세라의 손에 억지로 쥐어주었다.

"안 돼, 이거 받아!" 아이가 고집스레 말했다. "이걸로 맛있는 거 사먹어. 6펜스란 말이야!"

아이의 얼굴에는 거부할 수 없는 정직함과 다정함이 어려 있는 데다 끝내 받지 않으면 너무도 상심할 게 뻔히 보여서 세라는 거절하면 안 되겠다고 생각했다. 자존심을 세우자니 아이에게 잔인한 것 같았다. 비록 뺨이 빨개졌음을 인정해야겠지만, 세라는 자존심을 주머니에 꾹 눌러 넣었다.

"고마워." 세라가 말했다. "정말 착한 아이구나." 아이가 가벼운 걸음을 마차로 옮기는 동안, 세라는 문득 숨이 가빠오면서 눈가가 촉촉해졌지만 애써 웃음을 지으며 발길을 돌렸다. 자신이 낯설고 기이해 보일 줄은 알았지만, 거지로 보이리라고는 전혀 예상하지 못했다.

마차를 타고 가면서 '큰 가족'네 아이들은 흥분해서 목소리를 높였다.

"도널드(기 클라랑스의 진짜 이름이다)." 재닛이 놀란 목소리로 말했다. "왜 개한테 6펜스를 줬니? 분명 거지가 아닌데!"

"거지처럼 말하지도 않던데!" 노라가 큰 소리로 거들었다. "얼굴도 거지처럼 안 보이고!"

"게다가 먼저 구걸하지도 않았어." 재닛이 말을 받았다. "개가 화낼까 봐 마음을 졸였잖아. 거지가 아닌데 거지로 착각하면 화나지."

"화 안 냈어." 도널드는 다소 풀이 죽었지만 자신 있게 반박했다. "살짝 웃어 보이기까지 했어. 나더러 착한 아이라고 했단 말이야. 난 진짜로 착해!" 고집스레 덧붙였다. "6펜스나 줬다고."

재닛과 노라는 시선을 주고받았다.

"거지는 절대 그렇게 말 안 해." 재닛이 결론을 내렸다. "거지라면 이렇게 말했겠지. '고마워요, 친절한 꼬마 양반, 정말 고마워요.' 그러고 나선 공손하게 고개까지 숙일걸."

세라는 이런 일이 벌어지고 있다는 걸 꿈에도 몰랐지만, 그 순간부터 세라가 '큰 가족'에게 하듯 '큰 가족'도 세라에게 큰 관심을 갖게 되었다. 세라가 지나갈 때면 놀이방 창문으로 아이들이 몰려들었고, 벽난로 앞에서는 세라에 대해 이야기꽃을 피웠다.

"기숙 학교에서 하녀처럼 일하는 아이인가 봐." 재닛이 말했다. "가족이 없는 것 같아. 고아가 분명해. 허름한 옷을 입고 다니지만 절대 거지는 아니야."

얼마 뒤부터 세라는 그 집 식구들에게 '거지가 아닌 여자애'로 불리게 되었다. 꽤 긴 이름이라서 꼬맹이들이 빨리 말할 때는 무척 웃기게 들렸다.

세라는 어렵사리 6펜스 동전에 구멍을 뚫어 폭이 좁은 낡은 끈을 구멍에 집어넣고는 목걸이처럼 걸고 다녔다. '큰 가족'을 좋아하는 마음은 더욱 커졌다. 사실, 마음을 둘 수 있는 대상이라면 그것들을 향한 마음이 모두 다 커졌다. 베키를 더욱 좋아하게 되었고, 일주일에 이틀 어린 학생들에게 프랑스어를 가르치는 아침 시간을 손꼽아 기다렸다. 어린 학생들도 세라를 좋아했고, 세라 옆에 서서 작은 손을 세라의 손에 밀어 넣는 특권을 누리려고 서로 다투었다. 자신에게 폭 안기는 아이들을 통해 세라는 허기를 채우곤 했다. 참새와도 많이 친해져서, 탁자에 올라가 다락방 창문 밖으로 머리와 어깨를 내밀고 쩍쩍 소리를 내면 기다렸다는 듯 파드닥 날갯짓 소리와 함께 화답하는 소리가 들려왔다. 곧이어 우중충한 도시의 새들이 떼 지어 날아와 슬레이트 지붕에 앉아서 세라에게 뭐라고 조잘거리며 바닥에 흩뿌려진 빵 부스러기를 쪼아 먹었다. 멜키세덱도 세라와 많이 친해져서 이따금 자기 아내를 데리고 나왔고, 때론 아

172

이들 몇을 동반하기도 했다. 세라가 말을 걸면 멜키세덱은 진짜로 알아듣는 표정이었다.

세라는 어느 날부터인가 언제나 한자리에 앉아 주변을 지켜보는 에밀리에게 이상한 감정을 느끼게 되었다. 외로움이 가슴에 사무치던 숱한 날 가운데 하루였다. 세라는 에밀리가 자신의 말을 알아듣고 공감하리라 믿고 싶었고, 혹은 그렇게 믿는 척하고 싶었다. 한 공간을 쓰는 유일한 벗이 아무것도 느끼지 못하고 듣지 못한다는 사실을 인정하고 싶지 않았다. 때론 에밀리를 의자에 앉히고는 맞은편의 낡은 붉은색 발 받침대에 앉아 공포에 가까운 감정으로—멜키세덱 가족이 벽 뒤에서 황급히 도망치면서 찍찍거리는 소리만 이따금 들릴 뿐, 천지가 고요한 밤에는 특히 더 그랬다—두 눈이 동그래질 때까지 에밀리를 바라보면서 공상에 잠기곤 했다. 세라가 하는 '상상' 가운데 하나는 에밀리가 자신을 보호하는 착한 마법사라는 거였다. 때로는 에밀리를 뚫어져라 쳐다보면서 끝없는 상상을 펼치고 나서 에밀리에게 불쑥 질문을 던지면 곧장 대답을 들을 것 같은 기분에 사로잡히곤 했다. 하지만 대답을 들은 적은 한 번도 없었다.

"사실은 말이지." 세라는 스스로를 위안하면서 혼잣말을 했다. "나도 대답을 많이 하는 편은 아니야. 할 수만 있다면 대답을 안 하지. 모욕을 당할 때는 차라리 입을 꾹 다무는 편이 나아. 널 괴롭히는 사람들을 그저 쳐다보면서 생각에 잠기는 거지. 내가 그렇게 하면 민친 교장은 분노로 얼굴이 새하얘지고, 어밀리아 선생이랑 다른 여자애들은 겁먹은 표정을 짓잖아. 발끈 화를 내지 않으면 사람들은 네가 그들보다 더 강하다는 사실을 알게 돼. 넌 그들과 달리 분노를 조절할 만큼 강하기 때문이야. 그런 상황에서 사람들은 나중에 후회할 어리석은 말을 내뱉게 돼. 분노는 강하지만, 그보다 더 강한 건 분노를 통제하는 힘이야. 적들에게 대답하지 않는 건 잘하는 일이야. 나도 거의 대답을 하지 않잖아. 어쩌면 에밀리는 나보다 나와 더 비슷할지 몰라. 그래서 친구에게조차 대답을 안 하는 건지도 몰라. 모든 걸 가슴에 담아두면서 말이야."

이렇게 스스로를 납득시키려고 했지만, 결코 쉬운 일은 아니었다. 이곳저곳을 들러야 했던 길고 고된 하루가 끝난 후에는, 때로 바람과 추위와 빗줄기를 뚫고 먼 데까지 심부름을 다녀오느라 몸은 젖고 배는 고픈데도, 누구도 세라가 아직 어린 아이일 뿐이며 가느다란 다리가 아플 수도 있고, 자그마한 몸이 추위로 오들오들 떨릴 수도 있다는 사실을 기억하려 들지 않아 또다시 심부름을 가야 했던 날에는, 감사 인사는커녕 매정한 말과 멸시만 받을 때는, 천박한 요리사가 유독 험상궂게 굴 때는, 민친 교장의 기분이 좋지 않은 날에는, 여자아이들이 추레한 자기 옷차림을 보고 자기들끼리 낄낄대면서 비웃을 때는 낡은 의자에 똑바로 앉아 앞만 응시할 뿐인 에밀리를 보면서 상상의 날개를 편다 해도 상처 입은 쓸쓸한 자존심을 도저히 위로할 수 없었다.

추위와 배고픔에 떨면서 어린 가슴속에 폭풍 같은 분노를 담고 다락방으로 올라온 수많은 밤들 가운데 하루였다. 에밀리가 보내는 시선이 어찌나 텅 비어 보이던지, 톱밥으로 가득한 팔과 다리에서는 어찌나 생기라곤 느껴지지 않던지, 세라는 마침내 자제력을 잃고 말았다. 에밀리 이외에는 아무도 없었다. 이 세상에 그 누구도 없었다. 그런 에밀리가 저기에 앉아 있었다.

"난 곧 죽을 거야." 세라가 입을 열었다.

에밀리는 그저 앞만 쳐다볼 뿐이었다.

"더는 못 견디겠어." 불쌍한 아이가 몸을 떨면서 말했다. "내가 곧 죽으리라는 걸 나도 알아. 추워. 몸이 아직도 젖어 있잖아. 또 배가 고파서 꼼짝도 못하겠어. 오늘 몇천 킬로미터는 걸었을 거야. 그런데도 아침부터 밤까지 꾸지람만 들었는걸. 요리사가 마지막으로 구해오라는 걸 못 구해왔다고 저녁도 안 주겠대. 낡은 신발을 신고 걷다가 진흙에서 미끄러졌더니 사람들이 날 보고 막 웃었어. 지금도 진흙투성이야. 사람들이 날 비웃었다고. 듣고 있니?"

아이는 빤히 응시하는 유리알 눈과 평온한 얼굴을 바라보다가 상심한 나머지 분노가 치미는 걸 느꼈다. 난폭한 손길로 에밀리를 의자에서 넘어뜨리는 아이의 입에서 흐느낌이 터져 나왔다. 결코 울지 않는 세라였는데 말이다.

"넌 인형에 불과해!" 아이가 소리쳤다. "인형일 뿐이라고, 그냥 인형, 인형! 넌 큰일이 일어나도 눈 하나 깜짝하지 않잖아. 너에겐 따뜻한 심장이 없어. 넌 아무것도 못 느낀다고. 넌 그냥 인형이야!"

에밀리는 수치스럽게도 두 다리를 얼굴 위로 포개고 콧잔등이 납작해진 채로 바닥에 누워 있었다. 하지만 평온해 보이는 모습에 위엄마저 느껴지는 듯했다. 세라는 팔에 얼굴을 파묻었다. 벽 속에서 쥐들이 자기들끼리 싸우고 물어뜯고 도망치면서 찍찍거렸다. 멜키세덱이 아이들 몇을 꾸짖는 모양이었다.

흐느낌은 차차 진정되었다. 이렇게 감정을 드러내는 건 흔치 않은 일이라 세라 자신도 적잖이 놀랐다. 얼마간의 시간이 흐른 뒤 세라는 고개를 들고 에밀리를 쳐다보았다. 비스듬히 시선을 되받아주는 에밀리의 유리알 눈에 이번엔 연민이 보이는 듯했다. 세라는 몸을 숙여 에밀리를 들어 올렸다. 후회가 밀려왔다. 세라는 살짝 미소를 지어 보였다.

"인형이 인형인 걸 어떡하겠니." 세라가 체념하며 한숨을 내쉬었다. "라비니아와 제시가 상식 없이 행동하는 거와 마찬가지야. 똑같이 태어난 사람은 없어. 톱밥 인형으로서 넌 지금

최선을 다하는 거야." 그러고 나서 에밀리에게 입을 맞추고는 옷자락을 털어주고 의자에 다시 앉혔다.

세라는 비어 있는 옆집에 사람이 들어오면 좋겠다고 늘 생각했다. 그 집 다락방 창문이 가까웠기 때문이다. 어느 날 창문이 활짝 열리고 작은 네모 구멍 밖으로 머리와 어깨가 올라오면 참 좋을 것 같았다.

세라는 생각했다. '인상이 좋아 보이면, 내가 먼저 "좋은 아침이에요" 하고 인사를 건네야지. 그러면 어떤 일이 벌어질지 누가 알겠어. 물론 잔심부름꾼 말고 저 방에서 지낼 사람은 없겠지만 말이야.'

어느 날 아침, 식료품점에 이어 푸줏간과 빵집에 들르고 나서 광장 모퉁이를 도는데, 심부름을 하느라 꽤 오랫동안 자리를 비운 사이에, 기쁘게도 세간을 가득 실은 큰 마차가 옆집 앞에 서 있는 게 보였다. 셔츠 바람인 남자들이 활짝 열린 현관을 오가면서 무거운 짐과 가구를 들어 날랐다.

"이사 왔구나!" 세라가 말했다. "드디어 사람들이 들어왔어! 아, 인자해 보이는 얼굴이 다락방 창문 너머로 보이면 얼마나 좋을까!"

세라는 길가에 서 있는 사람들의 무리에 섞여 이삿짐 부리는 걸 지켜보고 싶었다. 세라가 생각하기에 가구를 보면 주인이 어떤 사람인지 가늠할 수 있기 때문이었다.

'민친 교장이 쓰는 탁자와 의자는 교장하고 똑같아.' 세라는 생각했다. '지금보다 더 어렸을 적에 교장을 처음 보았을 때도 그런 생각을 했어. 나중에 아빠한테 얘기했더니 아빠가 웃으면서 내 말이 맞다고 하셨어. 큰 가족네에는 분명 커다랗고 편안한 안락의자와 소파가 있을 거야. 붉은 꽃을 그린 벽지도 그 가족하고 참 잘 어울려. 따뜻하고 유쾌하고 다정한 데다 행복해 보이잖아.'

세라는 그날 늦게 파슬리를 사러 채소 가게에 가려고 지하실 계단을 올라오다가 무언가 반가운 물건을 보고는 가슴이 빠르게 고동치는 걸 느꼈다. 가구 몇 점을 마차에서 길가로 부리던 터였다. 티크 목재로 만든 정교한 장식이 아름다운 탁자와 의자 몇 개, 동양 자수가 화려하게 수놓인 가리개가 보였다. 그것들을 보고 세라는 묘한 향수에 빠졌다. 인도에서 보던 물건들이었다. 민친 교장이 가져간 물건 가운데에 세라가 아빠에게서 받은, 조각 장식을 새겨 넣은 티크 책상이 있었다.

"아름다워." 세라는 혼잣말로 중얼거렸다. "주인도 멋진 사람일 것 같아. 물건들이 하나같이 웅장하잖아. 부자인가 봐."

마차가 집 앞에 도착해 가구를 부리고 떠나면 또 다른 마차가 도착하기를 온종일 반복했다. 세라는 그날 여러 번 이삿짐이 들어가는 광경을 우연히 지켜보았다. 세라가 추측한 대로 새 이웃은 큰 부자인 모양이었다. 모든 가구가 호화롭고 아름다웠으며, 그중 상당량이 동양의 가구였다. 화려한 양탄자며 휘장, 장식품이 마차에서 부려졌고, 수많은 그림에, 서재를 채우고도 남을 책이 그득했다. 그 가운데는 번쩍이는 함 속에 모신 근사한 부처상도 있었다.

'가족 중 누군가 인도에 머물렀던 게 분명해.' 세라는 생각했다. '인도의 물건을 익히 써왔고 또 좋아하는 것 같아. 잘됐어. 다락방 창문으로 고개를 내미는 사람이 없더라도 이웃 사람들이 친구처럼 느껴질 것 같아.'

세라는 요리사의 심부름으로 저녁에 먹을 우유를 사가지고 오다가―이제 세라에게 시키지 못할 허드렛일은 없었다―상황을 더 흥미롭게 만드는 광경을 목격하게 되었다. 혈색 좋고 잘생긴 '큰 가족'네 아버지가 지극히 사무적인 걸음걸이로 광장을 가로질러 오더니 옆집 계단을 올라갔다. 앞으로도 셀수 없이 그 계단을 오르내릴 거라는 듯 익숙한 자세로 계단을 훌쩍 뛰어 올라갔다. 그는 꽤 오랜 시간 그곳에 머물렀고, 몇번이고 밖으로 나와 자신에게 마땅히 그럴 권리가 있다는 듯이 인부들에게 지시를 내렸다. 그가 어떤 식으로든 새 이웃과 친분이 있고, 그들을 대리한다는 건 자명해 보였다.

세라는 생각했다. '옆집에 어린아이가 있다면, 큰 가족네 아이들이 분명히 놀러 올 거야. 어쩌면 장난삼아 다락방에 올지도 몰라.'

그날 밤, 하루 일이 다 끝나고 베키가 동료 죄수를 보러 와서 새 소식을 알려주었다.

"옆집으로 이사 온 게 인도 신사네요, 아가씨." 베키가 말했다. "피부가 꺼먼지 아닌지는 모르지만요, 인도 신사 맞아요. 큰 부잔데 아프대요. 큰 가족네 아부지가 그 신사의 변호사고요. 복잡한 문제가 많아서 몸도 마음도 아프게 됐다네요. 근데 우상을 모시는가 봐요, 아가씨. 이교도라서 목상이랑 석상에 절을 하나 봐요. 이삿짐 들어가는 우상을 제 눈으로 똑똑히 봤네요. 누가 그 신사한테 선교 책자를 보내야 하겠어요. 그거 1페니밖에 안 하죠."

세라는 작게 웃었다.

"우상을 믿지는 않을 거야." 세라가 말했다. "그런 물건을 재미 삼아 집에 두는 사람들이 있어. 우리 아빠도 아름다운 불상이 있었는데, 거기에 절을 하지는 않았어."

그럼에도 베키는 새 이웃이 이교도라고 믿고 싶어했다. 교회에 성경책을 들고 다니는 평범한 신사보다는 그렇게 생각하는 편이 훨씬 더 낭만적으로 들렸기 때문이다. 베키는 그날 밤 늦게까지 남아 신사가 어떤 사람일지, 아내가 있다면 어떤 사람이고 아이들이 있다면 어떤 아이들일지 흥분해서 떠들어댔다. 세라가 보기에, 베키는 그 집 식구들이 모두 터번을 쓰는 흑인이기를, 그리고 무엇보다도 아이들이 ─ 부모처럼 ─ 이교도이기를 내심 바라는 듯했다.

"옆집에 이교도가 산 적이 한 번도 없어요, 아가씨." 베키가 말했다. "이교도들은 어떻게 사나 보고 싶어요."

그로부터 몇 주가 지나고 베키는 호기심을 충족시킬 수 있었으니, 새로 이사 온 신사에겐 아내도 아이도 없다고 밝혀졌다. 가족 없이 혼자 사는 사람이었고, 몸도 마음도 쇠약한 상태라고 했다.

어느 날 마차 한 대가 다가오더니 옆집 앞에 멈춰 섰다. 마부가 마부석에서 내려 문을 열자 '큰 가족'네 아버지가 내렸다. 간호복을 입은 간호사가 뒤따라 내렸고, 하인 둘이 현관 계단을 내려와 다가왔다. 주인을 거들려고 나온 것이었다. 주인은 부축을 받으며 마차에서 내렸는데, 여윈 얼굴은 고통으로 일그러졌고 털옷으로 감싼 몸은 뼈만 남은 듯했다. 주인이 부축을 받아 계단을 올라가자 '큰 가족'네 아버지가 걱정스러운 표정으로 그 뒤를 따라 들어갔다. 곧 의사를 태운 마차가 도착했고, 그가―틀림없이 주인을 진료하려고―집으로 들어가는 모습이 보였다.

"옆집 아저씨는 얼굴이 누렇대, 세라." 얼마 뒤 로티가 프랑스어 수업 도중에 소곤거렸다. "중국 사람인 것 같아? 지리책에 중국 사람은 얼굴이 누렇다고 나와."

"아니, 옆집 아저씨는 중국 사람이 아니야." 세라도 목소리를 낮춰 속삭였다. "많이 아파서 그래. 로티, 다시 연습해볼까. '농, 므시외. 주 네 파 르 카니프 드 몬 온클(Non, monsieur. Je n'ai pas le canif de mon oncle, 아니요, 삼촌 주머니칼은 제게 없는걸요).'"

이렇게 인도 신사 이야기가 시작되었다.

람 다스

때론 광장 하늘에도 붉은 저녁놀이 물들곤 했다. 하지만 그때
조차도 하늘은 굴뚝과 지붕에 가려서 조각나 보였다. 부엌 창
가에서는 하늘이 아예 보이지 않았다. 얼마간 벽돌에 온기가
느껴지면서 대기에 노랗고 붉은 기운이 감돌거나 유리창 어딘
가에 석양빛이 내리꽂히면 그저 해가 기우는구나 짐작할 따름
이었다. 다만 오색찬란한 노을—서편 하늘에 걸린 한 무더기
의 빨갛고 노란 구름, 테두리가 아찔할 만큼 찬란한 자줏빛 구
름, 마치 분홍색 비둘기 떼가 바람에 떠밀려 푸른 하늘을 서둘
러 날아가는 것처럼 저만치 떠가는 장밋빛 양털 구름—을 온
전히 감상할 수 있는 곳이 한 군데 있었다. 이 모든 것을 누리
는 동시에 더 깨끗한 공기를 호흡할 수 있는 유일한 장소는 물
론 다락방 창가였다. 나무와 철책이 까맣게 그을음을 뒤집어쓰
고 섰는데도 갑자기 광장이 매혹적으로 빛나면서 황홀해지는

순간, 세라는 하늘에서 무슨 일이 벌어지고 있다는 걸 알았다. 자신을 찾거나 부르는 사람이 없어서 슬그머니 부엌을 빠져나오는 게 가능하면, 세라는 어김없이 부엌에서 나와 다락방으로 올라온 뒤 낡은 탁자에 올라서서 상반신을 창문 밖으로 최대한 내밀었다. 그러고는 깊은숨을 들이마시고 주위를 둘러보았다. 하늘과 세상이 온통 자기 것인 듯 느껴졌다. 지금껏 다른 다락방에서 얼굴을 내밀고 밖을 내다보는 사람은 없었다. 대개는 천창이 닫혀 있었다. 환기를 할 요량으로 창문이 열릴 때도 고개를 내미는 사람은 없었다. 세라는 그렇게 그곳에 서서 때론 고개를 들어―흡사 아름다운 아치형 지붕처럼―닿을 듯이 가까워 보이는 친근한 하늘을 올려다보았고, 때론 놀라운 일이 펼쳐지는 서편 하늘을 바라보았다. 하늘에 걸린 구름은 두둥실 떠가다 스르르 사라지기도 하고, 얌전히 기다리는 듯하다가 어느 결에 분홍색에 진홍색, 하얀색, 자주색, 회분홍색으로 옷을 갈아입었다. 이따금 구름은 섬이나 태산 같은 형태를 이루어 짙은 청록색이나 호박색, 혹은 에메랄드빛을 띤 하늘이 호수처럼 보이도록 에워싸기도 했다. 어두컴컴한 곳이 기이하게 생긴 잃어버린 바다 한가운데로 불쑥 튀어나오는가 하면, 찬란하게 빛나는 길쭉한 땅 조각 하나가 다른 땅과 합쳐지기도 했다. 몇몇 부분에서는 마치 구름 위로 달려가 그 위에 선 채 다음에 무슨 일이 벌어질지―모든 게 사라져 자신도 구름과 함께 저 멀리 떠갈 때까지 ─ 지켜볼 수 있을 것만 같았다. 적어도 세라에 겐 그랬다. 석양빛이 부드럽게 쏟아지는 슬레이트 지붕 위에서 참새들이 조잘거리는 가운데, 탁자 위로 올라가 상반신을 천창 밖으로 내밀고 바라보는 광경만큼 아름다운 것은 없었다. 이렇게 경이로운 일이 벌어질 때는 참새들도 언제나 숨을 죽이고 한결 부드러운 소리로 재잘거리는 듯했다.

인도 신사가 옆집으로 이사 오고 며칠이 지난 어느 날에도 이처럼 석양빛이 하늘을 화려하게 물들이고 있었다. 운 좋게도 그날 부엌일이 일찍 끝난 데다 심부름이나 허드렛일을 시키는 사람도 없었기 때문에 세라는 여느 때보다 수월하게 부엌에서 빠져나와 다락방으로 올라갈 수 있었다.

탁자 위로 올라가 밖을 내다보았다. 황홀한 순간이었다. 마치 눈부시게 아름다운 물결이 세상을 휩쓴 듯 황금빛이 서편 하늘에 쏟아져 내렸다. 진노랑 햇살이 대기를 꽉 채웠고, 새 떼는 지붕 위로 검은 실루엣을 그리며 날아갔다.

"정말 멋져." 세라가 부드럽게 말했다. "무언가 낯선 일이 벌어질 때처럼 두렵기까지 해. 이렇게 멋진 저녁놀을 볼 때면 늘 그런 기분이 들어."

그때 멀지 않은 곳에서 무슨 소리가 들려와 세라는 깜짝 놀라 고개를 돌렸다. 작게 끽끽거리는 듯한 이상한 소리였다. 옆집 다락방 창문에서 나는 듯했다. 누군가 세라처럼 저녁놀을 보러 온 모양이었다. 머리와 상반신 일부가 천창 밖으로 나왔는데, 작은 여자아이나 하녀가 아니었다. 그곳엔 온통 흰색 옷으로 휘감은 인도 토착민—세라는 재빨리 '라스카'라고 중얼거렸다—이 까만 얼굴 위로 흰 터번을 쓴 채 눈을 반짝이며 그림처럼 서 있었다. 세라가 조금 전에 들은 소리는 인도 사내가 몹시 아끼는 듯 팔에 꼭 껴안은 작은 원숭이가 내는 소리였다. 원숭이는 사내의 가슴팍에 매달려 시끄럽게 소리를 질러댔다.

세라가 사내 쪽을 돌아보자 사내도 세라를 돌아보았다. 세라는 사내의 검은 얼굴에 향수와 슬픔이 깃들어 있음을 한눈에 알아보았다. 영국에선 저녁놀을 보는 일이 드문 터라 저녁놀을 보러 올라온 게 확실했다. 세라는 사내를 잠시 흥미롭게 쳐다보다가 슬레이트 지붕 너머로 미소를 지어 보였다. 낯선 사람이 보내는 미소에도 큰 위로를 받을 수 있음을 세라는 익히 알았다.

세라가 미소 짓자 사내의 기분이 좋아졌음은 분명했다. 얼굴 표정이 일시에 밝아지면서 흰 이를 드러내고 활짝 웃는 모습이 마치 한 가닥 빛줄기가 거무스름한 얼굴에 쏟아져 내리는 것 같았다. 세라가 보내는 다정한 시선은 지치고 우울한 사람들에게 언제나 큰 힘이 되었다.

사내가 세라에게 고개 숙여 경의를 표하는 순간, 그만 원숭이를 잡은 손이 느슨해진 모양이었다. 모험을 즐길 기회를 호시탐탐 노리던 장난기 많은 원숭이가 어린아이를 보고는 홍분한 것 같았다. 원숭이는 별안간 사내의 품에서 벗어나 슬레이트 지붕 위로 훌쩍 뛰어내리더니 깩깩거리며 달려 세라의 어깨를 짚고 다락방 안으로 쏙 들어왔다. 세라는 그 광경이 재미있어서 웃음이 나왔다. 하지만 원숭이를 주인에게—라스카가 원숭이의 주인이라면—돌려줘야 한다는 걸 알았기 때문에 어떻게 해야 할지 궁리했다. 원숭이가 얌전히 세라의 손에 잡힐까, 아니면 말썽꾸러기답게 잡히지 않으려고 지붕 위로 달아났다가 영영 사라질까? 그러면 상황이 곤란해질 터였다. 원숭이의 주인이 인도 신사일 수도 있고, 그 가엾은 신사가 몹시 아끼는 녀석일지도 모른다.

세라는 아빠와 함께 지낼 때 배운 힌두스타니어가 지금도 생각난다는 사실에 기뻐하면서 라스카 쪽으로 고개를 돌렸다. 사내와 이야기를 할 수 있을 것 같았다. 세라는 사내의 언어로 말을 걸었다.

"제가 잡아볼까요?" 세라가 물었다.

사내의 언어로 말을 걸자 검은 얼굴에 떠오른 놀라움과 기쁨을 어디에다 비할 수 있을까, 세라는 생각했다. 사실 사내는 신의 뜻이 개입한 것 같은 기분이 들었고, 아이가 낸 작고 친절한 목소리가 천국에서 들리는 소리인 양 느껴졌다. 사내가 유럽 아이들에게 익숙하다는 사실을 세라는 단박에 알아챘다. 사내는 정중한 감사의 인사를 몇 번이고 했다. "저는 미시 사히브의 하인입니다. 순한 원숭이라 사람을 물지는 않지만, 불행히도 잡는 게 쉽지 않습니다. 여기서 저기로 번개처럼 도망 다니니까요. 고분고분한 놈이 아니에요. 물론 해를 끼치진 않아요. 제 아이 알 듯 저 녀석을 잘 알아서 제 말을 들을 때도 있지만, 매번 그렇진 않아요. 미시 사히브가 허락하신다면, 지붕을 지나 다락방 창문으로 들어가 저 쓰잘머리 없는 놈을 데리고 와도 될는지요. 미시 사히브가 무례하다며 오지 말라고 하실까 봐 걱정되긴 합니다."

세라는 얘기가 끝나기가 무섭게 승낙했다.

"지붕을 건너올 수 있어요?" 세라가 물었다.

"눈 깜짝할 사이에 건너갑니다." 사내가 대답했다.

"그럼 어서 오세요." 세라가 말을 받았다. "원숭이가 겁이 나는지 방 안을 정신없이 뛰어다니고 있어요."

람 다스는 창문 위로 훌쩍 올라 지붕을 지나 세라의 방으로 걸어왔다. 침착하고 민첩한 걸음걸이가 마치 평생 지붕을 걸어다닌 사람처럼 보였다. 사내는 천창 아래로 몸을 미끄러뜨리더니 소리 없이 사뿐히 바닥에 발을 내디뎠다. 그러고 나서 세라를 돌아보며 다시 몸을 굽혀 살람식으로 인사를 했다. 원숭이가 사내를 보더니 작은 비명을 질렀다. 사내는 혹시 원숭이가 달아날까 싶어 서둘러 천창을 닫고 원숭이를 잡으러 갔다. 긴 추격전은 아니었다. 원숭이는 그저 재미 삼아 몇 분 동안 추격을 즐긴 것 같았다. 얼마 지나지 않아 요란스레 울어대면서 람 다스의 어깨 위로 훌쩍 뛰어오르더니 여전히 깩깩 비명을 지르며 뼈만 앙상하니 기이하게 생긴 작은 팔로 사내의 목에 매달렸다.

람 다스는 세라에게 고맙다고 거듭 인사했다. 인도 토착민의 민첩한 두 눈이 초라한 방을 잽싸게 훑어보는 것을 세라도 알았지만, 사내는 짐짓 아무것도 보지 못한 듯 행동했고, 말투는 마치 라자의 어린 딸을 대하는 듯했다. 사내는 원숭이를 잡은 뒤 곧 떠났는데, 그 시간 동안 친절을 베풀어줘서 고맙다며 재차 감사의 인사를 전했다. "요 녀석이 보이는 것처럼 그렇게 말썽꾸러기는 아니에요." 원숭이를 쓰다듬으며 사내가 말했다. "주인어른이 지금 좀 편찮으신데, 요 녀석 때문에 가끔씩 웃으십니다. 주인어른이 제일 아끼는 녀석이라 도망가면 무척 상심하실 거예요." 말을 마치고 사내는 다시 한번 살람식 인사를 건넨 후 원숭이가 했듯이 날쌔게 천창 위로 올라가 슬레이트 지붕을 건너갔다.

사내가 돌아간 뒤 세라는 방 한가운데에 서서 사내의 얼굴과 행동이 상기시킨 수많은 생각을 곱씹었다. 인도 복장과 자신을 깍듯이 대하는 태도를 보자 지난날이 떠올랐다. 불과 몇 년 전만 하더라도 자기—한 시간 전에 요리사에게 온갖 모욕적인 말을 들어야 했던 부엌데기가—주변에 람 다스 같은 사람이 가득했다는 생각이 떠오르자 기분이 묘해졌다. 세라를 시중드는 하인이고 노예였던 그들은 세라가 지나가면 살람식으로 몸을 낮게 굽혀 인사했고, 세라가 말을 할 때는 이마가 땅에 닿을 정도로 허리를 굽히곤 했다. 꿈처럼 느껴졌다. 모든 게 끝났고 다시는 돌아오지 않을 터였다. 상황이 달라질 공산은 없어 보였다. 민친 교장이 그리는 미래가 어떤 것인지 세라는 알고 있었다. 정규 교사로 부려먹을 나이가 되기 전까지는 하녀나 다름없는 잔심부름꾼 노릇을 해야 할 테고, 그와 더불어 지금껏 공부한 걸 복습하는 건 물론이고 어떻게 해서든 더 많은 지식을 쌓으라고 강요받을 것이다. 교실에 남아 공부하는 밤 시간이 점점 길어졌고, 학습 진도가 기대에 미치지 못하면 혼쭐이 나리란 것도 자명했다. 민친 교장은 세라가 워낙 배우려는 의욕이 강해서 선생 없이도 공부할 수 있다는 걸 알았다. 책을 주면 금세 읽어치웠고, 책 속에 든 모든 내용을 기억했다. 몇 년만 지나면 꽤 쓸 만한 교사가 될 터였다. 미래에 일어날 일은 이러했다. 지금 학교 구석구석을 다니며 잡일을 거들 듯 나이가 든 뒤에는 교실에서 온갖 일을 떠맡게 될 것이다. 지금보다는 좋은 옷을 입겠지만, 그 옷들도 마찬가지로 영락없이 하녀처럼 보이는 볼품없는 무채색 옷이리라. 이것이 앞으로 기대할 수 있는 일이었다. 세라는 가만히 서서 곰곰이 생각에 잠겼다.

순간 어떤 생각이 떠올랐는지 아이의 얼굴에 홍조가 떠오르면서 눈에는 반짝 생기가 돌았다. 세라는 가냘픈 작은 몸을 똑바로 펴고 고개를 들었다.

세라는 스스로에게 말했다. "무슨 일이 일어나든 바꿀 수 없는 사실이 있어. 누더기와 넝마를 걸쳤어도 난 여전히 공주야. 금실로 짠 옷을 입었다면 공주 노릇을 하는 게 쉽겠지. 그에 비해 아무도 모르게 공주로 살아가는 건 훨씬 어려운 일이야. 마리 앙투아네트도 왕관을 뺏긴 채 감옥에 갇혀서 검은 드레스만 입고 머리는 하얗게 새서 '카페의 과부(카페 왕가에 속한 남편 루이 16세가 프랑스혁명으로 폐위되어 '시민 루이 카페'라는 별칭으로 재판을 받은 데서 유래했다-옮긴이)'라 불리며 모욕을 당했잖아. 모든 게 화려하고 좋았을 때보다 감옥에 갇혔을 때가 더 왕비 같았어. 난 그때의 마리가 제일 좋아. 야유하는 국민 앞에서도 절대 기죽지 않았지. 참수를 당하는 순간에도 마리는 그들보다 강했던 거야."

이것은 그즈음 떠오른 생각이 아니라 오래전부터 해오던 생각이었다. 힘든 나날 동안 세라는 이런 생각으로 스스로를 위안했고, 덕분에 민친 교장은 도저히 납득할 수 없다는 표정을 지은 채 학교 안을 돌아다녔다. 교장은 저 아이가 세상 사람보다 높은 정신세계에서 사는 게 아닐까 싶어 역정이 났다. 아이는 자신에게 퍼붓는 독하고 아픈 말을 거의 듣지 못하는 것 같았고, 설령 듣는다고 하더라도 별로 개의치 않는 눈치였다. 때론 민친 교장이 위압적인 자세로 모진 말을 쏟아내는데도 당당한 웃음을 머금은 채 아이답지 않은 침착한 시선으로 교장을 쳐다보았다. 교장은 세라가 그 순간 이런 생각을 한다는 걸 알 턱이 없었다.

'지금 그런 말을 공주에게 하고 있다는 걸 아세요? 내가 손만 까닥이면 당신을 교수대로 보낼 수 있다는 걸 알긴 하나요? 내가 당신을 그냥 두는 건 난 공주고, 당신은 어리석고 잔인하고 천박하고 지혜라곤 없는 불쌍한 늙은이이기 때문이에요.'

이보다 더 흥미롭고 재미있는 생각은 없었다. 기이한 상상에 지나지 않는다고 하더라도 그 속에서 위안을 찾았으니 세라에게는 잘된 일이었다. 이런 생각을 하는 동안에는, 주변 사람이 무례하고 악의에 찬 말을 던져도 세라는 똑같이 무례하게 굴지 않았고 똑같이 악의에 찬 말을 던지지도 않았다.

"공주는 품위 있게 행동할 줄 알아야 해." 세라는 스스로에게 다짐했다.

그리하여 하인들이 주인을 흉내 내는 건방진 말투로 이래라저래라 시킬 때도 세라는 고개를 꼿꼿이 들고 이상할 만큼 공손하게 대답을 했으며, 되레 상대방이 세라를 빤히 쳐다보게 만들었다.

"잘난 척하고 우아를 떠는 게 꼭 무슨 버킹엄 궁에서 온 공주 같다니까, 저 어린게." 요리사가 때론 낄낄대며 말했다. "쟤를 보면 난 열두 번도 넘게 열을 받는데, 쟨 화를 내는 법이 없어. '부탁드려요, 요리사님', '이것 좀 해주시겠어요, 요리사님?', '죄송해요, 요리사님', '괜찮을까요, 요리사님?' 이런 말을 아무렇지도 않은 듯 부엌 바닥에 죄다 흘리고 다닌다니까."

람 다스와 원숭이를 만난 다음 날, 세라는 어린 학생들과 교실에 있었다. 프랑스어 수업을 끝낸 뒤라 문제집을 걷으면서 자기 같은 변장한 왕족이 어떤 오만 가지 수모를 당했던가, 하고 생각에 잠겼다. 이를테면 앨프레드 대왕은 케이크를 태웠다고 소 치는 사내의 아내에게 냅다 귀싸대기를 얻어맞았다. 자신이 무슨 짓을 저질렀는지 알게 된 촌부는 얼마나 두려움에 떨었을까. 민친 교장도 세라—신발이 뚫어져 발가락 끝이 거의 다 보이는—가 공주란 걸, 그것도 진짜 공주란 걸 알게 된다면! 민친 교장은 아이의 눈에 떠오른 이런 표정을 가장 싫어했다. 교장은 참을 수가 없었다. 하필 세라가 바로 옆에 있었고, 교장은 불같이 화를 내면서 촌부가 앨프레드 대왕에게 했던 그대로 세라에게 달려들어 따귀를 때렸다. 세라는 소스라치게 놀랐다. 따귀를 맞은 충격으로 꿈에서 깨어나 숨을 고르며 잠시 가만히 서 있었다. 그러다가 자기도 모르게 작게 웃음이 터져나왔다.

"이런 못된 뻔뻔한 것, 어째서 웃는 거야?" 민친 교장이 소리쳤다.

세라가 자제력을 발휘해 공주라는 신분을 기억해내는 데는 시간이 좀 걸렸다. 교장에게 맞은 뺨 언저리가 벌게지면서 얼얼했다.

"생각을 좀 했어요." 세라가 대답했다.

"어서 용서를 빌지 못해?" 민친 교장이 호통쳤다.

세라는 입을 열기 전에 잠시 멈칫했다.

"웃은 게 무례했다면 죄송합니다." 그러고는 이어 말했다. "하지만 생각한 것에 대해선 용서를 빌지 않겠어요."

"생각?" 민친 교장이 윽박질렀다. "감히 무슨 생각을 해? 대체 무슨 생각을 했다는 거야?"

제시가 킥킥거리며 웃자, 라비니아와 제시는 동시에 서로의 옆구리를 찔렀다. 학생들은 모두 책에서 고개를 들고 무슨 일이 벌어지는지 귀를 쫑긋 세웠다. 민친 교장이 세라를 혼내는 모습은 언제나 재미있었다. 세라는 매번 이상한 말을 하면서 조금도 겁먹은 것처럼 보이지 않았다. 지금도 얻어맞은 뺨 언저리가 뻘겋고 눈이 별처럼 반짝일 뿐 겁먹은 표정이 아니었다.

"교장 선생님은 스스로 무슨 일을 하는지 모르는 것 같다는 생각을 했어요." 세라가 위엄을 잃지 않은 공손한 말투로 대답했다.

“내가 하는 일을 내가 모른다고?” 민친 교장이 거칠게 숨을 몰아쉬며 되물었다.

“네.” 세라가 말했다. “만일 내가 공주인데 교장 선생님이 내 뺨을 때렸다면 무슨 일이 벌어질까, 내가 어떻게 해야 할까, 그런 생각을 했어요. 그리고 내가 공주라면 무슨 말이나 행동을 해도 교장 선생님이 날 때리는 일은 없을 텐데 하는 생각도 했어요. 교장 선생님이 또 얼마나 놀라고 두려워할까, 어느 날 갑자기 알게 된다면…….”

상상 속 미래가 너무도 선명하게 눈앞에 펼쳐진 탓에 교장이 흔들릴 정도로 세라는 막힘없이 말했다. 솔직하고 대담하기 이를 데 없는 이 아이 뒤에 정말로 어떤 숨겨진 힘이 있는 게 아닐까 하는 의구심이 상상력이라곤 없는 교장의 좁은 마음속에 피어났다.

“알다니?” 교장이 소리쳤다. “뭘 알게 된다는 거야?”

“내가 공주란 것을요.” 세라가 대답했다. “그래서 난 원하는 모든 걸 할 수 있다는 것도요.”

아이들의 눈이 더는 커질 수 없을 만큼 커졌다. 라비니아는 자세히 보려고 몸을 책상 앞으로 내밀었다.

“네 방으로 가.” 민친 교장이 숨을 헐떡이며 소리쳤다. “어서! 교실에서 나가! 다들 책으로 고개를 돌리도록!”

세라는 고개를 살짝 숙여 보였다.

"웃은 게 무례했다면 죄송합니다." 그렇게 말한 다음, 화가 나 씩씩거리는 민친 교장과 책 위로 몸을 숙인 채 뭐라고들 속닥거리는 아이들을 남겨놓고 교실에서 걸어나갔다.

"봤지? 얼마나 별난 아이인지." 제시가 불쑥 말했다. "난 쟤가 공주가 아니라 공주 할아버지라 해도 하나도 놀랍지 않을 것 같아. 그러고도 남을 아이라니까!"

벽 너머

여러 채의 집이 일렬로 늘어선 곳에 살면서 벽 너머 맞은편 방에서 어떤 일이 일어나고 어떤 말이 오가는지 상상하는 건 재미있는 일이다. 세라는 기숙 학교와 인도 신사의 집을 가르는 벽을 사이에 두고 무슨 일이 감춰져 있을지 상상하면서 시간을 보내는 걸 즐겼다. 교실의 맞은편이 인도 신사의 서재라는 사실을 알게 된 후 세라는 수업이 끝나고 아이들이 떠드는 소리에 인도 신사의 신경이 곤두서는 일이 없도록 벽이 충분히 두껍기를 바랐다.

"인도 신사가 점점 좋아져." 세라가 어먼가드에게 말했다. "아저씨가 방해받는 게 싫어. 내 친구로 받아들였으니까. 말을 한 번도 안 해본 사람과도 그렇게 지낼 수 있어. 그저 지켜보면서 생각하고 마음을 쓰다 보면 거의 친척처럼 느껴지거든. 의사가 하루에 두 번씩 진찰하러 오는 걸 보면 얼마나 걱정되는지 몰라."

"난 친척이 많지 않아." 어먼가드가 생각에 잠긴 표정으로 말했다. "그래서 좋아. 친척들이 싫거든. 고모 둘은 나만 보면 이렇게 말해. '맙소사, 어먼가드! 왜 이렇게 살이 쪘니? 사탕 좀 그만 먹어라.' 삼촌은 또 어떻고, 만날 '에드워드 3세가 몇 년에 왕이 되었을까?', '칠성장어를 많이 먹어서 죽은 사람은 누구지?', 뭐 이런 질문만 한다니까."

세라는 웃어 보였다.

"한 번도 말을 안 해본 사람은 그런 질문을 할 수가 없어." 세라가 말했다. "인도 아저씨는 너랑 친해도 아마 그런 질문은 안 할 거야. 난 아저씨가 좋아."

세라가 '큰 가족'을 좋아하는 것은 그들이 행복해 보이기 때문이었다. 그에 반해 인도 신사는 불행해 보여서 좋아했다. 큰 병에서 아직 다 회복되지 못한 게 분명했다. 부엌에선 인도 신사를 놓고 설왕설래가 한창이었다. 신기하게도 어떻게 알아냈는지 하인들은 모르는 게 없었다. 그는 실제론 인도인이 아니라 인도에서 살던 영국인이었다. 하마터면 전 재산을 날릴 뻔한 악운을 만나서, 영원히 치욕스러운 폐인처럼 살게 될 것이라고 절망한 적이 있었다. 그때 충격이 너무 큰 나머지 뇌염(빅토리아 시대 후기 소설에서 오늘날 '신경쇠약'을 일컫던 용어-옮긴이)에 걸려 죽음의 문턱을 넘나들었다. 다행히도 일이 잘 풀려 재산은 되찾았지만 이내 건강을 잃고 말았다. 그를 위험에 빠뜨린 문제는 광산과 관계가 있었다.

"그것도 다이아몬드 광산이래!" 요리사가 말했다. "내 돈은 절대 광산에 투자 안 해. 다이아몬드 광산이라면야 더하지." 세라를 곁눈질하면서 덧붙였다. "우리가 좀 본 게 있잖아."

'아저씨 심정도 아빠 같았겠다.' 세라는 생각했다. '아빠처럼 몸도 아팠고. 하지만 아빠처럼 죽진 않았어.'

그리하여 세라는 예전보다 한층 더 인도 신사에게 마음이 쓰였다. 밤에 심부름을 가야 할 적에는, 아직 커튼이 드리워지지 않은 창문을 통해 따뜻한 방도 슬쩍 들여다보고 새 친구도 볼 기회가 생겼다고 은근히 좋아하기까지 했다. 주위에 아무도 없으면 이따금 걸음을 멈추고 철제 난간을 잡은 채, 마치 아저씨가 제 말을 듣기라도 하듯 밤 인사를 건네곤 했다.

'듣지 못해도 느낄 수 있다'는 게 세라의 생각이었다. "창문과 문과 벽이 있어도 다정한 생각은 그 너머까지 전달돼. 이 추운 날 내가 여기에 서서 아저씨가 하루빨리 건강을 되찾고 다시 행복해지기를 빌면, 아저씨는 영문도 모른 채 마음이 푸근해지면서 위로를 받을지도 몰라. 아저씨 때문에 마음이 아파." 세라는 작지만 열정적인 목소리로 속삭였다. "아빠의 머리가 아플 때 내가 아빠에게 해줬듯이 아저씨를 쓰다듬어주는 '어린 마님'이 있으면 좋겠어. 내가 아저씨의 '어린 마님'이라면. 아, 가엾어라! 잘 자요, 잘 자요. 신이 돌보시기를!"

그러고는 마음이 얼마간 가벼워지고 따뜻해진 채로 발길을 다시 옮겼다. 아저씨를 측은히 여기는 마음이 너무도 커서, 거의 항상 헐렁한 실내복 차림으로, 거의 항상 이마를 손으로 짚은 채 난롯가 안락의자에 홀로 앉아 기운 없이 불꽃을 바라보는 인도 신사에게까지 그 마음이 가닿을 것만 같았다. 세라가 보기에 비단 과거뿐만이 아니라 현재도 아저씨를 괴롭히는 문제가 있는 듯싶었다.

"지금도 뭔가 괴로운 문제를 계속 생각하는 것 같아." 세라가 혼자 되뇌었다. "하지만 돈도 되찾았고 뇌염도 곧 좋아질 텐데 저렇게 보일 이유가 없잖아. 무언가 다른 이유가 있을까."

무언가 다른 이유—하인들도 풍문으로 듣지 못한—가 있다면 '큰 가족'네 아버지—세라가 몽모랑시 씨로 부르는 신사—는 분명 알 거라고 세라는 생각했다. 몽모랑시 씨는 인도 신사를 자주 보러 왔고, 그보다는 가끔이지만 몽모랑시 부인과 아이들도 신사를 찾아왔다. 인도 신사는 큰아이 둘—남동생 도널드가 세라에게 6펜스짜리 동전을 주는 걸 보고 펄쩍 뛰었던 재닛과 노라—을 유독 예뻐하는 듯했다. 인도 신사는 원래 어린아이들에게 한없이 부드러운 사람이었는데, 특히 여자아이들에게 그랬다. 인도 신사가 그들을 아끼는 만큼 재닛과 노라도 신사를 좋아해서, 광장을 가로질러 옆집을 방문해 예의 바르게 신사 옆에 앉아 있다가 돌아오는 오후 시간을 설레는 마음으로 기다렸다. 인도 신사가 환자였기 때문에, 병문안은 극히 짧고도 조용히 이루어졌다.

"참 안됐지." 재닛이 말했다. "우리를 보면 힘이 나신대. 그렇지만 기운을 돋운다고 시끄럽게 굴면 안 돼."

맏이인 재닛이 동생들을 건사했다. 인도 얘기를 들려달라고 부탁해도 좋을지 결정하는 것은 재닛이었다. 재닛은 인도 신사가 피곤한 기색을 보이면 조용히 방을 빠져나가 람 다스에게 어서 들어가 보라고 귀띔해주기도 했다. 아이들 모두 람 다스를 몹시 좋아했다. 람 다스가 힌두스타니어 이외에 다른 말을 할 줄 알았더라면, 아이들에게 끝도 없이 이야기를 들려주었으리라. 인도 신사의 본명은 캐리스포드였는데, 재닛은 '거지가 아닌 여자애'와 만난 이야기를 캐리스포드 씨에게 들려주었다. 인도 신사는 큰 관심을 보였는데, 원숭이가 지붕 위로 달아났던 이야기를 람 다스에게서 전해 들었을 때도 그랬다. 람 다스는 주인을 위해 황량한 다락방—양탄자도 깔지 않은 맨바닥과 곳곳이 떨어져 나간 회반죽 벽, 텅 빈 채 녹이 슨 난로, 딱딱하고 비좁은 침대—을 그림 그리듯 자세히 묘사했다.

"카마이클." 인도 신사가 다락방 이야기를 들은 뒤 '큰 가족'네 아버지에게 말했다. "여기 광장에 있는 집들 중 그런 다락방이 몇 개나 될까, 가엾게도 그런 침대에서 잠을 청하는 어린 하녀들은 또 몇이나 될까. 난 깃털 베개를 베고 누워서도 잠 못 이루고 뒤척이는데 말이야. 온전히 내 것도 아닌 이 많은 재산은 내게 고통만 줄 뿐이야."

"이 친구야." 카마이클 씨가 밝은 목소리로 대답했다. "자학은 몸에 좋지 않아. 인도의 부를 전부 가지고 있다 한들 이 세상에서 고통받는 자들을 모두 구원할 수는 없어. 광장 다락방마다 가구를 들여놓는다고 가정해보자고. 그래도 다른 광장, 다른 거리에는 손봐야 할 다락방이 여전히 많아. 그렇지 않은가!"

캐리스포드 씨는 의자에 앉아 활활 타오르는 난로 속 불꽃을 들여다보면서 손톱을 물어뜯었다.

"혹시 말이야." 얼마 후 인도 신사가 천천히 말을 이어나갔다. "그 아이가, 한시도 내 머리에서 떠나지 않는 그 아이가, 혹시 옆집 그 불쌍한 아이 같은 신세가 된 건 아닐까?"

카마이클 씨는 불안한 시선으로 인도 신사를 쳐다보았다. 아이에 관해 그런 생각을 하는 것은 인도 신사의 몸에도 마음에도 최악이라는 걸 잘 알기 때문이었다.

"파리 파스칼 부인의 학교에 있던 아이가 자네가 찾는 그 아이가 맞다면, 여유 있는 집에서 살뜰한 보살핌을 받고 있을 거야." 카마이클 씨가 달래는 듯한 목소리로 대답했다. "그 집에 입양된 것도 죽은 딸아이의 제일 친한 친구라서 그렇다잖아. 다른 자식은 없고, 파스칼 부인의 말에 따르면 아주 점잖은 러시아인 가족이라는군."

"그런데 그 여잔 러시아인 가족이 아이를 어디로 데리고 갔는지도 모르잖아!" 캐리스포드 씨가 목소리를 높였다.

카마이클 씨는 어깨를 으쓱해 보였다.

"파스칼 부인은 잇속에 밝은 속물이지. 아이가 아버지의 죽음으로 빈털터리가 됐을 때, 그 프랑스 여자는 너무도 손쉽게 아이를 털어냈다고 몹시 좋아했을걸. 그런 여자들은 짐이 되겠다 싶은 아이들이 어떻게 되든 말든 신경 쓰지 않으니까. 그 후 아이를 입양한 가족은 흔적도 없이 사라져버렸고."

"자네도 조금 전에 내가 찾는 아이가 '맞다면'이라고 하지 않았나. 어디까지나 '만일'이잖아. 확실하지 않아. 이름도 다르고."

"파스칼 부인은 크루가 아니라 캐루라고 발음하긴 했지만, 그건 어디까지나 발음의 문제일 수 있어. 그 밖의 상황은 놀랍게도 비슷해. 자, 인도의 영국군 장교가 엄마 잃은 아이를 학교에 맡겨. 그러곤 얼마 지나지 않아 전 재산을 잃고 갑자기 죽지." 카마이클 씨는 무언가 새로운 생각이 떠올랐는지 잠시 말을 멈췄다. "아이가 파리 학교에 남았다는 게 확실한가? 파리가 분명해?"

캐리스포드 씨가 불안과 비통이 교차하는 목소리로 대답했다. "여보게, 확실한 건 아무것도 없어. 아이도, 아이의 엄마도 본 적이 없으니까. 랠프 크루와 난 어렸을 적에 절친한 사이였지만, 학교를 졸업한 이후에는 한 번도 보지 못하다가 인도에서 처음 만났지. 장밋빛 미래를 약속하는 광산 사업에 푹 빠져 지낼 때였어. 그 친구도 곧 깊숙이 빠져들었지. 일이 워낙 방대한 데다 사람을 현혹하는 구석이 있어서, 반쯤은 정신이 나간 상태였어. 우린 만나면 온통 광산 얘기밖에 안 했어. 내가 아는 거라곤 아이를 어느 학교론가 보냈다는 것뿐이야. 그것도 어떻게 알게 됐는지 기억조차 나지 않아."

캐리스포드 씨는 흥분하는 기색이 역력했다. 쇠약해진 뇌가 과거의 재앙을 떠올리며 자극을 받으면 언제나 이렇게 흥분하곤 했다.

카마이클 씨는 근심 어린 표정으로 친구를 쳐다보았다. 불가피하게 몇 가지 질문을 해야 했지만, 조용하고도 신중하게 접근할 필요가 있었다.

"그래도 파리 학교로 특정할 만한 이유가 있어?"

"응, 있지." 대답이 들려왔다. "엄마가 프랑스 여자인데, 아이가 파리에서 교육받기를 원한다고 했어. 그러니 아이가 파리에 있을 것 같지 않나."

"그렇군." 카마이클 씨가 대꾸했다. "그럴듯해." 인도 신사는 윗몸을 앞으로 기울이고는 쇠약해진 긴 손으로 탁자를 내리쳤다.

인도 신사가 말했다. "카마이클, 아이를 꼭 찾아야 해. 살아 있다면 어딘가에 있을 거야. 친구 하나 없이 거지처럼 살고 있다면 그건 전적으로 내 잘못이야. 이런 문제가 가슴을 짓누르는데 어떻게 온전한 정신으로 살아갈 수 있겠어. 광산 일이 갑자기 잘 풀리는 바람에 허황된 꿈이 현실이 되었건만, 크루의 아이는 길거리에서 동냥을 하고 있을지도 몰라!"

"안 돼, 그런 생각은 하지 마." 카마이클이 대꾸했다. "침착해. 아이를 찾으면 최소한 아이에게 줄 유산이 있잖아. 그걸로 위안을 삼자고."

"천지가 암흑으로 변했을 때 나는 왜 버티지 못했을까?" 캐리스포드는 초조한 고통 속에서 신음했다. "남의 돈까지 책임져야 하는 상황이 아니었다면, 아마 끝까지 버텼을 거야. 불쌍한 크루는 광산 사업에 전 재산을 투자했어. 날 믿고 좋아했으니까. 그러곤 내가 자기를 파멸에 이르게 했다고 생각하면서 눈을 감았지. 그 친구와 이튼에서 크리켓을 하던 나 톰 캐리스포드가 말이야. 날 얼마나 비열한 놈이라 생각했겠어!"

"그렇게 자책하지 마."

"사업이 위태롭게 됐다고 자책하는 게 아니야. 용기를 잃었던 나를 자책하는 거야. 절친한 친구의 얼굴을 차마 볼 수 없어서, 내가 친구와 친구 아이의 삶까지 망쳤다는 사실을 차마 말할 수 없어서, 사기꾼처럼 도둑처럼 도망친 거야."

인정 많은 '큰 가족'네 아버지는 인도 신사의 어깨에 손을 엎고 위로했다.

"자네가 도망친 건 정신적 고통이 극심한 탓에 도저히 견 딜 수 없었기 때문이야." '큰 가족'네 아버지가 말했다. "그때 이미 정신이 반은 나갔던 거야. 그렇지 않았다면 끝까지 남아 싸웠겠지. 그곳을 떠나고 이틀 후 자넨 뇌염 증세로 병원 침대 에 묶인 채 헛소리를 하고 있었어. 그걸 잊지 마."

캐리스포드는 두 손으로 얼굴을 감쌌다.

"맙소사! 그래, 맞아." 캐리스포드가 말했다. "두려움과 공 포로 난 미쳤던 거야. 몇 주 동안 잠을 못 잤지. 집에서 비틀거 리며 걸어 나오던 그날 밤, 날 비웃고 욕하는 온갖 끔찍한 게 눈앞에 가득 떠다니는 것 같았어."

"그걸로 충분히 설명이 돼." 카마이클 씨가 대꾸했다. "뇌 염에 걸린 사람이 어떻게 온전한 판단을 내리겠어!"

캐리스포드는 고개를 숙인 채 가로저었다.

"제정신을 차렸을 때는 그 불쌍한 녀석이 이미 죽어서 땅 에 묻힌 뒤였어. 아무것도 기억할 수 없더군. 몇 달이 지나도록 아이도 기억해내지 못했지. 아이가 있었다고 어렴풋이 느꼈을 때조차도 모든 게 안개에 잠긴 듯 흐릿했어."

캐리스포드는 잠시 말을 멈추고 이마를 손으로 문질렀다. "지금도 기억을 더듬다 보면 그렇게 느껴질 때가 있어. 크루가 아이의 학교에 대해 말하는 소리를 틀림없이 들었을 텐데. 그렇지 않은가?"

"그 친구가 명확히 말하지 않았을 수도 있지. 아이의 이름도 제대로 듣지 못한 것 같다며."

"그 친군 좀 별난 애칭을 생각해내서는 아이를 그렇게 불렀지. '어린 마님'이라고 말이야. 그런데 끔찍한 광산 사업이 모든 걸 머리에서 지워버렸어. 우린 광산 얘기밖에 안 했으니까. 그 친구가 학교 얘기를 했다면 내가 잊은 거야, 까맣게. 결코 기억해내지 못할 거야."

"괜찮아, 괜찮아." 카마이클이 말했다. "아이를 찾아낼 테니까. 파스칼 부인의 학교에서 아이를 데리고 간 마음씨 착한 러시아인 가족을 계속 찾아보자고. 부인이 어렴풋이 기억하기론 그 가족이 모스크바에서 산다는 것 같아. 충분히 단서가 될 거야. 내가 모스크바에 다녀오겠네."

"몸이 허락한다면 자네와 같이 갈 텐데." 캐리스포드가 말을 받았다. "내가 할 수 있는 일이라곤 고작 털옷에 몸을 감싼 채 여기에 앉아 불꽃을 바라보는 것뿐이야. 그럴 때면 꼭 크루의 젊고 유쾌한 얼굴이 불꽃 속에서 나를 쳐다보는 것 같아. 내게 무언가 질문을 하는 듯한 표정으로 말이야. 밤에 이 친구가 꿈에 보일 때면 언제나 내 앞에 서서 똑같은 질문을 해. 무슨 질문을 하는지 알아, 카마이클?"

카마이클 씨는 나지막하게 대답했다.

"글쎄, 잘 모르겠는데."

"그 친구는 늘 이렇게 물어. '톰, 오랜 나의 벗, 톰, 어린 마님은 어디에 있지?'" 캐리스포드는 카마이클의 손을 움켜잡고 꼭 끌어안았다. "난 이 질문에 답을 줘야 해, 답을 줘야 한다고!" 간절한 목소리로 말을 이었다. "아이를 찾도록 도와주게. 제발 날 좀 도와줘."

한편 벽 너머에서 세라는 다락방에 쪼그리고 앉아, 저녁거리를 찾아 밖으로 나온 멜키세덱과 이야기를 나누고 있었다.

"오늘은 공주로 지내는 게 유독 힘들었어, 멜키세덱." 세라가 말했다. "평소보다 유난히 더. 날이 추워지고 거리가 질척해질수록 더 힘들어지는 것 같아. 라비니아가 복도 저편에서 걸어오다가 진흙 범벅인 내 치마를 보고 비웃을 때는 나도 곧장 뭐라고 한마디 쏘아붙이려고 했는데 가까스로 참았어. 그렇게 같이 비웃으면 안 돼. 공주라면 말이야. 그래도 참는 일은 입술을 깨물어야 할 만큼 힘든 일이야. 나도 입술을 깨물었어. 추운 오후야, 멜키세덱. 밤도 춥겠지."

혼자 있을 때 종종 그러듯이 아이는 검은 머리를 팔 속에 파묻었다.

"아, 아빠." 아이가 속삭였다. "내가 아빠의 '어린 마님'이었던 시절이 까마득한 옛날인 것 같아!"

그날 벽을 사이에 두고 양쪽 편에서 이런 일이 벌어진 것이다.

똑같은 사람

겨울은 혹독했다. 어떤 날에는 눈길을 힘겹게 지나 심부름을 갔다. 눈이 녹아 질퍽한 진창길이 될 때도 있었다. 세라가 아빠의 어깨에 몸을 기댄 채 마차에 푹 파묻혀 런던 거리를 달리던 몇 년 전 오후처럼 온종일 가로등을 켜야 할 만큼 안개가 짙게 드리운 날도 있었다. 그런 날이면 '큰 가족'네 집 창문은 참 아늑하고 황홀해 보였고, 인도 신사가 앉아 있는 서재에서는 벽난로 불꽃이 따뜻하고 풍요로운 색채를 발하며 은은히 타올랐다. 그에 반해 다락방은 이루 말할 수 없이 암울했다. 겨울에는 일출도 일몰도 바라볼 수 없었고, 세라가 보기에 별도 거의 없는 것 같았다. 천창에 낮게 걸린 구름은 잿빛이거나 흙빛이었고, 그도 아니면 굵은 빗방울을 떨어뜨렸다. 뿌연 안개에 잠겨 있지 않아도 오후 4시면 해가 져서 어두웠다. 다락방에 갈 일이 있으면 촛불을 켜야 했다. 부엌에서 일하는 여자들은 우울

해져서 평소보다 더 사납게 굴었다. 베키는 어린 노예처럼 이리저리 내몰렸다.

어느 날 밤 베키가 다락방에 몰래 들어와서 쉰 목소리로 말했다. "아가씨, 아가씨가 없었으면, 그니까 아가씨도 없고 바스티유도 없고 옆방 죄수 노릇도 안 했으면, 전 진작 죽었지요. 그것들이 지금 그냥 딱 진짜예요, 안 그래요? 교장 선생님은 맨날 하는 모양새가 딱 간수장이고요. 아가씨 말대로 교장 선생님이 커다란 열쇠를 들고 다니는 게 보이는 것 같아요. 요리사 아줌마는 그 밑에 간수 중 하나고요. 얘기 좀 더 해주세요, 아가씨, 제발. 벽 아래 우리가 팠다는 지하 통로 얘기 말이에요."

"그거 말고 따뜻한 얘기 들려줄게." 세라가 몸을 떨었다. "침대보 가져와서 그걸로 몸을 감싸. 나도 가져올게. 그렇게 침대에 나란히 몸을 옹크리고 앉아 인도 신사의 원숭이가 살던 열대림 얘기를 하자. 원숭이가 창가 탁자에 앉아 슬픔에 잠긴 표정으로 거리를 내려다볼 때면 아, 저 녀석이 코코넛 나무에 꼬리를 매달고 몸을 흔들던 열대림 시절을 떠올리는구나 하는 생각이 들어. 저 녀석은 누구 손에 잡혔을까, 그리고 저 녀석이 코코넛을 따와서 먹여 살리던 가족을 그곳에 두고 온 건 아닐까 궁금해."

"따뜻한 얘기예요, 아가씨." 베키가 고마운 표정으로 말했다. "그치만 아가씨가 얘기하면 바스티유 감옥도 따뜻해지죠."

"그건 네가 무언가 다른 생각을 하기 때문이야." 세라가 어둠에 잠긴 작은 얼굴만 보이게끔 침대보를 몸에 두르고 말했다. "나도 느끼는 거야. 몸이 힘들 때는 머리로 뭘 해야 하느냐면, 다른 생각을 해야 해."

"아가씨는 그거 할, 할 수 있어요?" 베키가 감탄 어린 시선으로 세라를 쳐다보면서 말을 더듬거렸다.

세라는 잠시 이마에 주름을 잡았다.

"할 때도 있고 못할 때도 있어." 세라가 단호하게 말했다. "하지만 다른 생각을 하는 순간, 난 안전해져. 많이 연습하면 누구나 할 수 있다고 믿어. 나도 요새 연습을 많이 했더니 예전보다 쉬워졌어. 상황이 끔찍할 때는, 정말이지 너무 끔찍할 때는 스스로 공주가 될 수 있다고 골똘히 생각에 집중하는 거야. 그러곤 마음속으로 이렇게 중얼거려. '난 공주야, 난 요정 공주야. 난 요정 공주니까 누구도 날 아프게 하거나 불편하게 할 수 없어.' 이게 어떻게 현실을 잊게 하는지 넌 모를 거야." 세라는 웃어 보였다.

세라는 머릿속으로 다른 생각을 떠올려야 할 기회를 숱하게 만났고, 자신이 공주인지 아닌지를 증명해야 할 기회도 숱하게 마주해야 했다. 그중에서도 혹독한 시련은 궂은 날씨의 어느 날 찾아왔다. 세라가 후에 종종 생각하듯이 그날의 기억은 평생 잊지 못할 터였다.

며칠 내내 비가 내렸다. 냉랭하고 질척거리는 거리에는 찬 안개가 을씨년스럽게 깔렸다. 사방이 진창―끈적이는 런던의 진흙―이었고, 가랑비와 안개가 도처를 뒤덮었다. 언제나처럼 길고도 힘든 심부름이 세라를 기다리고 있었고―그런 날에는 심부름이 끊이지 않았다―세라는 추레한 옷이 비에 흠뻑 젖을 때까지 심부름을 가고 또 갔다. 처량한 모자에 꽂힌 빛바랜 깃털은 그날따라 축 처진 것이 유난히 우스꽝스러워 보였고, 해질 대로 해진 신발은 너무 젖은 나머지 물 한 방울도 더는 흡수하지 못하는 것 같았다. 게다가 민친 교장이 벌로 점심까지 앗아간 터였다. 어찌나 춥고 배고프고 피곤한지 얼굴은 파리했고, 마음씨 따뜻한 행인 몇몇은 안쓰러운 표정으로 아이를 힐끗 돌아보았다. 하지만 아이는 전혀 의식하지 못했다. 머릿속으로 다른 생각을 하려고 애쓰면서 발길을 재촉할 뿐이었다. 꼭 필요한 일이었다. 아이는 자신에게 남은 힘을 다해 '체하고' '상상함'으로써 다른 생각으로 옮겨갈 수 있었다. 그러나 이번엔 그 일이 여느 때보다 힘들었고, 추위와 배고픔을 덜기는커녕 오히려 더하는 것 같은 느낌이 들 때도 있었다. 그럼에도 아이는 고집스레 그 일을 계속했다. 벌어진 신발 틈으로 진창물이 새어 들어오고 거센 바람이 얇은 재킷을 벗길 태세로 불어올 때 아이는 걸으면서, 비록 큰 소리로 말하거나 심지어 입술을 달싹거리지도 않았지만 줄곧 혼잣소리를 했다.

'뽀송뽀송하게 마른 옷을 입었다고 상상해봐.' 아이는 생각했다. '멋진 신발에 두껍고 긴 외투를 걸치고 메리노 양모 스타킹을 신고 우산을 들고 가는 거야. 그리고 상상해봐, 상상하는 거야, 따끈따끈한 빵을 파는 빵집이 저만치 보일 때 주인 없는 6펜스 동전을 바닥에서 줍는다고. 또 상상해봐. 그런 다음 빵집에 들어가 제일 따뜻한 빵 여섯 개를 사서 한 번에 다 먹어치우는 거야.'

이 세상에는 때로 참 희한한 일이 벌어지기도 한다.

그날 세라에게도 참 희한한 일이 일어났다. 아이는 이렇게 혼잣말을 하면서 길을 건넜다. 엉망인 진창길이라서 물속을 헤치듯 걸어가야 할 판이었다. 딴에는 조심스럽게 발을 내디뎠지만 큰 도움이 되지는 않았다. 발 디딜 곳을 찾으면서 진창길을 내려다보고 걷는 게 고작이었다. 그렇게 아래를 내려다보면서 걷는데, 인도에 이르렀을 즈음 배수로에 무언가 반짝이는 게 보였다. 은화였다. 수많은 발에 밟힌 작은 동전이었지만, 은화인 만큼 여전히 희미한 빛을 발했다. 6펜스는 아니었지만, 거기에 버금가는 4펜스 동전이었다.

동전은 순식간에 추위로 푸르스름해진 아이의 작은 손으로 들어갔다.

"아." 아이는 가쁜 숨을 내쉬었다. "진짜였어! 진짜였다고!"

그러고 나서, 믿을지 모르겠지만, 아이는 앞에 있는 가게를 쳐다보았다. 빵집이었다. 덩치 좋고 엄마 같은 유쾌한 인상에 뺨이 불그스름한 여자가 오븐에서 막 구워낸 따끈따끈한 빵―건포도가 군데군데 박혀 있고, 반짝반짝 봉긋하게 부풀어 오른 커다란 빵―을 쟁반째 창가에 내놓았다.

세라는 그것들―놀라움, 눈앞에 보이는 빵과 빵집 창문에서 풍겨 나오는 고소한 빵 냄새―에 잠깐 동안 의식이 혼미해지는 느낌이었다.

세라는 동전을 써도 될지 머뭇거릴 필요가 없다는 걸 알았다. 얼마인지 모를 시간 동안 그 동전은 진흙 속에 파묻혀 있었고, 온종일 모여들었다가 흩어지는 인파에 휩쓸려 주인은 사라진 지 오래였다.

"그래도 빵집 아주머니에게 가서 잃어버린 게 없는지 물어봐야겠어." 세라는 들릴락 말락 하는 가느다란 목소리로 중얼거렸다. 그러고는 인도를 지나 젖은 발을 빵집 계단에 올려놓았다. 그때 무엇인가가 세라의 발길을 잡았다.

세라보다 더 비참한 꼴을 한 작은 아이였다. 몸을 덮으려고 둘러쓴 넝마가 길지 않은 까닭에 새빨간 진흙투성이의 맨발이 넝마 밖으로 삐죽 튀어나온 것이, 작은 아이라기보다 넝마 뭉치에 가까웠다. 넝마 위로 마구 헝클어진 머리칼과 움푹 꺼진 커다란 눈에 굶주림에 지친 더러운 얼굴이 보였다.

작은 아이를 본 순간 허기진 눈이라는 사실을 알아차렸기에 세라는 문득 마음이 아팠다.

"이 아이도 똑같은 사람이야." 세라가 작게 한숨을 내쉬며 혼잣말을 했다. "나보다 더 배가 고플 거야."

아이—이 똑같은 사람—는 세라를 빤히 올려다보다가 그녀가 지나갈 수 있도록 몸을 옴찔거리며 움직였다. 사람들에게 자리를 비켜주는 데 익숙한 몸짓이었다. 경찰의 눈에 띄면 "비켜"라는 소리를 듣는 게 아이에겐 당연한 일이었다.

세라는 4펜스 동전을 손에 꼭 쥐고 잠시 망설이다가 아이에게 말을 붙였다.

"배고프니?" 세라가 물었다.

아이는 넝마로 싼 몸을 더 옆으로 움직였다.

"그래 보이지 않아?" 아이가 쉰 목소리로 물었다. "안 그러겠어?"

"점심은 먹었니?" 세라가 다시 물었다.

"아니." 꿈질꿈질 움직이면서 아까보다 더 쉰 목소리로 말했다. "아침도 안 먹었어. 저녁도 안 먹었어. 아무것도 안 먹었어."

"마지막으로 먹은 게 언제야?" 세라가 물었다.

"몰라. 오늘 아무것도 안 먹었어. 어디서도 안 먹었어. 구걸만 했어."

아이를 쳐다보는 것만으로도 세라는 배가 더 고파오고 의식이 혼미해지는 듯했다. 하지만 머릿속으로는 여전히 기이한 생각을 했고, 마음이 아팠지만 스스로에게 다짐하듯 말했다.

'내가 공주라면, 내가 공주라면 말이야, 공주 자리에서 쫓겨나서 가진 게 없을 때에도, 나보다 더 가난하고 배고픈 사람을 만나면, 그들과 늘 함께 나눠야 해. 언제나 그래야 해. 빵 하나에 1페니야. 6펜스 동전을 주웠다면 여섯 개를 먹을 수 있을 텐데. 그것도 우리 둘이 먹기엔 부족할 거야. 그래도 없는 것보단 낫잖아.'

"잠깐만 기다릴래?" 세라는 거지 아이에게 말했다.

그러고는 빵집으로 들어갔다. 안은 따뜻했고 고소한 빵 냄새가 났다. 빵집 주인은 뜨거운 빵을 창가에 내놓는 참이었다.

세라가 말했다. "아주머니, 혹시 4펜스 잃어버리지 않으셨어요? 4펜스 은화예요." 세라는 길에서 주운 동전을 주인 앞에 내밀었다.

여자는 동전을 보던 눈길을 세라─진지한 작은 얼굴과 한때는 좋은 옷이었겠지만 지금은 추레하기 이를 데 없는 옷─에게로 옮겼다.

"세상에, 아니! 잃어버린 적 없단다." 여자가 대답했다. "주웠니?"

"네." 세라가 대답했다. "배수로에서 주웠어요."

"그럼 네가 가지렴." 여자가 말했다. "일주일은 거기에 있었을 거야. 주인이 누군지 누가 알겠니? 절대 못 찾을걸."

"그건 저도 알지만, 아주머니께 먼저 여쭤봐야 한다고 생각했어요."

"너처럼 물어보는 사람은 많지 않아." 여자가 대꾸했다. 수더분한 얼굴에는 당혹스러움과 호기심이 동시에 떠올랐다.

"뭐 좀 살래?" 빵을 힐끗거리는 세라를 보고 여자가 덧붙여 물었다.

"빵 네 개 주시겠어요?" 세라가 대답했다. "하나에 1페니 하는 빵이요."

여자는 창가로 걸어가 종이봉투에 빵을 담았다.

세라는 여자가 빵 여섯 개를 넣는 걸 보았다.

"죄송하지만 네 개를 달라고 말씀드렸어요." 세라가 설명했다. "4펜스밖에 없으니까요."

"두 개 더 넣었어." 여자가 온화한 표정으로 말했다. "나중에 먹으렴. 배고프지?"

세라의 눈가가 촉촉해졌다.

"네." 세라가 대답했다. "엄청 배고파요. 친절을 베풀어주셔서 정말 고맙습니다. 그런데⋯⋯." 그런 다음 '밖에 저보다 더 배고픈 아이가 있어요'라는 말을 덧붙일 참이었다. 마침 그때 손님 두엇이 동시에 들어왔고, 모두 서두르는 기색이 역력한 터라 세라는 주인에게 거듭 고맙다는 인사를 건네고 빵집에서 나왔다.

거지 아이는 계단 모퉁이에 여전히 쪼그리고 앉아 있었다. 축축이 젖은 더러운 넝마를 둘러쓴 아이는 잔뜩 겁먹은 표정이었다. 고통스러운 표정으로 멍하니 앞을 쳐다보던 아이가 느닷없이 비어져 나온 눈물에 저도 놀랐는지 때에 찌든 거친 손등으로 황급히 눈가를 훔쳤다. 그러더니 뭐라고 혼자 중얼거렸다.

세라는 종이봉투를 열어 따뜻한 빵 하나를 꺼냈다. 빵 온기에 차가운 손이 금세 따뜻해졌다.

세라는 다 해진 넝마로 뒤덮인 아이의 무릎에 빵을 내려놓으면서 말했다. "자, 따뜻하고 맛있는 빵이야. 어서 먹어. 배고픈 게 좀 사라질 거야."

아이는 이처럼 갑작스레 찾아온 기막힌 행운에 두려움을 느끼기라도 하듯 화들짝 놀라 세라를 올려다보았다. 그러고는 잠시 후 낚아채듯 빵을 집더니 먹이를 먹는 늑대처럼 볼이 미어터져라 빵을 베어 물기 시작했다.

"세상에! 세상에!" 아이가 기뻐 어쩔 줄을 모르며 쉰 목소리로 거듭 말했다. "세상에!"

세라는 빵 세 개를 더 꺼내 아이의 무릎에 내려놓았다.

게걸스럽게 먹어대는 아이의 쉰 목소리는 끔찍했다.

"나보다 더 배가 고팠던 거야." 세라는 중얼거렸다. "며칠을 굶었나 봐." 그러면서도 빵 네 개째를 내려놓는 세라의 손이 떨렸다. "난 저렇게 굶주리진 않았어." 그렇게 말하고는 다섯 번째 빵을 내려놓았다.

세라가 돌아설 때도 어리고 굶주린 런던의 야만인은 여전히 빵을 움켜쥐고 입 안으로 쑤셔 넣기 바빴다. 예의를 배웠다 할지라도 걸신들린 듯 먹어대는 통에 고맙다는 말조차 하지 못했을 텐데, 아이는 사실 예의라는 걸 배운 적이 없었다. 아이는 다만 가엾은 작은 짐승에 불과했다.

"안녕." 세라가 작별 인사를 건넸다.

길을 다 건넌 후 세라는 아이를 돌아보았다. 양손에 빵을 하나씩 든 아이는 문득 빵을 씹다 말고 세라를 건너다보았다. 세라가 고개를 가볍게 숙이자 물끄러미 세라를 쳐다보던 아이도—호기심 어린 눈길을 오래도록 던지다가—텁수룩한 머리를 꾸벅 끄덕여 보였다. 그러고는 세라가 시야에서 사라질 때까지 빵을 베어 물지도 않고, 심지어는 입 안에 든 빵을 씹지도 않은 채 가만히 바라보았다.

그즈음 빵집 주인이 창밖을 내다보았다.

"아이고, 저럴 수가!" 여자가 탄식했다. "저 어린것이 거지 아이한테 빵을 다 줘버렸어! 설마 먹기 싫어서는 아닐 테고. 저런, 저런, 개도 많이 배고파 보이던데. 대체 왜 그랬을까 궁금해 죽겠네."

여자는 얼마 동안 창가에 서서 생각했다. 결국 호기심을 이기지 못한 여자는 문을 열고 나가 거지 아이에게 말을 붙였다.

"누가 빵을 줬니?" 여자가 물었다.

아이는 멀어져가는 세라의 뒷모습을 향해 고갯짓을 했다.

"주면서 뭐라고 했니?" 여자가 물었다.

"배고프냐 물었어." 쉰 목소리가 답을 보내왔다.

"넌 뭐라고 했고?"

"배고프다 했지."

"그다음에 아이가 빵집에 들어와 빵을 사서 너한테 줬다는 거지, 맞니?"

거지 아이가 고개를 끄덕였다.

"몇 개나 줬니?"

"다섯 개."

여자는 잠시 생각했다.

"자기 거는 고작 하나 남겼어." 여자가 작은 목소리로 말했다. "빵 여섯 개를 다 먹을 수도 있었을 텐데. 아이 눈에 그렇게 쓰여 있었어."

여자는 멀어져가는, 옷차림이 추레한 아이의 뒷모습을 눈으로 좇으며 평소 평온하던 마음이 그 어느 때보다 불편해짐을 느꼈다.

"아이가 저렇게 빨리 가지 않았더라면 좋았을걸." 여자가 중얼거렸다. "빵을 열두 개 줬어야 하는 건데." 그렇게 말하고는 거지 아이에게 몸을 돌렸다.

"지금도 배고프니?" 여자가 물었다.

"늘 배고파." 아이가 대답했다. "그치만 아까처럼 고프지는 않아."

"이리 들어와." 여자는 아이가 들어오게끔 가게 문을 열어 잡아주었다.

아이는 일어나 주춤거리며 안으로 들어갔다. 빵이 즐비한 따뜻한 실내로 초대받아 들어간다니 믿을 수 없는 일이었다. 아이는 무슨 일이 일어날지 도무지 감을 잡을 수 없었다. 더 정확히 말해 신경 쓰지 않았다.

"몸 좀 녹여." 여자는 작은 뒷방에 놓인 난로를 손가락으로 가리키면서 말했다. "그리고 애, 빵 먹고 싶거든 언제든 들어와. 아까 그 애를 봐서라도 너한테 빵을 줘야 할 것 같구나."

세라는 하나 남은 빵에서 위안을 찾았다. 어찌 되었건 따뜻했고, 없는 것보단 나았다. 걸어가면서 다만 얼마라도 더 오래 먹으려고 빵을 조금씩 떼어 최대한 천천히 씹었다.

"이게 마법의 빵이라고 상상해봐." 세라는 말했다. "한입 떼어 먹으면 저녁 한 상 먹은 거나 다름없어. 이렇게 먹으면 과식하겠는걸."

기숙 학교가 서 있는 광장에 도착했을 때는 이미 해가 저

문 뒤였다. 집들마다 불을 환히 밝혔다. 세라가 '큰 가족'네 모습을 엿보곤 하던 창문에는 아직 블라인드가 드리워지기 전이었다. 보통 이즈음에는 세라가 몽모랑시 씨라 부르는 신사가 큰 의자에 앉고, 그 주위에 작은 아이들이 몰려들어, 더러는 의자 팔걸이에, 더러는 아빠 무릎에, 또 더러는 아빠 다리에 기대 앉아 왁자하게 웃고 떠들었다. 그날 저녁에도 작은 녀석들이 아빠 주위에 몰려 있었지만, 아빠는 의자에 앉지 않고 선 채였다. 집 안에 어떤 흥분 어린 기운이 감돌았다. 여행 채비를 하는 게 분명해 보였고, 여행을 떠날 장본인은 몽모랑시 씨였다. 사륜마차 한 대가 문 앞에 서 있었고, 커다란 여행 가방 하나를 그 위에 묶어두었다. 아이들은 이리저리 춤추고 떠들며 아빠 옆에 매달렸다. 뺨이 붉은 어여쁜 엄마는 그 옆에 서서 마지막 질문을 던지는 사람처럼 남편에게 무언가 말했다. 세라는 잠시 발걸음을 멈추고 아빠가 작은 아이들을 번쩍 들어 올려 입을 맞춘 다음, 큰아이들에게는 고개를 숙여 입맞춤하는 모습을 지켜보았다.

'긴 여행인가 봐.' 세라가 생각했다. '가방이 크잖아. 맙소사, 아빠가 얼마나 보고 싶을까! 나도 아저씨가 보고 싶을 텐데. 아저씨는 내가 있는지도 모르겠지만 말이야.'

문이 열리자 세라는—6펜스 사건을 기억하고—얼른 자리를 피했다. 하지만 아빠가 여전히 큰아이들에게 둘러싸인 채 따뜻하게 불 켜진 복도를 뒤로하고 문가에 선 게 보였다.

"모스크바는 온통 눈이에요?" 작은 소녀 재닛이 물었다. "얼음도 사방에 있어요?"

"아빠, 드로스키(droshky, 뚜껑 없는 러시아의 사륜마차-옮긴이)도 탈 거예요?" 다른 아이가 큰 소리로 물었다. "차르(Tsar, 러시아의 황제-옮긴이)도 만날 거예요?"

"편지로 알려주마." 아빠가 웃으며 대답했다. "무지크(muzhik, 러시아의 소작농-옮긴이) 사진도 찍어서 보낼게. 어서 집으로 들어가거라. 밤공기가 눅눅하다. 모스크바에 가지 않고 너희들하고 집에 머물고 싶구나. 잘 자거라! 잘 자거라, 우리 아가들! 신이 지켜주시기를!" 그러고 나서 아빠는 계단을 뛰어 내려가 마차에 훌쩍 올라탔다.

"아이를 찾으면 우리 대신 안부 전해주세요." 기 클라랑스가 현관 깔개 위에서 깡충깡충 뛰며 소리쳤다.

잠시 뒤 가족은 안으로 들어가 문을 닫았다.

"너도 봤지?" 방으로 들어가면서 재닛이 노라에게 말했다. "'거지가 아닌 여자애'가 지나가는 거. 옷도 다 젖은 게 추워 보였어. 어깨 너머로 고개를 돌려 우리를 쳐다보던데. 엄마 말씀이 걔가 입은 옷은 돈 많은 사람이 준 옷 같대. 부자가 입기엔 너무 낡아서 걔한테 준 거 같다는 거야. 어쩜 저 학교에선 이렇게 날씨가 안 좋은데도 밤낮으로 심부름을 보내니?"

세라는 광장을 가로질러 학교 건물의 지하실 계단 앞에 이르렀다. 눈앞이 어질어질하고 몸이 떨려왔다.

'그 아이가 누굴까?' 세라는 생각했다. '아저씨가 찾으러 가는 아이 말이야.'

품에 안은 바구니가 유난히 무겁다고 느끼며 세라가 지하실 계단을 내려갈 무렵, '큰 가족'네 아버지를 태운 마차는 모스크바행 기차가 기다리는 역으로 빠르게 내달렸다. 그곳에서 그는 잃어버린 크루 대위의 딸을 찾으려고 온 힘을 다할 터였다.

멜키세덱이 보고 들은 일

그날 오후 세라가 심부름을 나간 사이 다락방에서도 기이한 일이 일어났다. 멜키세덱만이 그 일을 보고 들었을 뿐이다. 멜키세덱도 너무 놀라고 얼떨떨한 나머지 쥐구멍으로 허둥지둥 달아나 몸을 숨기고는, 부들부들 떨리는 몸으로 무슨 일이 일어나는지 몰래 밖을 살폈다.

세라가 이른 아침에 나간 이후 다락방은 고요하기만 했다. 슬레이트 지붕과 천창 위로 떨어지는 빗소리가 고요한 적막을 깰 뿐이었다. 멜키세덱은 따분한 하루라고 생각했다. 지붕을 때리는 빗줄기가 멈추고 이내 정적이 감돌자, 멜키세덱은 세라가 한동안 돌아오지 않으리란 걸 경험으로 알았지만, 밖으로 나가 방을 둘러보기로 마음먹었다. 냄새를 맡으려고 코를 벌름거리며 이리저리 돌아다니다가 어찌 된 영문인지 지난번에 먹다 남긴 뜻밖의 빵 부스러기를 막 발견했을 때, 지붕에서 무슨 소리가 들리는 듯싶어 귀를 쫑긋했다. 멜키세덱은 움직임을 멈추고 두근거리는 가슴을 안고 귀를 기울였다. 무언가 지붕 위에서 움직이는 소리였다. 소리가 천창에 가까워졌다. 이윽고 천창 앞에서 소리가 멈추었다. 그러곤 잠시 뒤 천창이 소리 없이 열렸다. 검은 얼굴이 다락방을 들여다보았다. 또 다른 얼굴이 그 뒤에 나타났고, 둘 다 조심스럽지만 흥미로운 표정을 지었다. 사내 둘은 천창을 통해 방으로 들어오려고 지붕 위에서 조용히 채비를 했다. 한 사람은 람 다스였고, 다른 젊은이는 인도 신사의 비서였다. 하지만 멜키세덱이 이 사실을 알 리 없었다. 사내들이 정적을 깨고 다락방에 몰래 침입한다는 사실만 알 따름이었다. 검은 얼굴의 사내가 가볍고 민첩한 몸놀림으로 소리 없이 천창을 지나 바닥에 내려서자, 멜키세덱은 꽁무니를 빼고 쥐구멍으로 달아났다. 겁이 나서 죽을 것 같았다. 멜키세덱은 이제 세라 앞에서 몸을 사리지 않는 것은 물론이고, 세라가 빵 부스러기 이외엔 던지지 않으며 부드럽게 달래는 듯한 낮은 휘파람 소리 말고는 다른 소리를 내지 않는다는 걸 알았다. 그에 반해 이 낯선 사내들은 가까이 있기엔 너무 위험한 존재였다. 멜키세덱은 제 집 입구 근처에 납작 엎드려 겁에 질린 눈을 반짝거리며 쥐구멍으로 밖을 살펴보았다. 사내들이 하는 말을 멜키세덱이 얼마나 이해했는지는 가늠하지 못하겠지만, 설령 이해했다 하더라도 이게 대체 무슨 일인가 어리둥절했다는 점은 변함 없었을 것이다.

몸이 가벼운 젊은 비서 역시 람 다스만큼 조용히 천창으로 몸을 미끄러뜨렸다. 쥐구멍으로 들어가는 멜키세덱의 꼬리가 비서의 눈에 얼핏 들어왔다.

"쥐야?" 비서가 람 다스에게 말소리를 죽여 소곤거렸다.

"네, 쥐 맞습니다, 사히브." 람 다스도 나지막이 대답했다. "벽 뒤에 들끓어요."

"으악!" 젊은 남자가 낮게 비명을 질렀다. "아이가 겁을 먹지 않는 게 이상하군."

람 다스는 손짓을 해 보였다. 그러면서 공손한 미소를 지었다. 세라와 이야기를 나눠본 건 한 번뿐이었지만, 그는 남모르게 아이를 후원할 사람으로 이곳에 왔다.

"아이는 이 세상 모든 만물의 친구예요, 사히브." 람 다스가 대답했다. "여느 아이와 달라요. 아이 모르게 지켜봤어요. 몇 날 밤을 슬레이트 지붕을 건너와 아이가 잘 있는지 살펴보았습니다. 아이에게 들키지 않고 제 다락방 창가에 서서 아이를 지켜볼 때도 있었어요. 아이는 저쪽 탁자에 올라서서 마치 하늘에 말을 걸 듯 하늘을 올려다봅니다. 아이가 부르면 참새들이 날아와요. 외로움 속에서 쥐에게 먹이를 주며 길들이기도 하지요. 학교에서 일하는 가엾은 하녀 아이도 위로를 받으려고 아이를 찾아옵니다. 남몰래 아이를 찾아오는 작은 꼬마도 하나 있어요. 아이를 숭배하는 조금 더 큰 학생도 있는데, 할 수만 있다면 평생 아이 말을 들으려고 할 겁니다. 지붕을 몰래 건너와 제가 지켜본 것들입니다. 학교 교장은―심보가 아주 고약한 여자예요―아이를 부랑아 다루듯 다뤄요. 그런데도 아이는 왕족 혈통을 이어받은 것처럼 의연하지요!"

"아이에 대해 많이 아는군." 비서가 말했다.

"아이의 하루를 모조리 아니까요." 람 다스가 말을 받았다. "나가고 들어오는 행적, 아이의 슬픔과 가련한 기쁨, 추위와 배고픔까지. 아이가 밤늦게까지 홀로 앉아 책을 읽으며 공부한다는 것도 압니다. 비밀 친구들이 몰래 다락방으로 찾아와 같이 웃으며 소곤소곤 이야기할 때 아이가 행복해한다는―가난한 생활 속에서도 아이들이 그럴 수 있듯이―것도 압니다. 아이가 아플 때도 알 수 있어요. 할 수만 있다면 아이를 돌봐주러 오고 싶어요."

"아이 말고 다른 사람은 오지 않는 게 확실하지? 아이가 와서 우리를 놀라게 할 일도 없는 거지? 여기에 있는 우릴 보고 아이가 놀라면 캐리스포드 사히브가 세운 계획도 엉망이 될 거야."

람 다스는 소리 없이 문가로 걸어가 그 앞에 섰다.

"아이 말고 여기로 올라올 사람은 없어요, 사히브." 람 다스가 말했다. "바구니를 들고나갔으니 몇 시간은 돌아오지 않을 겁니다. 여기에 서 있으면 누가 올라온다 하더라도 마지막 층계참에 이르기 전에 인기척이 들릴 거예요."

비서는 윗옷 안주머니에서 연필과 수첩을 꺼냈다.

"누가 오는지 잘 봐." 비서가 말했다. 그러고 나서 초라한 작은 방을 소리 없이 천천히 걸으며 구석구석 살피다가 때로 수첩에 무엇인가를 빠르게 적어 내렸다.

먼저 비좁은 침대로 갔다. 매트리스를 손으로 짚어보고는 안타까워 탄성을 내뱉었다.

"돌처럼 딱딱해." 비서가 말했다. "언제 아이가 없을 때 갈 아야겠어. 새 매트리스를 가지고 오려면 특별히 신경을 써야겠는걸. 오늘 밤엔 힘들겠어." 비서는 이불을 들추고 얇은 베개도 살펴보았다.

"이불은 다 해진 데다 더러워. 담요는 알따랗고 누덕누덕 기운 침대보는 다 떨어졌어." 비서가 중얼거렸다. "아이가 이런 침대에서 자다니! 그것도 제 입으로 명망 있는 학교라고 하는 곳에서!" 녹슨 난로를 힐끗 쳐다보면서 덧붙였다. "난로는 불이 꺼진 지 한참 된 것 같고."

"불 피우는 걸 이제껏 본 적이 없습니다." 람 다스가 말했다. "이 학교 교장은 제 몸 말고 다른 사람 몸도 추위를 느낀다는 사실을 전혀 모르는 사람 같습니다."

비서는 수첩에 무엇인가 빠르게 적었다. 그러고는 수첩에 적은 것을 북 찢어 안주머니에 찔러 넣고 고개를 들었다.

"그나저나 희한하게 일을 하는군." 비서가 말했다. "누가 생각해낸 거지?"

람 다스는 다소 겸연쩍은 듯 고개를 숙여 보였다.

"사실 처음엔 제 생각이었어요, 사히브." 람 다스가 말했다. "그땐 공상일 뿐이었지만 말입니다. 전 아이가 마음에 들었어요. 아이도 저도 외로웠으니까요. 이 계획은 아이가 비밀 친구들에게 들려준 상상 그대로입니다. 어느 날 밤, 전 울적한 기분에 열린 천창 밑에 누워 가만히 귀를 기울였어요. 방에 이런 저런 물건을 놓으면 얼마나 근사할까 하고 아이가 제 상상을 이야기하더군요. 아이는 눈앞에서 자기가 상상한 광경을 보는 것 같았어요. 말투가 점점 경쾌해지면서 따뜻해졌어요. 아이는 그렇게 자기가 꿈꾸는 방 모습을 그렸어요. 그다음 날 사히브 가 안색도 좋지 않고 기분도 안 좋아 보이기에, 기운을 돋울 요량으로 아이 얘기를 들려드렸습니다. 그때만 해도 꿈에 불과했는데, 사히브의 마음에 들었나 봅니다. 아이의 얘기를 듣는 걸 사히브는 좋아했으니까요. 사히브가 점점 관심을 보이더니 이 것저것 질문도 했습니다. 언제부터인가 사히브는 아이의 상상을 현실로 만들어주면 어떨까 하는 생각을 하며 혼자서 흐뭇해하셨어요."

"아이가 자는 동안 다 할 수 있을까? 아이가 깨면 어쩌지?" 비서가 물었다. 의도야 어쨌든 캐리스포드 사히브뿐만 아니라 비서도 이 계획이 마음에 드는 모양이었다.

"발에 벨벳을 씌운 것처럼 소리 없이 움직일 자신이 있습니다." 람 다스가 대답했다. "아이들은 또 원체 깊이 잠드니까요. 불행한 아이도 예외는 아니에요. 이 방에 수없이 들어왔어도 아이가 뒤척이는 일은 없었을 겁니다. 창문으로 물건을 건네주는 사람만 있으면, 아이를 깨우지 않고 다 할 수 있습니다. 아이가 일어나면 마법사가 다녀갔다고 생각하겠죠."

람 다스가 흰옷 아래 마음까지 따뜻해진 듯 미소를 짓자 비서도 미소를 지어 보였다.

"『아라비안나이트』에 나오는 이야기 같군." 비서가 말했다. "이런 일을 생각해내는 건 동양인밖에 없을 거야. 안개 낀 런던에서는 불가능한 일이지."

그들은 오래 머물지 않았다. 사내들이 나눈 대화를 이해하지 못한 탓에 그들의 행동과 속삭임을 불길하게 받아들인 멜키세덱에게는 다행한 일이었다. 젊은 비서는 모든 것에 관심을 보이는 것 같았다. 바닥이며 난로, 부러진 발 받침대, 낡은 탁자, 벽을 보면서 그는 수첩에 무엇인가를 계속 적었다. 마지막으로 벽을 여러 번 만져보더니 여기저기 오래된 못이 박혀 있는 걸 알고는 기분이 좋은 듯했다.

"뭘 걸어도 되겠어." 비서가 말했다.

람 다스는 수수께끼 같은 미소를 지었다.

"어제 아이가 나간 뒤, 망치가 없어도 박을 수 있는 작고 날카로운 못 몇 개를 들고 여기로 왔었습니다. 그러곤 필요하다 싶은 곳에 못을 박았지요. 이제 걸기만 하면 됩니다."

인도 신사의 비서는 가만히 선 채로 안주머니에 수첩을 집어넣으며 주위를 둘러보았다.

"메모는 충분히 했으니 이제 그만 가지." 비서가 말했다. "캐리스포드 사히브는 마음이 따뜻한 분이야. 잃어버린 아이를 아직 못 찾은 건 참 안됐어."

"아이만 찾으면 기운을 차리실 텐데요." 람 다스가 말했다. "아이를 되찾도록 신이 돌보시기를."

두 사내는 들어올 때처럼 소리 없이 천창을 통해 방을 빠져나갔다. 사내들이 간 게 확실해지자 멜키세덱은 그제야 마음이 놓였다. 몇 분 뒤 안전하다는 생각이 들자, 저렇게 무서운 사람들도 혹시 주머니에 빵 부스러기가 있어서 한두 조각쯤은 흘리고 가지 않았을까 하는 희망을 품고 구멍 밖으로 나와 방 안을 쌀쌀거리며 돌아다녔다.

마법

세라는 옆집을 지나가면서 덧문을 닫는 람 다스 뒤로 방 안을 흘끗 들여다보았다.

'저렇게 근사한 곳에 있었던 게 언제인지 모르겠어.' 이런 생각이 아이의 머릿속을 스치고 지나갔다.

여느 때처럼 벽난로에서는 환한 불꽃이 이글거리며 타올랐고, 인도 신사는 그 앞에 앉아 있었다. 턱을 괴고 앉은 신사는 언제나처럼 외롭고 불행해 보였다.

"안됐어!" 세라가 말했다. "아저씨는 무슨 생각을 하고 계실까?" 그 순간 인도 신사는 이런 '생각'을 하고 있었다.

'만일 말이야. 카마이클이 모스크바에서 그 가족을 찾아낸다 하더라도 파스칼 부인의 학교에서 데리고 간 여자애가 우리가 찾는 아이가 아니라면? 그 애가 아니라 다른 아이라면? 그 다음엔 어떻게 해야 하지?'

학교 건물로 들어간 세라는 마침 1층에서 요리사를 꾸짖고 나오던 민친 교장과 마주쳤다.

"대체 어딜 쏘다니다 이제 오는 거야?" 교장이 힐난조로 물었다. "어떻게 몇 시간 만에 돌아와?"

"길이 질척질척 다 젖었어요." 세라가 대답했다. "신발이 해지고 미끄러워서 걷는 게 힘들었어요."

"변명하지 마." 민친 교장이 날카롭게 쏘아붙였다. "거짓말을 할 생각은 꿈에도 하지 말고."

세라는 요리사에게 갔다. 요리사는 한바탕 잔소리를 듣고 심사가 뒤틀린 상태였다. 부글부글 끓는 울화를 풀 상대가 나타나기를 벼르던 참이었고, 세라는 언제나 그랬듯이 손쉬운 먹잇감이었다.

"저녁내 어디 갔었어?" 요리사가 야멸차게 물었다.

세라는 장 본 것을 탁자에 올려놓았다.

"사오란 거 사왔어요." 세라가 대답했다.

요리사는 뭐라고 툴툴거리며 물건을 훑어보았다. 당장이라도 포악을 떨 태세였다.

"뭐 좀 먹어도 될까요?" 세라가 힘없는 목소리로 물었다.

"다 치웠어." 요리사의 답이 돌아왔다. "차라도 따뜻하게 데워놓고 기다릴 줄 알았어?"

세라는 잠시 잠자코 서 있었다.

"저 점심도 못 먹었어요." 세라가 이윽고 나지막한 목소리로 대답했다. 목소리가 떨릴까 봐 일부러 목소리를 낮췄다.

"찬장에 빵 있어." 요리사가 퉁명스레 대꾸했다. "오늘은 그게 다야."

세라는 찬장에서 빵을 찾았다. 오래되고 딱딱하게 마른 빵이었다. 심사가 뒤틀린 요리사에게 빵과 함께 먹을만한 다른 건 기대할 수 없었다. 세라를 화풀이 대상으로 삼는 건 언제나 안전하고 쉬운 길이었다. 어린아이가 긴 층계참을 세 개나 지나 다락방까지 올라가기란 퍽 힘들었다. 피곤할 때면 특히 더 계단이 길고 가파르다는 생각이 들었다. 그날 밤엔 계단 끝까지 올라가는 게 아예 불가능하다고 느껴졌다. 아이는 몇 번이나 걸음을 멈추고 쉬어야 했다. 마지막 층계참에 도착했을 때, 문 밑으로 새어 나오는 불빛을 보고 아이는 기뻐했다. 어먼가드가 몰래 침실을 빠져나와 다락방에 올라온 모양이었다. 마음이 푸근해졌다. 쓸쓸하게 텅 빈 방에 혼자 들어가는 것보다 훨씬 나았다. 붉은 숄을 어깨에 두른, 통통하고 편안한 어먼가드가 곁에 있다는 사실만으로도 방이 따뜻해질 것 같았다.

세라의 생각대로였다. 문을 열자 다락방에 어먼가드가 있었다. 조심스레 다리를 오그린 채 침대 한가운데에 앉아 있었다. 어먼가드는 멜키세덱 가족에게 호기심이 동하긴 했지만, 결국 쥐 가족과 친해지지는 못했다. 다락방에 혼자 있어야 할 때면 세라가 올 때까지 늘 침대 위에 올라가 앉아 있었다. 그날은 유독 긴장했는데, 멜키세덱이 한참 동안 코를 벌룩거리며 방 안을 돌아다니다가 뒷다리로 똑바로 앉아 어먼가드를 빤히 쳐다보면서 킁킁대는 통에 어먼가드가 숨죽여 비명을 질렀기 때문이었다.

"아, 세라." 어먼가드가 소리쳤다. "네가 와서 다행이야. 멜키가 내내 코를 벌름거리면서 돌아다녔어. 집으로 돌아가라고 몇 번이나 달랬는데도 내 말을 안 듣는 거야. 내가 멜키세덱을 좋아한다는 걸 너도 알잖아. 그치만 날 보면서 코를 킁킁거릴 때는 무서워 죽겠어. 나한테 뛰어오르는 건 아니겠지?"

"그럴 리 없어." 세라가 대답했다.

어먼가드는 침대 가장자리로 기어 나와 친구의 얼굴을 유심히 들여다보았다.

"세라, 많이 피곤해 보여." 어먼가드가 말했다. "얼굴도 창백해."

"응, 좀 피곤해." 세라가 기울어진 발 받침대에 털썩 주저앉으며 대답했다. "아, 멜키세덱이구나, 가여워라. 저녁거리를 구하러 나왔구나."

멜키세덱은 세라의 발소리를 듣기라도 한 듯 쥐구멍에서 막 나온 터였다. 세라는 멜키세덱이 자신의 발소리를 안다고 확신했다. 세라가 주머니를 뒤집어 보이며 고개를 가로젓는 동안 멜키세덱은 애정과 기대에 가득 찬 표정으로 앞으로 나와 세라를 올려다보았다.

"미안해." 세라가 멜키세덱에게 말했다. "빵 부스러기가 하나도 없어. 집으로 돌아가 아내에게 내 주머니에 아무것도 없다고 알려줘. 오늘 요리사랑 민친 교장이 화가 많이 나서 그만 깜빡했어."

멜키세덱은 알아듣는 눈치였다. 만족스럽진 않지만 체념한 듯 발을 재게 놀려 집으로 돌아갔다.

"오늘 네가 올 줄 몰랐어, 어미." 세라가 말했다.

어먼가드는 붉은 숄로 몸을 감쌌다.

"어밀리아 선생님이 밤에 이모를 만난다고 외출했어." 어먼가드가 설명했다. "취침 시간 이후에는 어밀리아 선생님 말고 아무도 안 와. 내가 그러고 싶으면 아침까지도 여기에 있을 수 있어."

그렇게 말하고는 천창 아래 탁자를 손가락으로 가리켰다. 세라는 방에 들어오면서 그쪽을 보지 않았다. 책이 한가득 쌓여 있었다. 어먼가드는 낙담한 듯한 몸짓을 했다.

"아빠가 책을 또 보내왔어, 세라." 어먼가드가 말했다. "저기에."

세라는 그쪽을 돌아보고 곧장 일어났다. 그러고는 탁자로 달려가 제일 위에 놓인 책을 집어 들고 재빨리 책장을 넘겼다.

그 순간만큼은 피곤 같은 건 어느 정도 잊은 얼굴이었다.

"아." 세라가 탄성을 질렀다. "정말 멋져! 칼라일의 『프랑스혁명』이라니. 너무 읽고 싶었어!"

"난 아니야." 어먼가드가 대꾸했다. "내가 안 읽으면 아빠가 엄청 화내겠지. 휴일에 집에 가면 아빠는 책 내용을 다 알길 기대할 텐데. 나 어떡하지?"

세라는 책장을 넘기던 손을 멈추고 흥분한 듯 뺨에 홍조를 띠며 친구를 바라보았다.

"이러면 어때?" 세라가 큰 소리로 말했다. "이 책들을 빌려주면 내가 읽고 너한테 책 내용을 모조리 말해줄게. 그것도 네가 잘 기억할 수 있게 말이야."

"진짜?" 어먼가드가 좋아서 소리쳤다. "그래 줄래?"

"응." 세라가 대답했다. "내가 말해주면 어린 학생들도 잘 기억하거든."

"세라." 어먼가드가 동그란 얼굴에 희망찬 빛을 띠며 말했다. "네가 그렇게만 해준다면, 그래서 내가 책 내용을 다 기억할 수만 있다면 뭐든지 다 줄게."

"그럴 필요 없어." 세라가 말을 받았다. "난 이 책들이면 돼. 정말 읽고 싶었어!" 세라의 눈이 커지면서 가슴이 들썩거렸다.

"그럼 그 책들 너 가져." 어먼가드가 말했다. "나도 너 같으면 좋겠어. 근데 그렇지 않은 걸 어떡해. 난 똑똑하지 않아. 똑똑한 아빠는 나더러도 똑똑해져야 한대."

세라는 이 책 저 책을 펼쳐보았다. "아빠한테는 뭐라고 할 거야?" 마음 한 편이 찜찜해 세라가 물었다.

"아빤 몰라도 돼." 어먼가드가 대답했다. "내가 다 읽었다고 생각할걸."

세라는 책을 내려놓고 천천히 고개를 저었다. "거짓말이나 다름없잖아." 세라가 입을 열었다. "거짓말은, 너도 알겠지만 나쁠뿐더러 천박해. 때론 말이지." 생각에 잠긴 표정으로 말을 이었다. "때론 나도 나쁜 일을 할 수 있겠다는 생각이 들어. 민친 교장이 날 함부로 대할 때면 나도 불같이 화를 내면서 민친 교장에게 달려들고 싶지만, 절대 천박하게 굴지는 않을 거야. 아빠한테 내가 읽었다고 사실대로 말하는 게 어때?"

"아빠는 내가 읽기를 바랄 거야." 예상치 못한 사태 변화에 다소 실망한 듯 어먼가드가 대답했다.

"너희 아빤 네가 책 내용을 알길 바라실 거야." 세라가 대꾸했다. "책 내용을 잘 기억하도록 내가 쉽게 얘기해주면 아빠도 좋아하실걸."

"하기야 내가 어떻게든 뭐라도 배우면 아빠는 좋아하지." 어먼가드가 슬픈 목소리로 말했다. "네가 우리 아빠라도 그렇겠지."

"네 잘못이 아니……." 세라는 입을 열었다. 하지만 몸을 곧게 펴면서 말허리를 흐렸다. "네 잘못이 아니야, 똑똑하지 않은 게 어떻게 네 잘못이니?" 이렇게 말할 생각이었다.

"뭐?" 어먼가드가 물었다.

"빨리 배우지 못하는 건 네 잘못이 아니라고." 세라가 말을 바꿨다. "그건 못하면 그냥 못하는 거야. 잘하면 그냥 잘하는 거고. 그게 다야."

세라는 어먼가드에게 늘 마음을 썼고, 어먼가드가 학습 능력의 차이를 너무 대단한 것으로 받아들이지 않게끔 조심했다. 통통한 친구의 얼굴을 보는 동안 언제나처럼 어른스럽고 현명한 생각이 떠올랐다.

세라가 말했다. "아마도, 뭔가를 빨리 배운다는 게 세상에서 제일 중요한 일은 아닐 거야. 친절이야말로 다른 사람에게 가치 있는 행위지. 민친 교장이 이 세상 모든 걸 다 알면서도 지금과 다를 바 없다면 여전히 끔찍한 존재일 거야. 사람들이 다 싫어할걸. 똑똑한 사람들 중에 제 머리만 믿고 나쁜 짓을 한 사람이 얼마나 많은데. 로베스피에르만 봐도……."

세라는 말을 멈추고 당혹해하는 어먼가드의 표정을 살폈다. "기억 안 나?" 세라가 물었다. "얼마 전에 얘기했는데. 잊었구나."

"다 기억나는 건 아니야." 어먼가드가 인정했다.

"잠깐만 기다려." 세라가 말했다. "젖은 옷 좀 벗고 이불로 몸을 감싸야겠어. 그런 다음 다시 얘기해줄게."

세라는 모자와 외투를 벗어 벽에 걸고 축축하게 젖은 신발을 낡은 슬리퍼로 갈아 신었다. 그러고 나서 침대로 껑충 뛰어 올라 이불을 어깨에 두르며 무릎깍지를 끼고 앉았다.

"잘 들어봐." 세라가 말했다.

세라는 유혈이 낭자한 프랑스혁명 이야기로 곧장 들어갔다. 공포스러운 이야기라 어먼가드는 두려움에 눈을 동그랗게 뜨고 숨죽인 채 귀를 기울였다. 어먼가드는 무서웠지만 이야기를 들으며 저릿한 흥분 같은 것을 느꼈고, 로베스피에르를 잊어버리는 일도, 랑발 공주를 의심하는 일도 두 번 다시는 없을 것 같았다.

"파리 시민이 공주의 머리를 장대 끝에 꽂고 그 주위를 돌면서 춤을 추었어." 세라가 탄식했다. "금발이 아름답게 나풀거리는 머리였지. 공주 생각을 할 때면 몸에서 잘려 나와 장대 끝에 꽂힌 머리가 떠올라. 춤추며 야유를 퍼붓는 분노한 시민에게 둘러싸인 채 말이야."

세라와 어먼가드는 책에 관한 계획을 세인트 존 씨에게 말하고 당분간 다락방에 책을 두자고 의견의 일치를 보았다.

"이제 다른 얘기를 할까." 세라가 말했다. "프랑스어 수업은 잘돼?"

"지난번에 여기 왔을 때보다 훨씬 좋아졌어. 네가 동사 변화를 설명해줬잖아. 그리고 나서 첫 수업이 있던 날 아침에 내가 연습 문제를 척척 푸니까 민친 교장이 어리둥절한 표정을 짓던데."

세라는 잠시 웃고 무릎을 껴안았다.

"로티가 셈을 잘하는 이유도 전혀 모를걸." 세라가 말했다. "몰래 여기로 올라온 로티를 내가 도와줬거든." 그러더니 방 안을 둘러보았다. "방이 이렇지만 않았어도 꽤 근사했을 텐데." 다시 웃으며 말했다. "그래도 상상의 공간으로는 멋지잖아."

사실 어먼가드는 다락방에서 지내는 생활이 때론 견딜 수 없을 만큼 끔찍하다는 사실을 전혀 눈치채지 못했고, 그걸 머릿속에 그릴 만큼 상상력이 풍부하지도 않았다. 드물게 다락방에 올라올 때면 세라가 들려주는 '상상'과 이야기로 흥미롭게 꾸며지는 단면만을 볼 뿐이었다. 어먼가드에게 다락방 방문은 일종의 모험이었다. 이따금 세라는 안색도 창백하고 요새 들어 눈에 띄게 몸도 야위었지만, 세라의 자존심은 불평을 허락하지 않았다. 오늘 밤처럼 뭐든지 먹어치울 수 있을 만큼 굶주릴 때도 있다는 사실을 세라는 단 한 번도 털어놓은 적이 없었다. 성장기인 데다 끊임없이 걷고 뛰다 보면, 부엌에서 상황이 허락할 때 허겁지겁 먹는, 맛도 영양가도 없는 음식 대신 질 좋은 음식을 끼니마다 배부르게 먹는다 하더라도 금세 배고픔을 느꼈을 것이다. 아이는 작은 위장을 쏠아대는 듯한 배고픔에 점차 익숙해졌다.

"군인들이 길고 고된 행군을 할 때도 이런 느낌일 거야."
아이는 종종 이렇게 스스로를 위로했다. '길고 고된 행군'이라
는 말의 느낌이 좋았다. 자신이 마치 군인이 된 것 같은 기분이
었다. 동시에 자신이 다락방의 여주인이 된 듯한 묘한 기분이
들기도 했다.

세라는 고집스레 생각하곤 했다. '내가 성에 살고, 어먼가
드가 다른 성의 성주라서 기사와 영주와 봉신을 대동한 채 깃
발을 휘날리며 날 보러 말을 타고 온다면, 도개교 바깥에서 울
리는 클라리온 소리를 듣고 어먼가드를 맞이하러 내려가야지.
그러고는 연회장에서 만찬을 열고, 음유시인을 불러 노래하고
연극하고 이야기를 들려달라고 할 거야. 어먼가드가 다락방으
로 오면 연회를 베풀진 못해도 이야기는 들려줄 수 있어. 내 상
황이 좋지 않다는 건 알리지 않은 채 말이야. 여자 성주도 기
근에 약탈까지 당했을 때 이렇게 했을걸.' 어리지만 자존심 강
하고 용감한 성주인 세라는 할 수 있는 한도 내에서 최대한 호
의—자신이 꾸는 꿈과 눈앞에 그리는 환상, 기쁨이자 위로인
상상 속 세계—를 베풀었다.

그런 까닭에 다락방에 있는 동안 어먼가드는 세라가 기절
할 만큼 배가 고프다는 사실을, 또 세라가 말하는 도중에도 이
따금씩 혼자 남은 뒤 배고픔에 잠 못 이루는 건 아닐까 하고 걱

정한다는 사실을 전혀 눈치채지 못했다. 그날처럼 배가 고픈 날은 처음이었다.

"나도 너처럼 말랐으면 좋겠어." 어먼가드가 문득 말했다. "넌 더 마른 것 같아. 눈은 더 커지고. 팔꿈치에 뼈가 튀어나온 것 좀 봐!"

세라는 말려 올라간 소매를 내렸다.

"난 늘 말랐어." 세라가 용감하게 말했다. "초록색 눈도 늘 커다랬고."

"묘한 너의 눈이 참 좋아." 어먼가드가 애정이 담긴 감탄스런 시선으로 세라의 눈을 들여다보면서 말했다. "눈이 꼭 먼 길을 보는 것 같아. 멋져. 초록색이라서 더 좋아. 주로 검은색으로 보이긴 하지만."

"고양이 눈이야." 세라가 웃으며 말했다. "어둠 속에선 잘 못 보지만. 한번 해봤는데 잘 안 됐어. 밤에도 잘 보이면 좋겠는데."

세라도 어먼가드도 알아채지 못한 어떤 일이 천창에서 일어난 것은 바로 그때였다. 둘 중 하나라도 고개를 들어 위를 올려다보았더라면 검은 얼굴이 방 안을 조심스레 들여다보다가 나타날 때만큼이나 소리 없이 재빨리 사라지는 걸 보고는 깜짝 놀랐을 것이다. 그런데 실은 소리가 전혀 나지 않은 것은 아니었다. 세라는 귀가 밝은 터라 갑자기 고개를 살짝 들고 지붕을 올려다보았다.

"멜키세덱 같지는 않은데." 세라가 말했다. "긁는 소리가 아니야."

"뭐라고?" 어먼가드가 놀라서 물었다.

"무슨 소리 못 들었어?" 세라가 되물었다.

"아, 아니." 어먼가드가 말을 더듬거렸다. "넌 들었어?"

"분명히는 아니야." 세라가 대답했다. "그래도 무슨 소리가 들렸는데. 슬레이트 지붕에 뭔가가 있는 것 같았어. 부드럽게 발을 끄는 것 같은."

"뭘까?" 어먼가드가 말했다. "혹시 도둑 아닐까?"

"아니야." 세라가 밝은 목소리로 대답했다. "훔쳐갈 것도 없는데……."

세라는 말하는 도중에 입을 다물었다. 세라의 말을 멈추게 한 어떤 소리를 둘 다 들은 것이다. 지붕 위가 아니라 계단 아래에서 들리는 노기 띤 민친 교장의 목소리였다. 세라는 침대에서 후다닥 뛰어내려 촛불을 껐다.

"베키를 혼내나 봐." 세라가 어둠 속에 서서 속삭였다. "베키가 울어."

"교장이 여기로 올까?" 어먼가드가 겁에 질린 목소리로 같이 속삭였다.

"아니. 내가 잠든 줄 알 거야. 움직이지 마."

민친 교장이 마지막 층계참까지 올라오는 일은 드물었다. 세라가 기억하기로 지금까지 단 한 번 있었다. 하지만 지금은 몹시 화가 나서 마지막 계단까지 올라올 태세였다. 베키를 마구잡이로 몰아세우는 모양이었다.

"요 버르장머리라곤 없는 거짓말쟁이 같으니!" 교장이 호통치는 소리가 들렸다. "요리사 말로는 요새 뭔가 자꾸 없어진다는데."

"저 아녜요, 교장 선생님." 베키가 울면서 말했다. "배고프긴 해도 저 아녜요, 절대로 아녜요!"

"감옥엘 가야 정신을 차리겠구나." 민친 교장이 윽박질렀다. "감히 슬쩍 훔쳐! 고기 파이 반쪽을!"

"저 아녜요." 베키가 흐느꼈다. "반쪽 아니고 한 쪽 다 먹을 수 있어도, 저 손도 안 댔네요."

민친 교장은 화가 치미는 데다 계단을 올라온 통에 숨을 헐떡였다. 사실 고기 파이는 교장의 특별 밤참거리였다. 교장이 베키의 따귀를 때린 게 틀림없었다.

"거짓말하지 마." 교장이 윽박질렀다. "당장 네 방으로 가."

따귀 맞는 소리에 이어 베키가 다 닳은 신발로 계단을 올라와 다락방으로 뛰어 들어가는 소리를 세라와 어먼가드는 듣고 있었다. 곧이어 문이 닫히는 소리가 들렸고, 그들은 베키가 침대로 몸을 던진 것을 알 수 있었다.

"먹을라치면 고기 파이 두 쪽은 먹겠구만." 베키가 베개에 얼굴을 묻고 우는 소리가 들렸다. "그치만 난 손도 안 댔는데. 요리사 아줌마가 순경한테 슬쩍 갖다줬지."

세라는 캄캄한 방 한복판에 섰다. 작은 입을 앙다물고 힘껏 주먹을 쥐었다 폈다를 반복했다. 가만히 있는 게 힘들었지만, 민친 교장이 계단을 내려가 사방이 다시 고요해질 때까지 기다려야만 했다.

"악독하고 못된 여자 같으니!" 세라가 불쑥 입을 열었다. "요리사가 슬쩍해놓고선 베키한테 덮어씌우는 거야. 베키는 도둑질하지 않아! 절대로 도둑질하지 않는다고! 배가 너무 고픈 나머지 잿더미 속에서 빵 부스러기를 주워 먹을망정!" 그러고 나서 두 손으로 얼굴을 감싸고 와락 울음을 터뜨렸다. 생전 울지 않는 세라가 우는 모습에 어먼가드는 압도당했다. 세라가 운다! 무엇에도 무너지지 않는 세라가! 어먼가드가 지금껏 알지 못한, 어떤 새로운 상황을 의미하는 것 같았다. 만일에! 만일에! 전혀 새롭고도 두려운 어떤 가능성이 착하고 어눌한 어먼가드의 머리에 불현듯 떠올랐다. 어먼가드는 어둠 속에서 침대를 기어 나와 더듬거리며 초가 놓인 탁자로 걸어갔다. 성냥을 그어 초에 불을 붙였다. 주위가 환해지자 어먼가드는 몸을 숙여 세라를 쳐다보았다. 불시에 떠오른 생각이 어먼가드의 두 눈에 선명한 두려움으로 일렁였다.

"세라." 경외심에 찬 듯 주저하는 목소리였다. "혹시, 너, 너 말이야, 나한테 한 번도 말 안 했는데, 무례하게 굴려는 건 아니야. 너 혹시 배고파?"

그 순간 더는 견딜 수 없었다. 둑이 무너졌다. 세라는 두 손에 파묻고 있던 얼굴을 들었다.

"그래, 맞아." 세라가 격정적으로 말했다. "나 배고파. 너무 배고파서 너도 먹을 수 있을 것 같아. 저 가여운 베키의 울음소리를 듣자니 더 그래. 베키는 나보다 더 굶주렸어."

어먼가드는 숨이 콱 막혔다.

"아! 아!" 어먼가드가 슬픈 소리를 토해냈다. "전혀 몰랐어!"

"네가 아는 게 싫었어." 세라가 말했다. "거리의 거지가 된 기분일 테니까. 하기야 차림새는 길거리의 거지란 걸 나도 알지만."

"아니야, 그렇지 않아, 절대 그렇지 않아!" 어먼가드가 말허리를 끊었다. "옷이 좀 이상하긴 하지만, 네가 어떻게 길거리의 거지처럼 보일 수가 있어? 거지의 얼굴이 아닌데."

"내가 불쌍해 보였는지 작은 남자애가 6펜스 동전을 준 적도 있어." 세라가 저도 모르게 짧게 소리 내어 웃으며 말했다. "이거야." 그러고는 목에 걸린 얇은 끈을 잡아당겼다. "내가 돈이 필요한 아이처럼 보이지 않았다면 크리스마스 선물로 6펜스를 주었을 리 없잖아."

어찌 되었건 소중한 6펜스짜리 동전을 보는 건 아이들에게 나쁘지 않았다. 세라도 어먼가드도 눈가에 눈물이 어려 있었지만, 동전을 보고 잠깐이나마 웃음을 보였다.

"그 남자애가 누구야?" 흔히 보는 6펜스 은화가 아닌 것처럼 유심히 동전을 들여다보면서 어먼가드가 물었다.

"아주 귀여운 아이인데 파티에 가는 길이었어." 세라가 대답했다. "내가 기 클라랑스라고 부르는, 다리가 통통한 '큰 가족'네 아이야. 놀이방엔 크리스마스 선물이 가득할 거고, 광주리엔 케이크 같은 게 넘쳐나겠지. 그런 게 내겐 하나도 없다는 걸 아이가 알아봤나 봐."

어먼가드는 놀란 듯 몸을 살짝 뒤로 젖혔다. 마지막 문장이 어수선한 어먼가드의 머리에 무엇인가를 연상시키면서 갑자기 근사한 생각이 떠오른 것이다.

"아, 세라!" 어먼가드가 소리쳤다. "이제껏 그걸 생각하지 못했다니, 이런 바보!"

"무슨 생각?"

"멋진 생각!" 어먼가드가 흥분한 목소리로 서둘러 말했다. "오늘 오후에 내가 좋아하는 이모가 선물을 보내왔어. 상자에 맛있는 게 가득해. 아직 건드리지도 않았어. 저녁에 푸딩을 너무 많이 먹은 데다 아빠가 보낸 책으로 골치가 아팠거든." 말이 빠르게 쏟아졌다. "케이크랑 작은 고기 파이, 잼 타르트와 빵,

오렌지, 레드커런트 주스, 무화과와 초콜릿이 들어 있어. 몰래 내 방으로 돌아가서 먹을 걸 좀 가지고 올게. 그러고 나서 같이 먹자."

세라는 휘청하고 쓰러질 판이었다. 아찔할 만큼 배가 고플 때는 음식 얘기를 듣는 것만으로도 별 희한한 일이 다 생길 수 있다. 세라는 어먼가드의 팔을 움켜잡았다.

"할 수 있겠어?" 세라가 열정적으로 물었다.

"응, 할 수 있을 것 같아." 어먼가드는 문가로 달려가 살그 머니 문을 열어 어둠 속으로 머리를 내밀고는 무슨 소리가 들리나 귀를 기울였다. 그러고 나서 세라에게 다시 돌아왔다. "불이 꺼졌어. 모두 잠들었나 봐. 살살, 아주 살살 갔다 올게. 아무도 못 듣게."

기쁜 나머지 아이들은 서로 손을 꼭 움켜잡았다. 갑자기 세라의 눈에 반짝 생기가 돌았다.

"어미!" 세라가 말했다. "우리 체하는 놀이 할까? 파티인 체하는 거야! 아, 옆방 죄수도 초대할까?"

"좋아! 좋아! 당장 벽을 두드려 봐. 간수가 못 들을 거야."

세라는 벽으로 다가갔다. 벽 너머에서 한결 잦아든 가엾은 베키의 우는 소리가 들렸다. 벽을 네 번 두들겼다.

"이건 '얘기할 게 있으니 벽 아래 비밀 통로를 통해 내 방으로 오라'라는 뜻이야." 세라가 설명했다.

연달아 다섯 번 빠르게 벽을 두들기는 소리가 났다. 베키가 화답을 보내온 것이었다.

"곧 올 거야." 세라가 말했다.

그와 거의 동시에 다락방 문이 열리고 베키가 모습을 드러냈다. 눈은 빨갛게 충혈되었고, 실내용 모자는 한쪽으로 삐뚜름하게 기울어진 채였다. 어먼가드를 보자 초조한지 앞치마로 얼굴을 문질러댔다.

"난 신경 쓰지 마, 베키!" 어먼가드가 큰 소리로 말했다.

"어먼가드 양이 널 초대했어." 세라가 말했다. "맛있는 게 가득 든 상자를 가지고 곧 여기로 올 거야."

베키는 모자를 거의 떨어뜨릴 만큼 흥분해서 소리쳤다.

"우리 먹나요, 아가씨?" 베키가 물었다. "맛 좋은 것들요?"

"응." 세라가 대답했다. "그리고 파티 놀이를 하자."

"먹고 싶은 만큼 먹어도 돼." 어먼가드가 말을 받았다. "금방 다녀올게!"

어먼가드는 서두르는 통에 까치발을 하고 다락방을 빠져나가면서 붉은 숄을 떨어뜨렸는데도 전혀 눈치채지 못했다. 얼마 동안은 아무도 그걸 보지 못했다. 베키는 눈앞에 펼쳐진 이 믿을 수 없는 행운에 넋이 나간 모양이었다.

"오, 아가씨! 오, 아가씨!" 숨이 막히는 듯했다. "어먼가드 아가씨한테 저 초대하라고 말한 거 아가씨죠. 그거, 그거 생각하니 눈물이 나네요." 그러고는 세라 옆으로 다가가 감탄하는 눈초리로 세라를 쳐다보았다.

그러나 세라의 배고픈 눈에는 이미 세라 특유의 불빛이 너울거렸고, 그 눈빛은 세상을 바꿔놓기 시작했다. 어두운 밤공기는 차가운데―진창길에서 보낸 오후가 간신히 지나갔는데, 거지 아이의 허기진 눈이 기억 속에서 아직 채 가시지 않았는데―이곳 다락방에서 이처럼 소박하고 기분 좋은 일이 마법처럼 일어난 것이다.

세라는 숨이 막히는 기분이었다.

"어찌 되었건 상황이 최악으로 가기 전에 뜻밖의 일은 일어나게 마련이야." 세라가 큰 소리로 말했다. "'마법'이 행한 일인가 봐. 이걸 평생 잊지 않을 수 있다면. 최악은 절대 닥치지 않아."

그러고 나서 기분 좋게 베키의 몸을 살짝 흔들었다.

"안 돼! 울면 안 돼!" 세라가 말했다. "상을 차려야 하니까 서둘러."

"상을 차린다구요, 아가씨?" 베키가 방 안을 둘러보면서 되물었다. "뭘 가지고 차리는데요?"

세라도 방을 둘러보았다.

"차릴 게 많지는 않지?" 세라가 반쯤 웃으면서 대답했다.

그때 무엇인가가 눈에 띄었고, 세라는 그쪽으로 빠르게 걸어갔다. 어먼가드가 바닥에 떨어뜨린 붉은 숄이었다.

"여기 숄이 있어." 소리쳤다. "어먼가드도 괜찮다고 할 거야. 근사한 붉은 식탁보가 되겠는걸."

아이들은 낡은 탁자를 앞으로 끌어와 그 위에 숄을 씌웠다. 빨강은 따뜻하고 아늑한 색이다. 그것은 곧장 방에 가구가 잘 갖춰진 듯한 인상을 주었다.

"바닥에 붉은 양탄자가 깔렸으면 얼마나 좋을까!" 세라가 외쳤다. "양탄자가 깔린 것처럼 상상하는 거야!"

세라는 아무것도 없는 맨바닥을 감탄 어린 시선으로 잽싸게 훑어보았다. 양탄자는 이미 바닥에 깔렸다.

"정말 푸근하고 두꺼운 양탄자야!" 세라가 웃으며 말했다. 베키가 익히 그 의미를 아는 웃음이었다. 베키는 발 아래 무언가를 느끼는 사람처럼 발을 살짝 들었다가 내려놓았다.

"참말 그래요, 아가씨." 베키가 황홀한 듯한 눈길로 세라를 쳐다보면서 대답했다. 베키는 언제나처럼 진지했다.

"이젠 뭘 하지?" 세라가 말했다. 그러고는 가만히 선 채로 손으로 눈을 가렸다. "골똘히 생각하면서 기다리면 무언가가 떠오를 거야." 기대에 찬 부드러운 목소리로 덧붙였다. "'마법' 이 내게 알려줄 거야."

세라는 자신이 '바깥세상'이라고 부르는 곳에 생각들이 모여 있어서 사람들이 불러주기만을 기다린다는 상상을 즐겨했다. 베키는 세라가 그렇게 가만히 서서 기다리는 걸 여러 번 본 터라, 얼마 지나지 않아 환하게 웃는 얼굴을 대면하리라는 걸 알았다.

정말로 곧 그렇게 되었다.

"됐어!" 세라가 외쳤다. "생각이 찾아왔어! 이제 떠올랐어! 내가 공주였을 때 쓰던 오래된 가방을 살펴보는 거야."

세라는 모퉁이로 달려가 무릎을 꿇고 앉았다. 세라를 위해서가 아니라 아래층에 공간이 없어서 그곳으로 옮긴 가방이었다. 온통 잡동사니뿐이었다. 하지만 세라는 무언가를 찾을 수 있음을 알았다. 언제나 '마법'은 이래저래 일을 진행시키는 법이다.

보고도 그냥 지나칠 만큼 대단찮아 보이는 천 꾸러미가 가방 한 귀퉁이에 있었다. 세라가 기념품으로 삼자며 간직한 것이었다. 꾸러미엔 흰 손수건 열두 장이 들어 있었다. 세라는 기쁨에 들떠 손수건을 손에 쥐고 탁자로 달려갔다. 붉은 식탁보 위에 손수건을 내려놓고 가장자리 레이스가 바깥을 향하도록 이리저리 접어 모양을 잡았다. '마법'이 스스로를 행하는 중이었다.

"이건 접시야." 세라가 말했다. "황금빛 접시. 또 이건 화려하게 자수를 놓은 냅킨이야. 스페인 수녀들이 수녀원에서 만든 거야."

"진짜로요, 아가씨?" 베키가 세라의 말을 듣고 영적으로 고양된 듯 숨을 크게 들이마셨다.

"그렇게 상상하자는 거지." 세라가 대꾸했다. "상상에 몰두하면 진짜로 볼 수 있거든."

"네, 아가씨." 베키가 말했다. 세라가 가방을 살피러 간 사이 베키는 간절한 바람을 이루기 위해 온 힘을 다했다.

세라가 문득 고개를 돌려 보니 베키가 기이한 표정을 짓고 탁자 옆에 서 있었다. 두 눈을 감고 마치 경련이 이는 것처럼 얼굴을 심하게 일그러뜨리고는 주먹 쥔 두 손을 옆구리에 뻣뻣하게 붙인 채였다. 엄청 무거운 걸 들어 올리려는 사람처럼 보였다.

"왜 그래, 베키?" 세라가 놀라서 물었다. "뭐 하는 거야?"

베키는 화들짝 놀라 눈을 떴다.

"'상상하는' 중이요, 아가씨." 베키가 수줍게 말했다. "아가씨 만치 저도 한번 해볼라고요. 거진 됐어요." 희망에 찬 웃음을 지어 보이며 덧붙였다. "그치만 엄청 힘들어요."

"아직 익숙하지 않아서 그래." 세라가 안쓰러움을 느끼며 말했다. "자꾸 하면 훨씬 쉬워져. 처음부터 그렇게 애쓰지 마. 차차 될 거야. 뭐 찾아냈는지 한번 볼래? 이것 좀 봐."

그러고는 가방 바닥에서 끄집어낸 낡은 여름 모자를 들어 보였다. 테두리에 화환이 달린 모자였다. 세라는 모자에서 화환을 떼어냈다.

"이건 만찬을 위한 화환이야." 세라가 위엄 있게 말했다. "대기에 꽃향기가 가득할 거야. 세면대에 컵이 있어, 베키. 아, 탁자 중앙에 장식으로 놓게 비눗갑도 좀 갖다줄래."

베키는 경건한 몸짓으로 컵과 비눗갑을 세라에게 건넸다.

"이거 뭐래요, 아가씨?" 베키가 물었다. "꼭 사기그릇 같겠지만, 그거 아닌 거 저도 알죠."

"이건 조각을 새긴 포도주 병이야." 세라가 덩굴처럼 감긴 화환을 컵 주변에 맵시나게 놓으면서 말했다. "그리고 이건." 몸을 살짝 굽혀 비눗갑 위에 장미를 놓으면서 말했다. "보석이 박힌, 이 세상에서 가장 흰 설화석고야."

입가에 행복한 미소를 머금은 채 물건을 조심스레 다루는 모습이 마치 꿈속에서 사는 사람처럼 보였다.

"세상에, 참말 예뻐요!" 베키가 속삭였다.

"사탕 접시로 쓸 만한 게 있으면 좋으련만." 세라가 중얼거렸다. "아, 맞다!" 그러고는 다시 가방 쪽으로 뛰어갔다. "괜찮은 걸 좀 전에 봤어."

붉고 흰 얇은 종이로 싼 털실 뭉치에 불과했지만, 세라는 곧 종이 일부를 꼬아 작은 접시 모양으로 만들었고, 나머지는 남은 꽃에 더해 만찬을 밝혀줄 촛대 장식물로 사용했다. 오랫동안 방치된 가방에서 꺼내온 잡동사니로 붉은 숄이 덮여 있는 탁자를 더 근사하게 꾸밀 수 있는 것은 '마법'밖에 없을 것이다. 세라는 뒤로 물러나 눈앞에 펼쳐진 경이로운 광경을 지그시 바라보았다. 기쁨에 겨운 베키도 연회상을 쳐다보면서 숨죽인 채 말했다.

"여기 그니까." 다락방 안을 힐끗 돌아보았다. "지금 바스티유 감옥이에요? 아님 다른 곳이에요?"

"아, 다른 곳이 되었지!" 세라가 맞장구쳤다. "완전히 다른 곳이지. 여긴 연회장이야!"

"세상에, 아가씨!" 베키가 기뻐서 소리쳤다. "연회장이라고요!" 그러고는 고개를 돌려 경외감과 당혹감이 교차하는 시선으로 눈앞에 펼쳐진 놀라운 광경을 바라보았다.

세라가 말했다. "연회장은, 만찬을 여는 커다란 방이야. 아치형 지붕에 음유시인을 위한 자리가 따로 있고, 참나무 장작이 활활 타오르는 넓은 벽난로도 있어. 또 사방에는 촛불을 환하게 켜두지."

"세상에, 아가씨!" 베키는 다시 숨이 막히는 모양이었다.

그때 문이 열리고 어먼가드가 바구니의 무게 때문에 다리를 휘청거리며 들어왔다. 순간 움찔하더니 기쁜 탄성을 질렀다. 춥고 어두운 바깥에 있다가 방으로 들어와 붉은 식탁보 위에 흰 냅킨과 꽃이 놓여 있는 전혀 뜻밖의 연회상을 맞닥뜨리니, 만찬 준비가 더할 나위 없이 훌륭해 보였다.

"아, 세라!" 어먼가드가 소리쳤다. "너처럼 똑똑한 아이는 처음 봐."

"멋지지?" 세라가 물었다. "낡은 가방에 있던 것들이야. '마법'에게 물어보니까 가방을 살펴보라고 알려줬어."

"아, 어먼가드 아가씨." 베키가 외쳤다. "이거 다 뭔지 알 때까지 조금만 기다리셔요! 그냥 그런 것들 아니라…… 아, 아가씨, 말 좀 해주셔요." 그러면서 도움을 구하는 눈길로 세라를 돌아보았다.

그래서 세라는 어먼가드에게 물건들이 어디 쓰이는지 알려주었고, 어먼가드도 '마법'이 도와주자 이 모든 것—황금빛 접시에 아치형 지붕, 활활 타오르는 장작, 환히 불을 밝힌 촛대—을 거의 보게 되었다. 바구니에서 설탕 뿌린 케이크와 과일, 사탕, 포도주스 따위를 꺼내자 푸짐하게 한 상 차려졌다.

"진짜 파티 같아!" 어먼가드가 소리쳤다.

"여왕님 식탁 같아요." 베키가 숨을 크게 내쉬며 말했다.

불현듯 어먼가드에게 근사한 생각이 떠오른 모양이었다.

"세라, 이러면 어때?" 어먼가드가 말했다. "지금부터 넌 공주, 이건 왕실 만찬이라고 상상하는 거야."

"하지만 이건 네가 마련한 만찬이야." 세라가 반대했다. "네가 공주 해야지. 우린 공주의 시녀가 될게."

"내가 어떻게 공주를 해?" 어먼가드가 되물었다. "난 너무 뚱뚱해. 어떻게 하는지도 몰라. 공주는 네가 해."

"정 그렇다면 그렇게 할까." 세라가 대답했다.

그런데 갑자기 무슨 생각이 떠올랐는지 녹이 슨 난로로 달려갔다.

"난로에 종이며 쓰레기가 엄청 많아." 세라가 외쳤다. "여기에 불을 붙이면 얼마 동안은 활활 타오를 거야. 진짜 난로가 있는 기분이겠지." 그러고는 성냥을 그어 불을 붙이자 방을 환히 밝힐 만큼 금세 불길이 타올랐다.

세라가 말을 이었다. "불길이 잦아들 즈음에는 이게 진짜가 아니란 걸 까맣게 잊을 거야."

세라는 미소를 머금은 채 너울거리는 불그림자 속에 서 있었다.

"진짜처럼 보이지 않니?" 세라가 말했다. "이제 파티를 시작해볼까?"

세라는 식탁으로 가는 길을 이끌었다. 그러면서 어먼가드와 베키를 향해 우아하게 손을 흔들어 보였다. 세라는 한창 꿈속에 있었다.

"앞으로 나오세요, 아름다운 아가씨들." 세라는 행복한 꿈길을 걷는 듯한 목소리로 말했다. "연회 식탁에 앉으세요. 고귀하신 군왕께서 긴 여행으로 자리를 비운 탓에 아바마마의 부탁을 받고 제가 여러분을 대접하게 되었어요." 방 모퉁이를 향해 고개를 살짝 돌렸다. "어머! 여기 음유시인들이 계셨군요! 비올과 바순을 연주해주시겠어요?" 어먼가드와 베키를 보면서 빠르게 설명했다. "공주들은 원래 연회를 베풀 때면 음유시인들을 부르거든. 저쪽 귀퉁이에 음유시인을 위한 자리가 있는 것처럼 행동해줘. 이제 다시 시작할까?"

그 순간 아이들은 케이크 조각을 집다 말고—그 이상을 한 아이는 아무도 없었다—벌떡 일어나 창백해진 얼굴로 문가를 돌아보았다. 무슨 소리에 귀를 기울이고 또 기울이면서.

누군가 계단을 올라오고 있었다. 틀림없었다. 화가 나서 쿵쿵거리며 올라오는 발소리를 아이들 모두가 들었고, 모든 게 끝났다는 사실을 직감했다.

"교장, 교장 선생님이어요!" 베키가 숨이 막힌 듯 헉헉거리더니 케이크 조각을 바닥에 떨어뜨렸다.

"응, 맞아." 세라는 하얗게 질린 작은 얼굴에 놀란 눈을 동그랗게 뜨고 말했다. "우리가 여기 있다는 걸 민친 교장이 알았나 봐."

민친 교장은 손바닥으로 문을 힘껏 내리치면서 열어젖혔다. 교장도 얼굴이 하얘 보였지만 그건 분노 때문이었다. 교장은 겁먹은 아이들 얼굴에서 연회 식탁으로 시선을 옮기더니, 다시 꺼져가는 난로 불꽃을 노려보았다.

교장이 소리쳤다. "내 이런 일이 있을까 의심은 했지만, 이렇게 대담한 짓을 할 줄은 꿈에도 몰랐어. 라비니아의 말이 맞았군."

그리하여 그들은 다락방의 비밀을 알아내어 교장에게 고자질한 게 라비니아라는 사실을 알게 되었다. 민친 교장은 베키 쪽으로 성큼성큼 다가가더니 따귀를 한 대 올려붙였다.

"버르장머리 없는 앙큼한 것 같으니!" 교장이 윽박질렀다. "날이 밝는 대로 당장 여기에서 나가!"

세라는 눈을 더 동그랗게 뜨고 얼굴은 더 창백해진 채 꼼짝 않고 서 있었다. 어먼가드는 울음을 터뜨렸다.

"아, 베키를 쫓아내지 마세요." 어먼가드가 흐느꼈다. "이모가 군것질거리 상자를 보내왔어요. 저흰, 그저, 파티를 열었을 뿐이에요."

"하, 이제 알겠네." 민친 교장이 모멸에 찬 목소리로 말했다. "상석에 세라 공주님이 앉으셨군그래." 세라 쪽으로 휙 돌아섰다. "네가 꾸민 짓이야, 그렇지?" 꽥 소리를 질렀다. "어먼가드가 이런 생각을 했을 리 없어. 식탁을 장식한 것도 너야, 이 쓰레기 같은 것들로." 베키를 보면서 발을 쾅쾅 굴러댔다. "네 방으로 가!" 불호령에 베키는 얼굴을 앞치마에 파묻고 어깨를 들썩이면서 발소리를 죽여 걸어나갔다.

이젠 세라 차례였다.

"넌 내일 두고 봐. 아침도 점심도 저녁도 없을 줄 알아!"

"전 오늘도 점심, 저녁을 못 먹었어요, 민친 교장 선생님."
세라가 힘없는 목소리로 말했다.

"그렇다면 더 잘됐군. 기억할 거리가 생겼으니. 거기 그렇
게 계속 서 있을래? 어서 저것들을 바구니에 다시 집어넣어."

직접 식탁에 놓인 음식들을 바구니에 쓸어 담던 교장 눈에
언뜻 어먼가드가 가져다둔 새 책이 들어온 모양이었다.

어먼가드를 보면서 말했다. "넌, 저렇게 멋진 새 책을 이
더러운 다락방으로 들고 왔단 말이지. 어서 저것들을 가지고
네 방으로 돌아가. 내일 온종일 방에서 못 나갈 줄 알아. 네 아
빠에게 편지를 써야겠어. 오늘 밤 네가 어디에 있었는지 아빠
가 알면 뭐라고 하실까?"

그때 교장은 자신을 뚫어질 듯 쳐다보는 세라의 진지한 표
정에서 무엇을 읽었는지 세라 쪽으로 홱 돌아섰다.

"무슨 생각을 하는 거야?" 교장이 물었다. "왜 날 그렇게
빤히 쳐다보는 거지?"

"그냥 생각을 좀 했어요." 그 특별한 날 교실에서 그랬던
것처럼 세라가 대답했다.

"그래 무슨 생각을 하냐니까?"

그날 교실에서 벌어진 일과 거의 똑같았다. 세라의 태도에
는 건방진 구석이 없었다. 그저 슬프고 침착했다.

"오늘 밤 내가 어디에 있었는지 아빠가 알면 뭐라고 하실

까 생각했어요." 세라가 나지막이 대답했다.

민친 교장은 그날 그랬듯이 불같이 화가 치밀었고, 꼭 그
날처럼 길길이 날뛰며 화를 냈다. 세라에게 달려가 몸을 마구
잡이로 흔들어댔다.

"요 건방진 망나니 같으니!" 교장이 부르짖었다. "네가 어
떻게 감히! 어떻게 감히 그런 말을 해!"

교장은 책들을 집어 들고 나머지 음식을 바구니에 되는 대
로 쓸어 담은 뒤, 바구니를 어먼가드의 팔에 떠안기고 문 쪽으
로 아이를 밀었다.

"실컷 생각이나 해." 교장이 소리를 질렀다. "어서 침대로
가." 그러고 나서 비틀거리는 어먼가드 뒤로 문을 쾅 닫았다.
이제 방 안엔 세라만이 홀로 서 있었다.

마침내 꿈이 끝난 것이다. 난롯불은 꺼진 뒤였고, 타다 남
은 시커먼 종잇조각만 남았다. 탁자엔 아무것도 없었고, 황금
빛 접시와 화려하게 자수를 놓은 냅킨과 화환은 다시 낡은 손
수건과 붉고 흰 종이, 버려진 조화로 돌아간 채 바닥에 흩어졌
다. 음유시인들은 자기들의 자리에서 슬금슬금 도망쳤고, 비올
과 바순은 고요했다. 에밀리는 벽에 등을 기대고 앉아 앞만 빤
히 응시했다. 세라는 에밀리가 눈에 들어오자, 그쪽으로 다가
가 떨리는 손으로 인형을 집어 들었다.

"연회는 끝났어, 에밀리." 세라가 말했다. "공주도 이젠 없

어. 남은 건 바스티유 감옥의 죄수들뿐이야." 그러고 나서 바닥에 쪼그려 앉아 얼굴을 무릎에 묻었다.

그때 아이가 얼굴을 무릎에 묻지 않았더라면, 어느 한순간 고개를 들어 천창을 올려다보았더라면, 무슨 일이 일어났을지 모르겠다. 이 장의 결말이 사뭇 달라지지 않았을까 싶다. 세라가 천창을 보았더라면 깜짝 놀랐을 것이 분명하다. 그날 저녁 세라가 어먼가드와 이야기를 나눌 때 천창 너머로 보였던 얼굴과 똑같은 얼굴이 창문에 얼굴을 바짝 대고 방 안을 들여다보았기 때문이다.

그러나 세라는 위를 올려다보지 않았다. 한동안 검은 머리를 무릎에 파묻은 채 앉아 있을 뿐이었다. 침묵 속에서 무언가를 견뎌야 할 때면 늘 취하는 자세였다. 잠시 후 아이는 천천히 몸을 일으켜 침대로 걸어갔다.

"깨어 있는 동안엔 아무것도 상상할 수 없어." 아이가 말했다. "상상하려고 해봤자 소용없는 일이야. 잠들면 꿈속에서 상상할 수 있겠지."

돌연 피곤함이 몰려와서—아마도 먹은 게 없어서—세라는 침대 가장자리에 쓰러지듯 앉았다.

"난로에는 환한 불꽃이 춤추듯 일렁이고." 아이는 중얼거렸다. "난로 앞에는 안락의자가 있고, 그 옆 작은 탁자에는 따뜻한 저녁거리가 놓여 있지. 그리고 또." 얇은 이불을 끌어당겨

덮으면서 중얼거렸다. "이건 포근하고 아주 근사한 침대야. 양
털 이불에 솜털 베개는 커다랗지. 그리고, 그리고……." 피곤한
게 아이에게는 차라리 잘된 일이었다. 아이는 눈을 감는가 싶
더니 금세 곯아떨어졌다.

얼마나 잤는지 몰랐다. 많이 피곤한 상태라 깊이 잠이 들
었다. 멜키세덱의 딸과 아들들이 모조리 나와 요란스레 찍찍거
리면서 우당탕 싸우며 뒹굴고 놀았더라도 전혀 모르고 잤을 만
큼 깊고 곤한 잠이었다.

아이는 문득 잠에서 깼는데, 무엇인가 특별한 일이 자신을
깨웠다는 사실은 알지 못했다. 사실 아이를 깨운 소리—진짜
소리—는 딸각 하고 닫히는 천창 소리였다. 흰 형체가 유연하
게 천창으로 올라가 그 옆—다락방 안이 보일 만큼 가깝지만
안에선 보이지 않을 만큼 거리를 두고서—슬레이트 지붕에 쪼
그리고 앉아 천창을 아래로 닫으면서 낸 소리였다.

처음에 아이는 눈을 뜨지 않았다. 너무 졸리고—참 이상
하게도—따뜻하고 편안하게 느껴졌다. 잠에서 깼다는 사실이
믿기지 않을 만큼 따뜻하고 편했다. 기분 좋은 꿈을 꿀 때가 아
니면 이렇게 따뜻하고 아늑한 적이 없었다.

"멋진 꿈이야!" 아이가 중얼거렸다. "아, 따뜻해. 잠에서 깨
고 싶지 않아."

물론 그것은 꿈이었다. 포근하고 까슬까슬한 이불을 덮은 기분이었다. 진짜로 이불이 느껴졌다. 손을 내밀자 꼭 비단 이불보를 씌운 오리털 누비이불 같은 게 만져졌다. 기분 좋은 꿈에서 깨지 않아야 했다. 가만히 누워 계속 꿈을 꾸어야 했다.

그러나 그럴 순 없었다. 눈을 꼭 감아도 그건 불가능한 일이었다. 무엇인가가, 방에 있는 무엇인가가 자꾸 잠을 깨웠다. 불빛과 소리 ― 불꽃이 탁탁 튀는 소리 ―에 대한 어떤 느낌이 들었다.

"아, 이제 잠에서 깼구나." 아이가 아쉬운 목소리로 말했다. "정말 깨고 싶지 않았는데."

아이는 자기도 모르게 눈을 떴다. 그러고는 얼굴에 살포시 미소를 띠었다. 지금껏 다락방에서 본 적 없고 볼 수도 없는 광경이 눈앞에 펼쳐져 있었다.

"아, 아직 잠이 덜 깼나 봐." 아이는 이렇게 속삭이며 팔꿈치를 괴고 고개를 들어 주위를 둘러보았다. "여전히 꿈을 꾸나 봐." 아이는 틀림없이 꿈이라고 느꼈다. 꿈에서 깨어났다면 이런 일이, 도저히 이런 일이 일어날 수 없기 때문이었다.

아이가 아직 꿈에서 깨지 않았다고 확신하는 게 당연하지 않은가? 아이가 본 광경은 이러했다. 난로 속에선 불꽃이 활활 타올랐고, 난로 선반 위에선 작은 놋쇠 주전자가 칙칙 소리를 내며 끓었다. 바닥에는 포근하고 두꺼운 진홍색 양탄자가 깔

려 있고, 난로 앞에는 접이식 의자가 펼쳐져 있고 그 위에 쿠션
이 놓여 있었다. 의자 옆에는 흰 탁자보를 씌운 자그마한 접이
식 탁자가 있고, 탁자 위에는 뚜껑 덮은 작은 접시며 컵과 컵받
침, 찻주전자를 올려두었다. 침대에는 따뜻한 새 이불 몇 채와
비단 이불보를 씌운 오리털 누비이불이 깔려 있었다. 또 침대
발치에는 희한하게 솜을 누벼서 만든 비단 실내복과 누비 슬리
퍼 한 켤레, 책 몇 권이 있었다. 꿈속에서 다락방이 요정 나라
로 바뀐 모양이었다. 방 안은 탁자 위의 장밋빛 갓등에서 새어
나오는 따뜻한 불빛으로 가득 차 있었다.

아이는 팔꿈치를 괸 채로 몸을 일으켜 앉았다. 숨소리가
점점 가빠졌다.

"왜 사라지지 않지?" 아이는 숨이 막혔다. "아, 이런 꿈은
처음이야." 아이는 움직일 수조차 없었다. 그러나 마침내 황홀
한 미소를 만면에 머금은 채 이불을 옆으로 밀어내고 바닥에
발을 내디뎠다.

"지금 꿈을 꾸는 거야. 난 지금 침대에서 일어났어." 아이
는 이렇게 말하는 자기 목소리를 들었다. 곧이어 아이는 이 모
든 것 한가운데에 서서 천천히 이쪽저쪽을 둘러보았다. "이것
들이 다 진짜처럼 보이는 꿈을 꾸는 거야, 이것들이 모두 진짜
처럼 느껴지는 꿈을! 여기가 마법에 걸렸거나 아니면 내가 마
법에 걸린 거겠지. 이 모든 게 보인다고 생각하는 것뿐이야."

말이 점점 빨라졌다. 아이가 외쳤다. "계속 그렇게 생각할 수만 있다면, 아무래도 상관없어! 아무래도 상관없다고!"

아이는 그렇게 얼마 동안 더 가쁜 숨을 몰아쉬며 서 있다가 다시 큰 소리로 외쳤다.

"아, 이건 진짜가 아니야! 진짜일 리가 없어! 그런데, 아, 어쩜 이렇게 진짜처럼 느껴지지!"

거세게 타오르는 불길이 아이를 끌어당겼고, 아이는 그 앞에 무릎을 꿇고 앉아 손을 뻗었다. 너무 가까웠는지 아이는 열기에 흠칫 놀라 뒤로 물러났다.

"꿈속에서 불이 뜨거울 리 없잖아!" 아이가 소리쳤다.

아이는 벌떡 일어나 탁자를 만져보고, 접시를 만져보고, 양탄자를 만져보았다. 침대로 가서 이불을 만져보았다. 보드라운 누비 실내복을 바닥에서 집어 들고는 와락 움켜잡아 가슴에 꼭 껴안고 뺨에 갖다대었다.

"따뜻해. 보드라워!" 흐느낌에 가까운 소리였다. "이건 진짜야. 틀림없어!"

아이는 실내복을 어깨에 걸치고 슬리퍼를 꿰어 신었다.

"이것도 진짜야. 모두 진짜라고!" 아이가 외쳤다. "꿈, 꿈이 아니야!"

아이는 비틀거리며 책들 쪽으로 걸어가 맨 위에 놓인 책을 집어 책장을 넘겼다. 앞장에 무언가 몇 마디 쓰여 있었다. 문구는 이러했다.

다락방의 어린 소녀에게, 친구가

아이는 이 문구를 보자―아이의 이런 행동이 낯설지 않은
가?―책장에 얼굴을 묻고 울음을 터뜨렸다.

아이가 말했다. "누군지 모르겠지만, 날 조금이라도 생각
해주는 사람일 거야. 내게 친구가 생겼어."

아이는 촛불을 들고 방을 살짝 빠져나와 베키의 방으로 들
어간 뒤 침대 맡에 섰다.

"베키, 베키!" 아이가 들키지 않는 선에서 최대한 목소리
를 키워 속삭였다. "일어나 봐!"

잠에서 깬 베키가 겁에 질린 채 벌떡 일어나 앉아 눈물 자
국이 그대로 남은 얼굴을 들고 쳐다보니, 옆에 값진 진홍색 비
단 누비 실내복을 입은 작은 형체가 서 있는 게 보였다. 베키의
눈에 눈부실 만큼 환하게 웃고 있는 얼굴이 들어왔다. 세라 공
주―베키의 기억 속 세라―가 손에 촛불을 든 채 침대 맡에 서
있었다.

"이리 와봐." 세라가 말했다. "아, 베키, 어서!"

베키는 두려운 나머지 아무 말도 할 수 없었다. 그저 침대
에서 일어나 입은 헤벌리고 눈은 동그랗게 뜬 채, 한마디 말도

없이 세라의 뒤를 따를 뿐이었다.

세라는 등 뒤에서 문을 부드럽게 닫고는, 머리가 어찔하고 굶주린 의식이 흐릿해질 만큼 따뜻하고 환하게 빛나는 모든 것의 한복판으로 베키를 데리고 갔다.

"이게 다 진짜야! 진짜라고!" 세라가 소리쳤다. "내가 다 만져봤어. 우리가 진짜인 것처럼 이것들도 진짜야. 우리가 잠든 사이 '마법'이 와서 모든 걸 해놓고 갔어. 최악이 일어나도록 결코 내버려 두지 않는 '마법' 말이야."

손님

그날 밤이 어땠을지 한번 상상해보라. 불길이 너울대며 활활 타오르는, 너무도 귀한 난로 앞에 두 아이가 어떻게 쪼그리고 앉았는지, 또 그릇 뚜껑을 열어 그 자체로도 충분히 한 끼 식사가 되는 뜨겁고 진한 수프와 둘이 먹기 넉넉한 샌드위치와 토스트, 머핀을 어떻게 발견했는지. 베키는 세면대 컵을 찻잔으로 사용했다. 차가 아닌 다른 걸로 상상할 필요가 없을 정도로 차 맛이 좋았다. 아이들은 따뜻하고 배부르고 행복했다. 뜻하지 않은 행운이 현실임을 깨닫고 흔쾌히 그 행운을 누리는 게 지극히 세라다웠다. 세라는 워낙 오랫동안 상상의 세계에서 살아왔던 터라, 현실에서 일어난 경이로운 일을 기꺼이 받아들일 준비가 되어 있었다. 비록 그것이 일순간 사라지고 당혹감만 남긴다고 하더라도 말이다.

"누군지 도무지 감이 잡히지 않아." 세라가 말했다. "하지만 누군가 있었던 거야. 지금 우린 이렇게 난로 앞에 앉아 있잖아. 그리고, 그리고, 그리고, 이 모든 게 진짜야! 누가 이걸 했든, 그 사람이 어디에 살든, 내게 친구가 있는 거야, 베키. 내 친구가 이 모든 걸 해놓았어."

영양가 있고 맛 좋은 음식으로 배를 채우고 환하게 타오르는 불꽃 앞에 앉아 있는데도, 황홀한 두려움에 가까운 감정이 아이들의 가슴속에서 일렁이고 서로를 쳐다보는 눈에도 의구심이 어리비친다는 사실은 부인할 수 없었다.

"혹시 말이어요." 베키가 머뭇거리며 속삭였다. "모든 게 순식간에 사라지면 어떡해요, 아가씨? 빨리 서두는 게 낫지 않아요?" 그러고는 서둘러 샌드위치를 입 안 가득 밀어 넣었다. 이것이 한낱 꿈이라면 부엌에서 먹듯 먹어도 상관없을 터였다.

"괜찮아, 사라지지 않아." 세라가 베키를 안심시켰다. "난 지금 이 머핀을 먹고 있고, 맛도 느낄 수 있어. 꿈에서는 먹지 않아. 먹을 거라는 생각만 하지. 게다가 꿈인가 생시인가 싶어서 연신 살도 꼬집어보고, 조금 전에는 일부러 뜨거운 석탄 덩이도 만져봤어."

이윽고 아이들은 천국과도 같은 나른한 편안함에 몸을 내맡겼다. 행복하고 배부른 유년 시절에 느끼는 나른함이었다. 세라와 베키는 불꽃 앞에 앉아 그 충만함을 온전히 즐겼다. 세라는 문득 고개를 돌려 새 침구로 단장한 침대를 바라보았다.

베키에게 나눠줘도 될 만큼 이불이 충분했다. 그날 밤 옆 방의 비좁은 침대는 베키가 상상도 못할 만큼 아늑했다.

방에서 나가던 베키가 문지방에 선 채로 고개를 돌려 아쉬운 눈길로 방 안을 둘러보았다.

베키가 입을 뗐다. "낼 아침 이 모든 게 사라져도요, 아가씨, 오늘 밤엔 적어도 있었네요. 절대 못 잊지요." 기억에 아로 새기려는 듯 물건 하나하나를 유심히 쳐다보았다. 그러고는 손가락으로 가리키며 말을 이었다. "불은 저쪽에 있고, 탁자는 그 앞에 있고, 갓등은 저쪽에 있었죠. 불빛은 꼭 장미꽃 색깔마냥 불그스름했고요. 침대에 비단 이불 덮고 바닥에는 따뜻한 양탄 자 깔고요. 모든 게 아름다워요. 그리고." 잠시 말을 멈추더니 배에 손을 가볍게 갖다댔다. "수프와 샌드위치, 머핀도 바로 여기에 있죠." 현실 속 일이란 걸 다시 확인한 뒤 자기 방으로 돌아갔다.

학교 안에서나 하인들 사이에서 바삐 움직이는 정체 모를 첩자 덕분에 세라 크루가 수모를 당한 일, 어먼가드가 벌을 받게 된 일, 베키가 아침도 먹기 전에 학교에서 쫓겨나야 마땅하지만 당장 부엌데기가 없으면 안 되니까 당분간 머물게 된 일이 그다음 날에 파다하게 퍼졌다. 일주일에 몇 푼 받지도 못하고 노예처럼 일하는 신분이 미천한 가엾은 아이를 민친 교장이 쉽게 구할 수 없기 때문에 베키가 더 머물게 되었다는 걸 하인들은 잘 알았다. 또 민친 교장이 세라를 쫓아내지 않는 것은 세라에게 실용적 가치가 있기 때문이란 걸 상급생들은 잘 알고 있었다.

"세라 재가 요새 키도 부쩍 큰 데다 학습 능력도 워낙 좋잖아." 제시가 라비니아에게 말했다. "아마 곧 수업을 맡게 될걸. 돈 한 푼 안 주고 부려먹을 수 있다는 걸 민친 교장이 아는 거지. 그래도 라비, 재네들이 다락방에 모여 논다는 걸 일러바친 건 좀 너무하지 않니? 어디에서 들었어?"

"로티한테서. 아직 어려서 자기가 무슨 말을 하는지도 모르고 떠들어대던데. 민친 교장한테 말한 게 뭐 어때? 난 내 의무를 다했을 뿐이야." 그러고는 무슨 대단한 일을 한 사람처럼 덧붙였다. "세라 개가 속였잖아. 거지발싸개 같은 옷을 입고도 저 혼자 고상한 척, 잘난 척이나 하고!"

"민친 교장한테 걸렸을 때 뭐 하고 있었대?"

"바보 같은 놀이를 하고 있었지, 뭐. 어먼가드가 세라랑 베키랑 먹으려고 음식 바구니를 들고 갔대. 우리한테는 뭐라도 같이 먹자고 한번 안 했으면서. 같이 먹고 싶다는 얘기가 아니야. 그러니까 내 말은, 다락방에서 하녀들하고 뭔가를 나눠 먹는 게 천박하다는 거지. 선생으로 부려먹을 속셈이라고 해도 민친 교장이 세라를 쫓아내지 않는 게 이상하다니까."

"쫓겨나면 어디로 가?" 제시가 다소 근심스러운 표정으로 물었다.

"알 게 뭐야?" 라비니아가 톡 쏘아붙였다. "어젯밤에 그런 일이 있었으니 오늘 아침 교실로 들어오면 엄청 괴상해 보이겠지. 어제 저녁도 굶고 오늘도 온종일 굶는다는데."

제시는 어리석긴 했지만 심성이 나쁜 아이는 아니었다. 제시는 책을 휙 집어 들었다.

"어쩜 그럴 수 있니?" 제시가 말했다. "걔를 굶겨 죽일 권리는 누구에게도 없어."

그날 아침 세라가 부엌으로 갔을 때 요리사와 하녀들은 곁눈질로 세라를 흘끔거렸다. 하지만 세라는 그저 그들을 황급히 지나쳐갔다. 실은 세라도 베키도 늦잠을 잔 터라 서로 얼굴을 볼 겨를도 없이 서둘러 부엌으로 내려온 참이었다.

세라는 부엌방으로 갔다. 베키는 주전자를 수세미로 박박 문지르면서 나지막이 콧노래를 부르는 참이었다. 고개를 들어 행복에 겨운 시선으로 세라를 쳐다보았다.

"아침에 눈을 뜨는데 그냥 있었어요, 아가씨. 이불 말예요." 들뜬 목소리로 속삭였다. "어젯밤같이 그대로 있어요."

"내 것도 그대로야." 세라가 대꾸했다. "아침에 다 그대로 있었어. 모조리 다. 옷을 갈아입으면서 남은 음식도 조금 먹었다니까."

"아이고, 맙소사! 아이고, 맙소사!" 베키가 황홀한 듯 신음

276

같은 감탄사를 연발하다가 주전자 쪽으로 고개를 숙이려는데, 때마침 요리사가 부엌방으로 들어왔다.

민친 교장은 라비니아처럼 세라가 교실로 들어올 때를 기대했다. 세라는 아무리 독한 말을 들어도 울지도 않고 두려워하는 기색도 없었기에 교장에게는 언제나 곤혹스러운 수수께끼 같은 존재였다. 꾸지람을 들을 때면 세라는 가만히 서서 진지한 얼굴로 공손히 귀를 기울였다. 벌로 일을 더 시켜도 묵묵히 해냈고, 때론 끼니를 걸러도 불평이나 반항하는 기색 없이 심부름을 가곤 했다. 발칙하게 말대꾸를 하지 않는다는 사실 자체가 민친 교장에게는 오히려 발칙하게 보였다. 하지만 어제 제대로 먹지도 못한 데다 밤에 그 난리를 치렀고, 오늘 온종일 굶어야 할 판이니, 지금쯤은 분명 기진맥진한 상태일 터였다. 핏기 없는 얼굴에 눈은 벌겋게 충혈된, 비참하고 맥없는 모습으로 나타나지 않는 게 이상한 일이었다.

민친 교장이 그날 아침 세라를 처음 본 것은 세라가 어린 학생들에게 프랑스어를 가르치고 연습 문제 푸는 걸 도우려고 교실로 들어왔을 때였다. 세라는 뺨에 홍조를 띠고 입가엔 살짝 미소를 머금은 채 경쾌한 발걸음으로 걸어왔다. 민친 교장은 그렇게 놀라운 광경은 처음 보았다. 가히 충격적이었다. '뭐 저런 게 다 있지? 이게 대체 무슨 조화지?' 교장은 즉시 세라를 자기 책상으로 불렀다.

"지금 근신 중이란 걸 모르는 아이 같구나." 교장이 말했다. "이제 이골이 난 거야?"

사실은 아직 어린아이가—어른이라 하더라도—배불리 먹고 따뜻하고 포근한 이불 속에서 푹 자고 일어났다면, 동화 속 이야기가 한창일 때 잠이 들었다면, 그리고 잠에서 깨어나 그것이 여전히 진짜란 걸 알았다면 불행할 수는 없는 노릇이다. 하다못해 불행한 아이처럼 보일 순 없는 노릇이다. 눈에서 기쁨 어린 광채가 나는 걸 막으려고 해도 소용없었다. 고개를 들어 흠잡을 데 없이 공손하게 대답하는 세라의 눈에 떠오른 표정을 보고 교장은 그저 어안이 벙벙할 따름이었다.

"죄송합니다, 민친 교장 선생님." 세라가 말했다. "근신 중인 거 저도 알아요."

"그걸 잊지 말도록. 무슨 대단한 상속녀라도 된 듯이 굴지 말고. 무례해 보여. 오늘 하루 종일 밥이 없다는 것도 알지?"

"네, 민친 교장 선생님." 세라가 대답했다. 그러나 뒤돌아서면서 어젯밤 일이 떠올라 가슴이 벅찼다. 세라는 생각했다. '마법'이 제때에 날 구해주지 않았다면, 얼마나 끔찍했을까!'

"배고픈 얼굴이 아니야." 라비니아가 소곤거렸다. "쟤 얼굴 좀 봐. 아마 아침을 잘 먹은 척하는 걸 거야." 그러고는 가소롭다는 듯이 웃었다.

"쟨 다른 애들이랑 달라." 어린 학생들과 함께 있는 세라를 쳐다보면서 제시가 대꾸했다. "쟤가 무서울 때가 있다니까."

"말도 안 되는 소리 그만해!" 라비니아가 받아쳤다.

그날 내내 세라의 눈에서는 생기가 돌았고 뺨은 발갛게 상기되어 있었다. 하인들은 어리둥절한 표정으로 세라를 힐끗거리며 수군거렸고, 작고 푸른 어밀리아의 눈에는 당혹스러움이 어렸다. 상황이 최악인데도 저렇게 보란 듯 행복한 표정을 짓는다는 게 무슨 의미인지 어밀리아는 이해할 수 없었다. 어쨌든 그것은 세라 특유의 고집스런 방식 같았다. 아이는 상황에 맞서기로 굳게 결심한 모양이었다.

세라는 곰곰이 생각을 곱씹으면서 한 가지 결심을 했다. 지난밤에 일어난 기적 같은 일을 절대 비밀로 하겠다는 것이었다. 물론 그게 가능하다면 말이다. 민친 교장이 또다시 다락방에 올라오면 당연히 모든 게 들통날 것이다. 그러나 교장이 뭔가 낌새를 채지 않는다면 당분간은 그럴 가능성이 낮았다. 어먼가드와 로티는 엄격한 감시를 받을 테니 침실을 빠져나올 엄두를 내지 못하리라. 어먼가드는 이야기를 듣고도 비밀을 지킬 아이였다. 로티가 이 일을 알게 되면 단단히 입막음을 해두어야 한다. 이 불가사의한 일을 숨기는 데 '마법'이 또 한 번 도움을 주리라.

세라는 온종일 같은 생각을 반복했다. '무슨 일이 생기든, 그 어떤 일이 생기든, 세상 어딘가에 천사처럼 착한 내 친구가 있어, 내 친구가. 그게 누구인지 평생 모른다 해도, 그래서 고맙다는 말조차 못 건넨다 하더라도 난 외롭지 않아. 아, '마법'은 역시 좋은 거였어!'

전날보다 날씨가 궂은 날이 존재할 수 있다면, 바로 그날이 그랬다. 더 눅눅하고 더 질척하고 더 추웠다. 가야 할 심부름은 더 많았고, 요리사는 더 자주 화를 냈으며, 세라가 근신 중이라는 걸 알고는 더 포악하게 굴었다. 하지만 '마법'이 친구의 존재를 증명했는데, 무엇이 대수겠는가. 전날 밤 푸짐히 먹어 기운을 차렸고, 그날 밤에도 포근한 이불에서 푹 자리라는 것을 알았다. 저녁이 되기 전에 분명히 다시 배가 고파지겠지만 금식을 끝내는 이튿날 아침까지는 어떻게든 견딜 수 있을 터였다. 위층으로 올라가도 된다는 허락이 떨어졌을 때는 이미 늦은 시간이었다. 원래 10시까지 교실에 남아 공부를 해야 하지만, 책에 푹 빠진 나머지 그 이후까지 남아 책을 읽었다.

세라가 마지막 층계참에 이르러 다락방 앞에 섰을 때, 가슴이 빠르게 뛰었다는 걸 고백해야겠다.

"아무것도 안 남고 다 사라졌을지도 몰라." 세라는 애써 용기를 내며 속삭였다. "끔찍하던 어젯밤 단 하루만 내게 허락되었는지도 몰라. 그래도 어쨌든 내게 허락된 것이었어. 내가 온전히 그것들을 누렸다고. 꿈속이 아니라 현실에서."

그리고 나서 문을 밀고 안으로 들어갔다. 아이는 숨을 죽이고 문을 닫고는 문에 기대선 채로 방 이쪽저쪽을 살폈다.

'마법'이 다시 그곳을 찾아왔다. 정말로 그랬다. 그것도 어젯밤보다 더 근사하게. 난로에선 탁탁 불꽃 튀는 기분 좋은 소리를 내면서 불길이 전날 밤보다 더 활활 타올랐다. 전혀 다른 방으로 보일 만큼 새 물건이 워낙 많이 놓여 있는 터라, 이것이 현실임을 믿지 않았다면 세라도 눈을 비비고 주위를 둘러보았을 것이다. 키 낮은 탁자에는 어제처럼 음식이 풍성히 차려져 있었다. 이번에는 베키 몫의 컵과 접시도 준비된 채였다. 초라한 난로 선반에는 처음 보는, 색상이 밝은 묵직한 자수품이 덮여 있고, 그 위에는 장식물도 몇 개 있었다. 천으로 덮어씌울 수 있는 볼품없는 것을 모조리 덮어씌워, 휑한 방을 한결 화사하게 꾸며놓았다. 풍성한 색상을 띤 낯선 장식물이 벽에 박아둔 뾰족한 못에 걸려 있었다. 회반죽 벽에 덧댄 나무 위로 망치 없이도 박을 수 있을 만큼 뾰족한 못이었다. 화사한 부채 몇 개가 벽에 걸렸고, 방석으로 써도 될 만큼 크고 튼튼한 쿠션도 여럿 놓여 있었다. 양탄자로 덮은 나무 상자 위에는 쿠션을 여러 개 놓아서 마치 소파 같은 분위기가 났다.

세라는 천천히 안쪽으로 걸어가 바닥에 앉아서는 주위를 보고 또 보았다.

"동화 속 이야기가 현실에서 일어나는 것 같아." 세라가 말했다. "조금도 다르지 않아. 내가 뭔가―다이아몬드든 황금

자루든—바라면 이루어질 것 같아! 차라리 그게 덜 이상해 보일 것 같아. 여기가 내 다락방이 맞아? 춥고 넝마를 걸친, 몸이 늘 질척하게 젖어 있는 세라가 맞아? 상상하고 또 상상하며, 요정이 존재하길 바라던 내게! 언제나 동화가 현실에서 일어나길 바라던 내게! 그러던 내가 지금 동화 속 이야기에서 산다니. 내가 요정이 된 기분이야. 그래서 모든 걸 내 마음대로 바꿀 수 있을 것만 같아."

세라는 일어나 벽을 두들겨 옆방 죄수를 불렀다. 곧이어 옆방 죄수가 왔다.

방 안에 들어서면서 옆방 죄수는 하마터면 바닥에 쓰러질 뻔했다. 얼마간 숨이 막히는 눈치였다.

"에구, 세상에!" 죄수가 짧은 숨을 토해냈다. "에구, 세상에, 아가씨!" 부엌방에서 그랬던 것처럼 내뱉었다.

"이제 너도 봤지?" 세라가 대꾸했다.

그날 밤 베키는 자기 컵과 접시를 들고 난로를 마주한 채 양탄자 위에 쿠션을 깔고 앉았다.

세라는 침대에 눕고서야 두꺼운 새 매트리스와 커다란 솜털 베개가 놓여 있는 것을 깨달았다. 세라가 쓰던 낡은 매트리스와 베개는 베키의 침대로 옮겨졌고, 그 덕에 베키는 그때껏 알지 못했던 편안함을 맛보게 되었다.

"이거 다 어디서 온대요?" 한 번은 베키가 불쑥 물었다.

"아이고! 대체 이거 다 누가 한대요, 아가씨?"

"우리 묻지 말자." 세라가 대답했다. "'정말 고맙습니다'라는 말을 하려는 게 아니면 차라리 모르는 편이 나을 것 같아. 왠지 더 근사해 보이잖아."

그때부터 나날이 아름다운 삶이 펼쳐졌다. 동화는 계속되었다. 거의 매일 새로운 무엇이 방에 놓였다. 세라가 밤에 방문을 열고 들어갈 때마다 편리한 물건이나 장식품 같은 게 새로 놓였고, 얼마 지나지 않아 다락방은 오만 가지 신기하고 값진 물건이 가득한 아름다운 방이 되었다. 그림과 휘장이 하나씩 헐벗은 벽을 덮어나갔고, 참신한 접이식 가구가 한 점씩 늘어났으며, 책장이 벽에 설치되더니 어느새 책으로 가득 찼다. 더 이상 바랄 게 없을 정도로 매일매일 편리하고 편안한 물건이 새로 추가되었다. 세라가 아침에 아래층으로 내려갈 때면 저녁에 먹다 남긴 음식이 탁자에 그대로 있었다. 그러나 저녁에 다락방으로 돌아오면 마법사가 탁자를 싹 치우고 근사하게 한 상 차려놓은 뒤였다. 민친 교장은 언제나처럼 엄하고도 모욕적인 발언을 서슴지 않았고, 어밀리아 선생은 툭 하면 짜증을 냈으며, 하인들은 천박하고 예의라곤 모르는 듯 굴었다. 세라는 궂은 날씨에도 심부름을 갔고, 이리저리 내몰리면서 호된 꾸지람을 들었다. 어먼가드나 로티와 이야기를 나눌 기회도 거의 없었다. 라비니아는 나날이 추루해지는 세라의 옷차림을 비웃었고, 다른 학생들도 세라가 교실에 들어서면 신기한 눈으로 바라보았다. 하지만 이토록 멋지고 신비로운 이야기 속 세계에 사는데 그까짓 게 무슨 대수겠는가? 세라는 여태껏 굶주린 자신의 영혼을 위로하고 절망에서 스스로를 구해내려고 숱한 이야기를 지어냈지만, 어떤 이야기보다 이것이 훨씬 낭만적이고 매력적이었다. 꾸중을 듣는 와중에도 슬그머니 미소가 얼굴에 떠오르곤 했다.

세라는 속으로 생각했다. '당신이 안다면! 당신이 알게 된다면!'

편안하고 행복한 삶이 세라를 더욱 강하게 만들었으며, 게다가 세라에겐 매일 기다리는 즐거움이 있었다. 비에 젖어 배는 고프고 기진맥진한 채 심부름을 다녀온 뒤에도, 곧 다락방으로 올라가면 따뜻하게 몸을 녹이면서 배불리 먹을 수 있다는 사실을 알았다. 유난히 힘든 날에도 다락방 문을 열면 무엇을 보게 될까, 또 어떤 새로운 즐거움이 기다리고 있을까, 상상하는 것으로 고된 시간을 행복하게 보낼 수 있었다. 얼마 지나지 않아 아이는 조금씩 살이 오르기 시작했다. 뺨에는 장밋빛이 돌았고, 이제는 눈도 얼굴에 비해 그렇게 퀭하니 커 보이지 않았다.

"세라 크루가 요새 얼굴이 너무 좋단 말이야." 민친 교장이 못마땅하다는 듯 동생에게 말했다.

"응, 맞아." 어밀리아 선생이 어수룩하게 대꾸했다. "살도 꽤 쪘어. 꼭 굶주린 까마귀 새끼처럼 보이더니."

"굶주린!" 민친 교장이 화가 나서 소리쳤다. "걔가 굶주린 애로 보일 이유가 어디 있어? 늘 배불리 먹이는데!"

"아, 그야, 그야 그렇지." 어밀리아 선생은 또 말실수를 했다는 사실을 깨닫고 화들짝 놀라 허둥지둥 맞장구를 쳤다.

"걔 또래 아이에게서 그런 걸 본다는 게 참 불쾌하단 말이야." 민친 교장은 긴가민가하면서도 오만한 말투로 덧붙였다.

"뭐, 어떤 거?" 어밀리아 선생이 용기를 내 물었다.

"그걸 보고 반항이라고 부를 수 있겠지." 민친 교장이 대답했다. 교장은 화를 돋우는 세라의 태도가 반항과는 거리가 멀다는 것을 알면서도, 딱히 그것을 표현할 만한 다른 불쾌한 단어가 떠오르지 않아 기분이 언짢았다. "보통의 아이라면 기운도 의욕도 완전히 꺾일 텐데. 그 아이 같은 일을 겪으면 말이지. 그런데 걔는 전혀 기가 죽지 않아. 마치, 마치 자기가 무슨 공주라도 되는 것처럼."

"언니, 그거 기억나?" 총기라곤 없는 어밀리아 선생이 끼어들었다. "그날 교실에서 걔가 언니한테 한 말? 자기가 공주란 걸 언니가 알게 된다면 어떻게 될지 아느냐고 하면서……."

"그딴 거 기억 안 나." 민친 교장이 쏘아붙였다. "말도 안되는 소리 그만해." 말은 그렇게 했지만 교장은 그날 일을 똑똑히 기억했다.

베키 역시 살이 조금씩 오르면서 예전처럼 기죽은 표정이 아니었다. 당연했다. 비밀 동화에 베키 몫도 있었기 때문이다. 매트리스와 베개가 각각 두 개에 이불은 여러 장이었고, 매일 밤 난로 앞 쿠션에 앉아 따뜻한 음식을 먹었다. 바스티유 감옥은 온데간데없이 사라졌고, 죄수들은 더 이상 존재하지 않았다. 위안을 받은 두 아이가 기쁨이 충만한 채 앉아 있을 뿐이었다. 때로 세라는 큰 소리로 책을 읽거나 공부를 했고, 때로 난로 앞에 앉아 불꽃을 쳐다보면서 친구가 누구일까 상상의 나래를 펴는 한편, 마음속 몇 마디를 그 친구에게 건넬 수 있기를 바랐다.

얼마 후 또 다른 멋진 일이 생겼다. 한 사내가 현관 앞에 선물 꾸러미 여러 개를 놓고 간 것이었다. 선물마다 커다란 글씨로 '오른쪽 다락방에 사는 어린 소녀에게'라고 쓰여 있었다.

하필 세라가 문을 열라는 지시를 받아서 꾸러미를 가지고 들어왔다. 세라가 제일 커다란 꾸러미 두 개를 복도 탁자에 올려놓고 받을 사람을 확인하는데, 마침 민친 교장이 계단을 내려오다가 세라를 보았다.

"선물 주인에게 어서 갖다줘." 교장이 엄하게 말했다. "그렇게 선물만 쳐다보면서 서 있지 말고."

"제게 온 것들이에요." 세라가 침착하게 대답했다.

"너한테?" 민친 교장이 깜짝 놀라서 물었다. "그게 무슨 소리야?"

"누가 보냈는지는 몰라요." 세라가 말했다. "하지만 제 앞으로 온 것들이에요. 오른쪽 다락방에 사는 사람은 저니까요. 베키는 반대편이에요."

민친 교장은 아이 옆으로 다가와 놀란 표정으로 선물을 내려다보았다.

"뭐가 들었어?" 교장이 물었다.

"모르겠어요." 세라가 대답했다.

"어서 열어봐." 교장이 명령조로 말했다.

세라는 교장이 시키는 대로 했다. 포장을 벗겨내자 민친 교장의 얼굴이 별안간 기묘하게 일그러졌다. 상자에는 예쁘고 편안해 보이는 옷이 가득했다. 신발과 스타킹, 장갑, 따뜻하고 예쁜 외투까지 종류도 다양했다. 멋진 모자와 우산도 있었다. 모두 값나가는 좋은 물건이었고, 외투 주머니에는 종이 한 장이 핀으로 꽂혀 있었다. '매일 입기를. 필요하다면 다른 옷으로 바꿔주겠음.'

민친 교장은 혼란스러웠다. 이 사건으로 추악한 마음에 파문이 일었다. 자기가 혹시 실수를 한 것은 아닐까, 방치된 이 아이의 뒤를 힘 있는 괴짜 친구가 봐주는 건 아닐까? 그때까지 모르던 일가친척이 어느 날 아이의 종적을 찾아내서는 이렇게 신기하고 멋진 방법을 써서 아이를 돌봐주기로 작정한 것은 아닐까? 근처에 아이들은 얼씬도 못하게 하는 노총각 부자 삼촌처럼 친척이란 때로 매우 괴상한 존재들이다. 그런 부류의 사내라면 어린 조카가 잘 지내는지 멀리서 지켜보는 걸 더 선호할지도 모른다. 하지만 그런 사람은 성격도 옹졸하고 성말라서 걸핏하면 화를 내게 마련이다. 그런 사람이 옆에 있어서 세라가 입은 얇고 추레한 옷, 형편없는 음식, 고된 일에 대해 모든 걸 알게 된다면 무척 피곤한 일이다. 교장은 기분이 묘해지면서 확신이 서지 않았다. 슬쩍 세라를 곁눈질로 쳐다보았다.

"흠." 교장은 세라가 아빠를 잃은 이후로 한 번도 들어보지 못한 목소리로 말했다. "네게 친절을 베풀어주시는 분이 계신가 보다. 기왕 선물이 왔고 또 옷이 해지면 새 옷을 보내준다니, 지금 네 방으로 올라가서 말쑥하게 갈아입도록 해라. 그러고 나서 아래층으로 내려와 교실에서 공부를 하도록 해. 오늘은 더 심부름을 가지 않아도 된다."

30분쯤 지나 교실 문이 열리고 세라가 걸어 들어오자, 모든 학생이 놀라움으로 할 말을 잃고 세라를 바라보았다.

"맙소사!" 제시가 갑자기 라비니아의 옆구리를 쿡 찌르면서 말했다. "세라 공주 좀 봐!"

모든 사람이 세라에게 시선을 보냈고, 세라를 쳐다보는 라비니아의 얼굴은 새빨개졌다.

정말 세라 공주였다. 적어도 공주였던 시절이 지나간 이후 지금만큼 공주처럼 보인 적은 없었다. 불과 몇 시간 전 뒷계단으로 걸어 내려오던 그 세라가 아니었다. 예전에 세라가 입은 걸 보고 라비니아가 시샘을 느꼈던 그런 드레스를 입고 있었다. 짙은 색상의 드레스는 따뜻해 보였고 아름다웠다. 예전에 제시가 부러워했던 그대로 발은 갸름했고, 작은 얼굴 위로 부스스하게 흘러내렸을 때는 꼭 셰틀랜드 조랑말처럼 보이던 숱 많은 머리칼은 끈으로 단정하게 묶여 있었다.

"유산이라도 받았나 봐." 제시가 속삭였다. "쟤한테 무슨 일이 일어날 거라고 진작 알았다니까. 참 신기한 아이야."

"다이아몬드 광산이 어느 날 불쑥 나타났나 보지." 라비니아가 비꼬았다. "그렇게 계속 쳐다보면 쟤가 우쭐해할 거 아냐, 이 바보야."

"세라." 민친 교장이 목소리를 낮춰 말했다. "이리 와서 여기에 앉도록."

모든 학생이 굳이 호기심을 감출 생각도 없이 옆구리를 쿡쿡 찌르며 상황을 지켜보는 동안, 세라는 전에 앉던 명예의 자리로 걸어가 앉아서 고개를 숙이고 책을 보았다.

그날 밤 세라는 다락방으로 가서 베키와 음식을 먹은 뒤, 한동안 난로 앞에 앉아 진지한 표정으로 불꽃을 바라보았다.

"이야기 짓나요, 아가씨?" 베키가 존경을 담아 부드럽게

물었다. 세라가 말없이 앉아 꿈꾸는 듯한 눈길로 불꽃을 바라
본다면 새 이야기를 짓는다는 뜻이었다. 하지만 이번엔 아니었
는지 세라가 고개를 저었다.

"아니." 세라가 대답했다. "이제 어떻게 해야 할지 생각했
어." 베키는 여전히 존경스러운 표정으로 세라를 쳐다보았다.
세라가 말하고 행하는 모든 것에 거의 경의를 표하는 단계였다.

"자꾸 내 친구 생각을 하게 돼." 세라가 말을 이었다. "정체
를 밝히길 원하지 않는데 누구인지 알아내려고 하는 건 예의에
어긋나겠지. 하지만 내가 얼마나 행복한지 친구에게 꼭 알려주
고 싶어. 그렇게 친절한 사람이라면, 그 사람 덕분에 누군가가
행복해졌다는 걸 알면 기뻐할 것 같아. 고맙다는 인사를 받고
싶어서가 아니라 그저 그 사실이 좋은 거지. 난, 난 전하고 싶
은……."

그 순간 모퉁이 탁자에 놓인 무언가에 시선이 닿으면서 세
라는 문득 말을 끊었다. 이틀 전 탁자에서 발견한 것이었다. 종
이며 봉투며 펜이며 잉크 따위가 담긴 작은 필기구 통이었다.

세라가 소리쳤다. "아, 왜 진작 이 생각을 못했지?"

세라는 벌떡 일어나 모퉁이로 가서 필기구 통을 집어 들고
난롯가로 왔다.

세라가 기쁨에 겨운 목소리로 말했다. "편지를 써서, 탁자
위에 올려놓으면 돼. 그러면 방을 치우다가 편지를 가지고 가

겠지. 난 아무것도 묻지 않을 테야. 감사하다는 말을 전한다고 문제될 건 없을 거야."

세라는 곧장 편지를 썼다. 편지 내용은 이러했다.

정체를 비밀에 부치고 싶으신데 이렇게 편지를 쓴다고 불쾌하게 여기지 않으시기를 바랍니다. 무례를 범하려는 것도, 무언가를 알아내려는 것도 아님을 알아주셨으면 좋겠어요. 이렇게 친절—천사 같은 친절—을 베풀어주시고, 모든 걸 동화 속 이야기로 만들어주신 것에 대해 감사하다는 인사를 전하고 싶었을 뿐이에요. 정말 고맙습니다. 지금 얼마나 행복한지 몰라요. 그건 베키도 마찬가지예요. 저만큼이나 베키도 감사하게 생각해요. 제가 그러하듯이 베키에게도 이 모든 게 아름답고 멋진 일이에요. 베키와 전 너무 외롭고 춥고 배고팠어요. 그런데 지금은, 아, 저희에게 베풀어주신 친절을 생각하면! 이 말씀은 꼭 드리고 싶어요. 그렇게 해야 할 것만 같아요. 고맙습니다. 고맙고 또 고맙습니다!

다락방의 어린 소녀 드림

이튿날 아침 세라는 작은 탁자 위에 편지를 올려놓고 다락방을 나섰다. 저녁에 방으로 돌아와 보니 다른 것과 함께 편지도 사라지고 없었다. '마법사'가 편지를 가져간 걸 알고 세라는 한층 기분이 좋아졌다. 잠자리에 들기 전에 베키에게 책을 읽어주는데, 천창에서 무슨 소리가 들리는 듯싶어 세라는 흠칫했다. 책에서 고개를 들고 위를 올려다보았다. 베키도 천창을 쳐다보면서 불안한 표정으로 귀를 기울이는 걸 보니 무슨 소리를 들은 모양이었다.

"뭐 있는 거 같아요, 아가씨." 베키가 소곤거렸다.

"응," 세라가 천천히 말했다. "집 안으로 들어오려는 고양이 같아."

그러고는 의자에서 일어나 천창 아래로 걸어갔다. 소리가 낮고 기묘했는데, 마치 무언가가 부드럽게 긁어대는 듯했다. 문득 무슨 생각이 떠올랐는지 세라가 웃음을 터뜨렸다. 전에 다락방으로 불쑥 들어왔던 기이한 작은 침입자가 생각난 것이다. 그날 오후에도 인도 신사네 창문 앞 탁자에 침울하게 앉아 있는 녀석을 본 터였다.

세라가 기쁨에 들뜬 목소리로 속삭였다. "만약에 말이야, 그때 원숭이가 다시 도망친 것이라면. 아, 그랬으면 좋겠어!"

세라는 의자 위로 올라서서 조심조심 천창을 들고 밖을 내다보았다. 온종일 눈이 내렸다. 멀지 않은 눈 덮인 지붕 위에 체구가 자그마한 녀석이 옹크리고 앉아 몸을 떨고 있었다. 세라를 보자 녀석이 까맣고 작은 얼굴에 주름을 잡으며 불쌍한 표정을 지었다.

"원숭이가 맞아." 세라가 소리쳤다. "몰래 라스카네 다락방에서 빠져나와 내 방 불빛을 보고 여기로 왔나 봐."

베키가 세라 옆으로 달려왔다.

"데리고 들어올 거예요, 아가씨?" 베키가 물었다.

"그래야지." 세라가 기뻐하며 대답했다. "원숭이가 있기엔 밖이 너무 추워. 예민한 녀석들이거든. 잘 구슬려서 들어오게 해야겠어."

세라는 마치 자기 자신이 겁 많은 야생 동물을 잘 이해하는, 따뜻한 마음씨를 가진 작은 동물인 것처럼 손을 살그머니 내밀고 달래는 듯한 목소리로 ─ 참새와 멜키세덱에게 하듯이 ─ 원숭이에게 말을 걸었다.

"이리 와, 예쁘지." 세라가 말했다. "널 해치지 않아."

아이가 자신을 해칠 마음이 없다는 걸 원숭이도 알았다. 아이가 보듬는 듯 보드랍고 작은 손을 내밀어 자신을 창 쪽으로 찬찬히 끌어당기기 전에 이미 그 사실을 알았다. 녀석은 람 다스의 갈색 손에서 느꼈던 인간의 사랑을 가느다란 아이의 손에서도 느꼈다. 녀석은 아이가 자신을 안아 천창 아래로 내려갈 때까지 가만히 있다가, 일단 품에 안기자 가슴팍에 몸을 묻고는 아이의 머리칼을 살짝 손에 쥔 채로 얼굴을 올려다보았다.

"착하기도 해라! 착하기도 해라!" 우스꽝스럽게 생긴 원

293

숭이 머리에 입을 맞추면서 세라가 노래하듯 부드럽게 말했다.

"아, 이렇게 작은 동물이 좋아."

녀석은 난롯가로 온 게 기쁜 모양이었다. 세라가 무릎에 녀석을 올려놓고 의자에 앉자, 녀석은 시선을 옮겨 호기심과 감사함이 교차하는 표정으로 베키를 쳐다보았다.

"참말 못생겼어요, 안 그래요, 아가씨?" 베키가 말했다.

"꼭 못생긴 아기 같지." 세라가 웃었다. "원숭이야, 이렇게 말해서 미안해. 하지만 네가 아기가 아니어서 천만다행이야. 네가 아기라면 네 엄마가 널 어떻게 자랑스러워하겠니. 또 네가 친척 중 누구랑 닮았다고 말할 사람이 있겠니. 아, 난 네가 참 좋아!"

세라는 의자에 등을 기대고 앉아 생각에 잠겼다.

"애도 자기가 못생겨서 속상할 거야." 세라가 입을 열었다. "마음속에서 그 생각이 떠나질 않을걸. 애한테도 마음이 있을까. 우리 예쁜 원숭이야, 네게도 마음이 있니?"

원숭이는 그저 작은 발을 들어 머리를 긁적일 뿐이었다.

"이제 어떻게 하셔요?" 베키가 물었다.

"오늘 밤은 여기서 재우고 내일 인도 신사네로 데려다줘야지. 원숭이야, 널 돌려보내야 하다니 마음이 아프구나. 하지만 넌 가야 해. 너도 가족이 제일 좋잖아. 난 너의 진짜 가족이 아니야."

세라가 잠자리에 들기 전 침대 발치에 누울 자리를 만들어
주자, 녀석은 잠자리가 퍽 마음에 드는지 아기처럼 몸을 동그
랗게 말고 누워 잠이 들었다.

"그 아이야!"

다음 날 오후, '큰 가족'네 세 아이는 인도 신사의 서재에 앉아 그의 기운을 돋우려고 나름 애를 썼다. 그러기 위해 특별히 인도 신사의 초대를 받고 온 터였다. 인도 신사는 한동안 불안한 상태로 지냈는데, 드디어 오늘 그가 초조하게 기다려온 결과를 알 수 있었다. 카마이클 씨가 모스크바에서 돌아오는 것이다. 카마이클 씨의 모스크바 체류 기간은 계속 늘어나 벌써 몇 주째였다. 처음 그곳에 도착했을 때는 러시아인 가족이 어디 있는지 속 시원히 알 수가 없었다. 마침내 그들 집으로 찾아갔더니 가족 여행을 떠나 집을 비운 뒤였다. 그들을 찾아낸 노력이 헛수고가 되게 할 수는 없으니, 카마이클 씨는 그 가족이 돌아올 때까지 모스크바에 머물기로 결정했다. 재닛은 캐리스포드 씨가 몸을 맡긴 안락의자 옆 바닥에 앉았다. 캐리스포드 씨는 재닛을 유독 예뻐했다. 노라는 발 받침대에 앉았고, 도널드는 호랑이 가죽 양탄자에 장식으로 얹어놓은 호랑이 대가리 위에 걸터앉았다. 다소 난폭하게 호랑이 대가리를 타고 놀았다고 고백해야겠다.

"그렇게 큰 소리로 떠들면 못써, 도널드." 재닛이 나무랐다. "몸이 편찮은 분을 위로하러 온 거니 목청껏 소리 지르면 안 되는 거야." 인도 신사를 돌아보며 말했다. "너무 시끄럽지요, 캐리스포드 아저씨?"

캐리스포드 씨는 말없이 재닛의 어깨를 토닥이기만 했다.

"괜찮아." 그가 이윽고 입을 열었다. "덕분에 골똘히 생각하지 않아서 좋구나."

"조용히 할게요." 도널드가 소리쳤다. "생쥐처럼 조용히 있을게요."

"생쥐가 어쩜 그렇게 시끄럽게 구니?" 재닛이 퉁바리를 놓았다.

도널드는 손수건을 고리처럼 동그랗게 말고는 호랑이 대가리에 대고 위아래로 튕기며 놀았다.

"생쥐가 떼로 모이면 그럴 수도 있지." 도널드가 쾌활하게 대꾸했다. "한 천 마리쯤."

"5만 마리가 있어도 너처럼 시끄럽진 않을걸." 재닛이 진지한 얼굴로 말했다. "이제 생쥐 한 마리가 있는 것처럼 조용히 있는 거야."

캐리스포드 씨는 껄껄껄 웃으며 재닛의 어깨를 다시 토닥였다.

"아빠가 곧 오시겠지요." 재닛이 말했다. "아저씨가 찾고 계신 아이의 이야기 좀 들려주세요."

"지금은 다른 얘기도 많이 할 수 없을 것 같구나." 인도 신사가 피곤한 표정으로 이맛살을 찌푸리며 대답했다.

"우리 모두 그 아이를 엄청 좋아해요." 노라가 끼어들었다. "우리끼린 그 아이를 '요정이 아닌 작은 공주'라고 불러요."

"왜 그렇게 부르지?" 인도 신사가 물었다. '큰 가족'네 아이들이 들려준 엉뚱한 생각은 잠시나마 현실 속 문제를 잊게 만들었다.

답을 한 것은 재닛이었다.

"왜냐하면 그 아이가 비록 진짜 요정은 아니지만, 찾기만 하면 동화 속 공주가 될 만큼 큰 부자가 될 테니까요. 처음엔 요정 공주라고 불렀는데, 딱 맞는 말이 아닌 것 같았어요."

"그 아이 아빠가 다이아몬드 광산에 투자하려고 전 재산을 몽땅 친구에게 맡겼다는 게 사실이에요? 그 친구가 돈을 다 날린 줄 알고 마치 강도라도 된 기분에 멀리 달아났다는 게 사실이에요?" 노라가 물었다.

"그런 거 아냐, 너도 알잖니?" 재닛이 황급히 말을 받았다.

인도 신사는 재닛의 손을 얼른 잡았다.

"그렇지 않단다." 그가 말했다.

"그 친구가 안됐어요." 재닛이 말했다. "안쓰러워 죽겠어요. 그럴 생각이 아니었을 텐데, 얼마나 가슴이 아플까요?"

"참 이해심이 많은 아이구나, 재닛." 인도 신사는 이렇게 말하면서 재닛의 손을 꼭 쥐었다.

"'거지가 아닌 여자애'에 대해 캐리스포드 아저씨께 말씀드렸어?" 도널드가 다시 목청을 높여 물었다. "걔한테 멋진 새 옷이 생겼다는 거 말이야. 누가 그 아이를 잃어버렸다가 다시 찾았나 봐."

"마차다!" 재닛이 외쳤다. "문 앞에 멈춰 섰어. 아빠가 왔어!"

아이들이 모두 창가로 달려가 밖을 내다보았다.

"맞아, 아빠야." 도널드가 고집스레 말했다. "근데 여자아이는 없어."

세 아이는 용수철이 튕기듯 복도로 우당탕 달려나갔다. 아빠를 맞이하는 아이들의 방식이었다. 곧 위아래로 껑충껑충 뛰면서 박수를 치고 포옹하고 입맞춤하는 소리가 들릴 터였다.

캐리스포드 씨는 몸을 일으키려고 안간힘을 쓰다가 도로 의자에 주저앉았다.

"부질없어." 그가 중얼거렸다. "이렇게 몸이 망가졌는데!"

카마이클 씨의 목소리가 문 쪽으로 점점 가까워졌다.

"요 녀석들, 안 된다니까." 카마이클 씨가 말했다. "캐리스포드 씨와 먼저 얘기를 나눠야 한데도. 그다음에 들어와. 그때까지 람 다스와 놀고 있어."

곧이어 문이 열리더니 카마이클 씨가 서재로 들어왔다. 예전보다 혈색이 더 좋아 보였고, 살아 숨 쉬는 듯한 건강한 기운을 함께 몰고 들어오는 듯했다. 하지만 악수를 나누다가 병약한 의뢰인이 간절하게 보내는, 질문을 던지는 듯한 눈빛과 마주쳤을 때는 낙담과 근심의 기색이 엿보였다.

"무슨 소식이라도?" 캐리스포드 씨가 물었다. "러시아인 가족이 입양한 아이는 어떻게 됐어?"

"우리가 찾던 아이가 아니야." 카마이클 씨가 대답했다. "크루 대위의 딸보다 한참 어려. 이름도 에밀리 커루고. 아이를 만나서 얘기도 나눠봤어. 러시아인 가족이 세세한 정보를 다 알려주더군."

인도 신사의 얼굴에 떠오른 피곤에 지친 비참한 표정이란! 카마이클 씨의 손을 잡았던 그의 손이 아래로 툭 떨어졌다.

"그럼 처음부터 다시 시작해야겠군." 인도 신사가 말했다. "이번 건도 이걸로 끝이야. 앉게."

카마이클 씨가 의자에 앉았다. 그는 이 불행한 사내에게 점점 마음이 갔다. 한없이 밝고 사랑스러운 아이들에게 둘러싸인 채 너무도 행복하게 지내다 보니, 건강이 망가진 몸으로 혼자서 쓸쓸히 지낸다는 건 도저히 견딜 수 없는 일처럼 느껴졌다. 아이가 밝게 조잘거리는 맑은 목소리가 집 안에 울리기만 해도 한결 덜 외로울 터였다. 자기 잘못으로 어린아이가 버려 졌다는 생각을 가슴에 품고 산다는 것은 차마 직면하기 힘든 현실이었다.

"기운 내게." 카마이클 씨가 유쾌한 목소리로 말했다. "곧 찾을 거야."

"당장 다시 시작해야겠어. 지체할 시간이 없어." 캐리스 포드 씨가 초조한 목소리로 말했다. "뭐 새로운 계획이라도 있 나? 어떤 거라도 좋아."

마음이 불안해진 카마이클 씨는 자리에서 일어나 방 안을 서성였다. 뭔가를 골똘히 생각하는 얼굴이었지만, 자신이 없어 보였다.

그가 입을 열었다. "자, 이게 얼마만큼 가치 있는 일인지는 모르겠지만, 도버에서 돌아오는 기차를 타고 오다 떠오른 생각 이 하나 있어."

"어떤 생각? 아이가 살아 있다면 어딘가에 있겠지."

"그래, 맞아. 분명 아이는 어딘가에 있어. 지금까지 파리 학교들을 찾아봤지. 파리는 이제 잊어버리고 런던에서 다시 시 작하는 거야. 런던에서 찾아보자는 게 내 생각이야."

"런던에도 학교가 많아." 캐리스포드 씨가 대꾸했다. 그러 고 나서 잠시 후 어떤 생각이 떠올랐는지 움찔 놀라는 기색이었다. "그러고 보니 옆 건물에도 학교가 있어."

"그럼 거기서부터 시작해야지. 옆집보다 더 가까운 곳은 없으니까."

"그렇지." 캐리스포드 씨가 말을 받았다. "그곳에 흥미를 끄는 아이가 하나 있어. 학생은 아니지만. 어둡고 처량한 아이인데, 절대 크루 대위의 딸일 리는 없어."

바로 그 순간 '마법'—아름다운 '마법'—이 또 한 번 힘을 발휘하는 듯싶었다. 정말로 그래 보였다. 그렇지 않고서야 람 다스가 주인이 이야기를 나누는 중인데도 공손하게 살람 인사를 건네며 반짝이는 까만 눈동자에 흥분의 기운을 간신히 숨긴 채 방으로 들어왔겠는가?

"사히브." 람 다스가 말했다. "아이가 찾아왔습니다. 사히브가 가엾게 여기는 그 아이 말입니다. 원숭이를 데리고 왔습니다. 원숭이가 또 아이의 다락방으로 달아났나 봅니다. 아이에게 잠시 기다리라고 일러두었습니다. 아이를 직접 만나 얘기를 나누시면 사히브가 좋아하실 것 같아서요."

"그 아이가 누구지?" 카마이클 씨가 물었다.

"거참." 캐리스포드 씨가 대답했다. "내가 좀 전에 말한 아이야. 학교에서 일하는 어린 잡일꾼 말이야." 그러고는 람 다스를 향해 손을 흔들어 보이며 말했다. "아이를 한번 보고 싶군. 아이를 데리고 와." 그러고는 카마이클 씨를 돌아보며 덧붙였다. "자네가 모스크바에 가 있는 동안, 난 깊은 절망에 빠져 있었어." 인도 신사가 이어 설명했다. "하루하루가 어찌나 캄캄하고 길게 느껴지던지. 그때 람 다스가 아이가 처한 비참한 상황을 전해주었지. 그래서 우리는 함께 아이를 도우려고 낭만적인 계획을 세웠어. 유치한 발상이란 건 알지만, 무엇인가 구상하고 생각할 거리가 생겼지. 하지만 람 다스 같은 날렵하고 발걸음이 가벼운 동양인이 없었더라면 절대 못했을 일이야."

그때 세라가 방으로 들어왔다. 팔에 원숭이를 안은 채였다. 원숭이는 할 수만 있다면 세라에게서 떨어지지 않을 태세였다. 아이에게 매달려 뭐라고 깩깩 소리를 질러댔다. 세라 역시 인도 신사의 서재에 있다는 사실에 흥분이 되는지 뺨이 빨갛게 상기되었다.

"원숭이가 또 달아났어요." 세라가 특유의 예쁜 목소리로 말했다. "어젯밤에 제 다락방 창문으로 왔는데, 날도 너무 춥고 해서 안으로 들였어요. 그렇게 늦은 밤이 아니었더라면 바로 데리고 왔을 거예요. 아저씨께서 몸도 안 좋으시고 방해받으면 싫어하실 것 같았어요."

인도 신사가 퀭하게 꺼진 두 눈에 호기심을 보이며 아이를 응시했다.

"사려 깊은 아이로구나." 그가 말했다.

세라는 문가에 서 있는 람 다스를 돌아보았다.

"원숭이를 라스카에게 돌려줄까요?" 세라가 물었다.

"저 사람이 라스카인 걸 어떻게 알지?" 이렇게 묻는 인도 신사의 얼굴에 미소가 희미하게 떠올랐다.

"아, 라스카를 잘 알아요." 떨어지지 않으려는 원숭이를 람 다스에게 건네주며 세라가 말했다. "인도에서 태어났거든요."

인도 신사가 어찌나 깜짝 놀라는 표정으로 벌떡 몸을 세워 앉던지 세라는 잠시 놀란 기색이었다.

"인도에서 태어났다고?" 인도 신사가 큰 소리로 물었다. "정말이니? 이리 와보렴." 그러면서 손을 내밀었다.

세라는 가까이 다가가, 인도 신사가 자신의 손을 잡고 싶 어하는 것 같아서 그의 손 위에 자기 손을 올려놓았다. 그러고 는 가만히 선 채 녹회색 눈에 궁금증을 담아 신사의 눈을 마주 보았다. 인도 신사는 머릿속이 복잡한 눈치였다.

"옆집에 산다고?" 인도 신사가 물었다.

"네, 민친 기숙 학교에 살아요."

"하지만 학생은 아니잖니?"

세라의 입가에 묘한 미소가 번졌다. 세라는 잠시 망설였다.

"저도 제 신분이 뭔지 모르겠어요." 아이가 대답했다.

"왜 그렇지?"

"처음엔 저도 학생이었어요. 그것도 특실 기숙생이요. 그 런데 지금은……."

"학생이었다고! 그런데 지금은 뭐라는 거니?"

묘하고 슬픈 미소가 다시 아이의 입가에 가늘게 어렸다.

"전 하녀의 옆방인 다락에서 자요." 세라가 대답했다. "요리사 심부름을 다닐 뿐 아니라, 요리사가 시키는 건 뭐든지 해요. 그리고 어린 학생들에게 공부도 가르쳐줘요."

"아이에게 더 물어봐주게, 카마이클." 캐리스포드 씨는 마치 모든 기력을 다 소진한 것처럼 의자에 털썩 몸을 묻었다. "아이에게 더 물어봐줘. 난 더 이상 못하겠어."

커다란 덩치에 따뜻한 마음씨를 가진 '큰 가족'네 아버지는 여자애들에게 질문하는 법을 잘 알았다. 가만가만 달래는 듯 상냥한 목소리로 자신에게 말을 걸어오는 것을 보면서, 세라는 그가 얼마나 연륜이 풍부한 사람인지 알아차렸다.

"애야, '처음엔' 그랬다니 무슨 뜻이지?"

"아빠가 학교로 처음 데리고 왔을 때 그랬다는 뜻이에요."

"아빠는 어디 계시니?"

"아빤 돌아가셨어요." 세라가 차분하게 대답했다. "아빠가 재산을 모두 잃는 바람에 전 빈털터리가 됐어요. 저를 돌봐주거나 민친 교장에게 학비를 대줄 사람이 아무도 없었어요."

"카마이클!" 인도 신사가 크게 외쳤다. "카마이클!"

"아이를 겁먹게 해서는 안 돼." 인도 신사 옆에 선 카마이클 씨가 낮은 목소리로 재빨리 말했다. 그러고 나서 세라에게

305

목소리를 높이며 덧붙였다. "그래서 다락방으로 쫓겨난 뒤 잡일꾼이 되었다는 거구나. 그게 맞니?"

"절 돌봐줄 사람이 아무도 없었어요." 세라가 말했다. "제겐 돈도 없었고요. 전 혼자예요."

"아빠가 어쩌다 돈을 잃으셨니?" 인도 신사가 가쁜 숨을 몰아쉬며 물었다.

"아빠가 직접 잃은 건 아니에요." 세라는 한층 의아한 낯빛으로 대답했다. "아빠가 몹시 좋아하는 친구 분이 계셨어요. 아빠가 엄청 아끼는 친구였어요. 그 친구가 아빠의 돈을 몽땅 잃었어요. 친구를 너무 믿었던 거죠."

인도 신사는 숨이 더욱 가빠졌다.

"친구가 나쁜 마음을 먹고 일부러 그런 건 아닐 거야." 그가 말했다. "모든 게 실수였을지도 모르잖니?"

세라는 나지막이 대답하는 자신의 목소리가 얼마나 잔인하게 들리는지 전혀 알지 못했다. 그 사실을 알았더라면 인도 신사를 생각해 분명히 어조를 누그러뜨리려고 노력했을 것이다.

"그 고통은 아빠가 견뎌내기에 너무 가혹한 것이었어요." 세라가 말했다. "결국 그게 아빠를 죽게 했어요."

"아빠의 성함이 어떻게 되니?" 인도 신사가 물었다. "말해 보렴."

"랠프 크루예요." 세라가 마음속으로 놀라며 대답했다.

"크루 대위요. 인도에서 돌아가셨어요."

인도 신사의 수척한 얼굴이 일순간 일그러졌다. 람 다스가 주인 옆으로 달려왔다.

"카마이클." 헐떡이는 병약한 목소리가 들렸다. "그 아이야, 그 아이가 맞아!"

잠시 동안 세라는 신사가 죽는 줄 알았다. 람 다스가 유리병에서 물약 몇 방울을 따라 주인 입에 갖다 댔다. 세라는 몸을 가볍게 떨면서 옆에 서 있었다. 당혹스런 눈길을 카마이클 씨에게 고정한 채였다.

"제가 어떤 아이라는 건가요?" 세라가 주저하며 물었다.

"아빠 친구가 바로 이분이야." 카마이클 씨가 대답했다. "겁먹지 말거라. 우린 널 2년 동안 찾아다녔어."

세라는 이마에 손을 얹었다. 입술이 떨렸다. 말하는 목소리가 마치 꿈속인 듯 들렸다.

"그동안 저는 내내 민친 기숙 학교에 있었어요." 반쯤 속삭이는 목소리였다. "바로 벽 건너편에."

"공주처럼 행동하려고 애썼어요"

모든 걸 설명해준 사람은 고운 얼굴에 마음이 푸근한 카마이클 부인이었다. 당장 부인을 모셔오라는 분부가 떨어졌고, 부인은 광장을 급하게 건너와 세라를 따뜻한 품에 안고 지금까지 있었던 일을 들려주었다. 뜻밖에도 아이를 찾은 흥분감은, 적어도 그 순간만큼은 병약한 캐리스포드 씨가 감당하기엔 너무 벅찼던 것이다.

세라를 잠시 다른 방으로 보내는 게 좋겠다는 말이 나오자, 인도 신사는 가냘픈 목소리로 카마이클 씨에게 말했다. "무슨 일이 있어도, 저 아이가 내 눈앞에서 사라지는 일은 없어야 해."

"제가 잘 돌봐줄게요." 재닛이 말했다. "엄마도 곧 오실 거예요." 그러고 나서 재닛은 세라를 데리고 나갔다.

"널 찾아서 정말 기뻐." 재닛이 말했다. "우리가 얼마나 기쁜지 넌 모를 거야."

도널드는 주머니에 손을 넣고 서서는 세라를 쳐다보았다. 무언가 골똘히 생각하는 시선에는 자책하는 기미가 엿보였다.

도널드가 말했다. "6펜스 동전을 누나한테 주면서 이름을 물어보았더라면, 누난 세라 크루라고 대답했을 거고, 그러면 누나를 금방 찾았을 텐데."

곧이어 카마이클 부인이 도착했다. 감정이 복받치는 얼굴로 세라를 와락 껴안더니 입을 맞추었다.

"이게 무슨 일인가 싶은 얼굴이구나, 가엾은 것." 부인이 말했다. "놀라지 말거라."

세라는 그저 한 가지 생각뿐이었다.

세라가 닫힌 서재 문을 힐끗 쳐다보면서 입을 열었다. "그러니까, 저 아저씨가 나쁜 친구라는 말인가요? 아, 말 좀 해주세요!"

카마이클 부인은 눈물을 흘리면서 세라에게 다시 입을 맞추었다. 누군가에게 입맞춤을 받은 지 아득히 오래되었을 테니 가급적 많이 입맞춤을 해줘야 할 것만 같았다.

"애야, 저분은 나쁜 사람이 아니야." 부인이 대답했다. "아빠 재산을 날리지도 않았단다. 그저 그렇게 생각했을 뿐이야. 친구를 너무 사랑한 탓에, 슬픔을 감당하지 못하고 얼마간 제정신을 잃고 지내셨지. 뇌염으로 죽음 직전까지 갔다가, 가엾은 네 아빠가 돌아가시고 한참이 지나서야 겨우 회복하셨어."

"그리고 제가 어디에 있는지 모르셨다는 거네요." 세라가 혼잣말처럼 중얼거렸다. "이렇게 가까이 있었는데." 바로 옆에 살면서도 자신을 찾지 못했다는 사실이 머릿속에서 지워지지 않았다.

"저분은 네가 프랑스 학교에 있다고 생각하셨어." 카마이클 부인이 설명했다. "그 후론 잘못된 단서의 연속이었지. 구석구석 찾지 않은 곳이 없어. 예전에 네가 처량하고 슬픈 표정으로 지나가는 걸 보면서도, 저분은 네가 친구 딸이라고는 꿈에도 생각지 못하셨어. 하지만 어린 네게 마음이 쓰였고, 널 조금이라도 행복하게 해주고 싶어하셨지. 그래서 람 다스에게 네 다락방으로 몰래 들어가서 방을 편안하게 꾸며주라고 말씀하셨어."

세라는 소스라치게 놀랐다. 일순간 기쁜 표정이 얼굴에 떠올랐다.

"람 다스가 제 방을 꾸몄다고요?" 아이가 외쳤다. "그게 저 아저씨가 람 다스에게 시킨 일이라고요? 꿈을 현실로 만들어준 분이 저 아저씨였어요?"

"그래, 애야, 그렇고말고! 친절하고 좋은 분이야. 잃어버린 세라 크루를 생각해서 너를 가엾게 여기셨어."

서재 문이 열리고 카마이클 씨가 나오더니 세라에게 오라고 손짓하며 말했다.

"캐리스포드 씨가 금세 안정을 찾았다. 너를 보고 싶어하시는구나."

세라는 지체하지 않았다. 서재로 들어오는 세라를 보면서 인도 신사는 아이의 얼굴이 환하게 빛나는 것을 알아차렸다.

세라는 그에게 가까이 다가가 두 손을 가슴께에 모은 채 의자 앞에 섰다.

"제 방을 꾸며준 사람이 아저씨였어요?" 세라가 기쁨에 겨운 목소리로 말했다. "그렇게 아름다운 물건들로? 바로 아저씨였어요!"

"그래, 얘야, 내가 했단다." 인도 신사가 대답했다. 오랜 기간 아픈 데다 고통 속에서 지내다 보니 몸도 마음도 약해진 상태였지만, 아이를 쳐다보는 그의 눈에는 세라가 기억하는 아빠의 눈빛이 담겨 있었다. 아이를 품에 안고 싶어하는 사랑이 담긴 눈빛이었다. 세라와 아빠가 세상에 둘도 없는 친구이자 연인이었을 때 아이가 종종 그러했듯이, 아이는 옆에 무릎을 꿇고 앉았다.

"아저씨가 내 친구였어요." 세라가 말했다. "아저씨가 바로 내 친구였어요!" 그러고는 인도 신사의 야윈 손에 얼굴을 묻고 거기에 입을 맞추고 또 맞추었다.

"3주면 건강을 되찾을걸." 옆에 서 있던 카마이클 씨가 아내에게 말했다. "그새 얼굴 좋아진 것 좀 봐."

그의 말대로 인도 신사는 어딘가 달라 보였다. '어린 마님'을 찾았으니, 생각하고 구상할 새로운 일이 생긴 것이다. 일단 민친 교장부터 만나야 했다. 면담을 하면서, 그 학교 학생 중 한 명의 재산에 큰 변화가 생겼음을 알려야 했다.

세라는 학교로 돌아가지 않을 것이다. 인도 신사는 그 문제에 관해 아주 확고했다. 세라는 인도 신사의 집을 떠나지 않을 테고, 카마이클 씨가 학교로 가서 민친 교장을 직접 만날 것이다.

"학교로 돌아가지 않아도 된다니 다행이에요." 세라가 말했다. "교장 선생님이 몹시 화를 낼 거예요. 절 좋아하지 않거든요. 하기야 저도 교장 선생님을 좋아하지 않으니 제 잘못도 있겠지요."

그런데 참 묘하게도, 민친 교장이 직접 학생을 찾아 나선 덕분에 카마이클 씨는 교장을 만나러 갈 필요가 없어졌다. 세라에게 시킬 일이 생긴 교장은 여기저기 물어본 끝에 놀라운 이야기를 접했다. 세라가 외투 속에 무언가를 숨기고 학교를 몰래 빠져나가서는 옆집의 현관 계단을 올라가 그 집으로 들어가는 걸 봤다고 한 하녀가 일러바친 것이다.

"걔는 대체 뭐 하자는 거야?" 민친 교장이 어밀리아 선생에게 소리를 질러댔다.

"나도 모르겠어." 어밀리아 선생이 대답했다. "옆집 남자가 인도에서 살았다는데, 친구가 된 게 아닐까."

"불쑥 옆집 남자 앞에 나타나 뻔뻔스럽게도 동정을 구하려는 거겠지. 참 개다운 행동이야." 민친 교장이 비아냥거렸다. "옆집에 간 지 두 시간은 됐을 거야. 그런 주제넘은 행동은 용납할 수 없어. 직접 가서 어떻게 된 일인지 알아보고, 옆집 주인에게 용서를 구해야겠어."

세라는 캐리스포드 씨 바로 옆에 있는 발 받침대에 앉아, 그가 들려주는 지난 이야기―아이가 알 필요가 있다고 판단한―에 귀를 기울였다. 그때 람 다스가 교장이 찾아왔다고 알렸다.

세라는 자기도 모르게 자리에서 일어섰고, 얼굴이 점점 창백해졌다. 하지만 세라가 여느 아이들과 다르게 두려운 기색 없이 조용히 서 있음을 캐리스포드 씨는 눈치챘다.

민친 교장이 엄격하고도 위엄 있게 걸어 들어왔다. 상황에 맞게 잘 차려입은 옷차림에, 태도는 지나칠 만큼 깍듯했다.

교장이 말했다. "캐리스포드 씨를 방해하는 게 아닐까 걱정됩니다만, 말씀드릴 게 있어 찾아왔어요. 저는 바로 옆 기숙학교의 민친 교장입니다."

인도 신사는 얼마간 침묵을 지키며 교장을 찬찬히 살펴보았다. 원체 성미가 급한 사람이었지만, 감정에 휘둘리고 싶지는 않았다.

"당신이 민친 교장이라고요?" 그가 되물었다.

"네, 그렇습니다."

인도 신사가 말을 받았다. "그렇다면 제때 오셨군요. 제 변호사인 카마이클 씨가 안 그래도 당신을 만나러 학교로 갈 참이었습니다."

카마이클 씨가 가볍게 고개를 숙여 보였고, 민친 교장은 놀란 시선을 캐리스포드 씨에게로 옮겼다.

"변호사라뇨!" 교장이 말했다. "이해할 수가 없군요. 제가 여기에 온 건 교장으로서 의무를 다하기 위해서예요. 제 학생 가운데 하나가, 제가 자애를 베풀어 거둔 학생입니다만, 어쨌든 그 학생이 주제넘게도 선생님 댁에 찾아왔다는 걸 조금 전에 알았어요. 그 학생이 저도 모르는 사이 이곳으로 왔음을 말씀드리려고 온 겁니다." 교장은 세라를 돌아보았다. "당장 집으로 돌아가." 노기 띤 목소리로 명령했다. "아주 혼날 줄 알아. 어서 가지 못해!"

인도 신사는 세라를 자기 옆으로 끌어당기더니 손을 토닥였다.

"아이는 돌아가지 않습니다."

민친 교장은 금방이라도 이성을 잃을 것 같았다.

"돌아가지 않는다니요!" 교장이 되받았다.

"네, 맞습니다." 캐리스포드 씨가 말했다. "아이는 집으로 돌아가지 않습니다. 선생의 학교를 그렇게 부를 수 있다면 말입니다. 지금부터 아이의 집은 나와 함께 있는 공간이 될 겁니다."

민친 교장은 놀라고 화가 나서 펄쩍 뛰었다.

"당신과 함께요! 당신과 함께라고요! 그게 도대체 무슨 뜻이죠?"

"친절하게 설명해드리게, 카마이클." 인도 신사가 말했다. "가능한 한 빨리 끝내줘." 그러고 나서 세라더러 다시 앉으라고 하고는 아이의 손을 꼭 잡았다. 아빠가 생전에 버릇처럼 하던 행동이었다.

카마이클 씨가 설명을 시작했다. 자기가 맡은 일과 그 일의 법적 중요성을 아는 사람답게, 평상심을 유지한 조용하고 차분한 목소리였다. 민친 교장은 본인이 사업가다 보니 그런 태도를 단박에 알아챘지만, 그렇다고 반기는 것은 아니었다.

카마이클 씨가 말했다. "캐리스포드 씨는 고인이 된 크루 대위의 절친한 친구였습니다. 두 분은 대규모 투자 사업의 동업자였지요. 크루 대위가 잃었다고 생각한 거액의 돈은 모두 회수되었고, 지금은 캐리스포드 씨가 관리하고 있습니다."

"거액이요!" 민친 교장이 소리쳤다. 이렇게 외치는 교장의 얼굴에서 핏기가 싹 가셨다. "세라의 돈이군요!"

"세라의 돈이 될 겁니다." 카마이클 씨가 사뭇 냉정하게 대답했다. "사실 지금도 세라의 돈이지요. 처음보다 돈이 엄청

나게 불어났습니다. 다이아몬드 광산이 수익을 냈으니까요."

"다이아몬드 광산!" 민친 교장은 받은 숨을 몰아쉬었다. 이것이 사실이라면, 자기 평생 이보다 더 끔찍한 일은 없었다.

"다이아몬드 광산이 맞습니다." 카마이클 씨가 같은 말을 되풀이했다. 그러고는 변호사답지 않게 교활한 미소를 띠며 덧붙였다. "선생이 자애를 베풀어 친히 거두었다는 세라 크루보다 더 부자인 공주는 많지 않습니다. 캐리스포드 씨는 근 2년 동안 아이를 찾아 헤맸습니다. 마침내 아이를 찾았으니, 앞으로는 캐리스포드 씨가 아이를 돌볼 겁니다."

카마이클 씨는 설명을 더 이어나가야 하니 민친 교장에게 앉으라고 권하고는, 세라의 미래는 보장되었으며 잃어버린 줄 알았던 돈이 열 배로 불어나 세라에게 돌아왔음을 교장이 알아들을 수 있게 필요한 선에서 상세히 알려주었다. 캐리스포드 씨가 세라의 친구인 동시에 후견자임도 분명히 해두었다.

민친 교장은 원래 그렇게 영리한 사람이 아닌 데다, 흥분한 나머지 자신이 속물적 어리석음으로 차버린 복을 어떻게든 되찾겠다고 필사적으로 매달릴 만큼 아둔하기까지 했다.

"아이가 내 보살핌 속에 있을 때 찾은 거잖아요." 교장이 항변했다. "아이를 위해 난 최선을 다했어요. 내가 없었더라면 아이는 길거리에서 굶어 죽었을 거예요."

이 말에 그만 인도 신사는 폭발하고 말았다.

"굶어 죽는다고 했습니까? 다락방에서 굶어 죽는 것보다 길거리에서 굶어 죽는 게 오히려 더 편했을 겁니다."

"크루 대위는 아이를 내게 맡겼어요." 민친 교장이 우겼다. "성인이 될 때까지 내 보살핌 속에 있어야 해요. 아이는 다시 특실 기숙생이 될 거예요. 교육도 우리 학교에서 마칠 거고요. 법대로 하면 내가 유리할 텐데요."

"이보세요, 민친 교장 선생님." 카마이클 씨가 끼어들었다. "법이 그런 문제를 해결하진 않습니다. 세라 본인이 교장 선생님에게 돌아가기를 원한다면, 추측컨대 캐리스포드 씨도 반대하진 않을 겁니다. 순전히 세라에게 달렸습니다."

"그렇다면 세라에게 호소해야겠군요. 네가 해달라는 걸 다 해주지는 못했지만." 아이를 어색하게 쳐다보며 덧붙였다. "나날이 발전하는 너를 보고 아빠가 흐뭇해하셨다는 건 너도 알겠지. 그리고, 흠! 난 언제나 널 좋아했단다."

고요하고 맑은 표정을 담은 세라의 녹회색 눈동자가 교장을 응시했다. 민친 교장이 특히 싫어하는 표정이었다.

"교장 선생님이 그랬나요?" 세라가 물었다. "그런 줄 미처 몰랐어요."

얼굴이 새빨개진 민친 교장은 몸을 꼿꼿이 세웠다.

"진작 알았어야지." 교장이 말했다. "하기야 아이들은 애석하게도 자기에게 무엇이 최선인지 모르는 법이니까. 네가 학교에서 제일 똑똑한 학생이라고 에밀리아도 나도 늘 말했지. 아빠에게 도리를 다해야 하지 않겠니? 선생님하고 어서 집으로 가야지."

세라는 교장 앞으로 한 걸음 다가가 가만히 섰다. 그러고는 천애 고아나 다름없으니 길거리로 쫓겨날 줄 알라고 협박하던 날을 떠올렸다. 다락방에서 에밀리, 멜키세덱과 함께 보낸 춥고 배고픈 나날을 기억했다. 세라는 민친 교장의 얼굴을 빤히 쳐다보았다.

"제가 학교로 돌아가지 않는 이유를 잘 아실 텐데요, 민친 교장 선생님." 세라가 말했다. "잘 아시리라 믿어요."

화가 나서 뻣뻣하게 굳은 민친 교장의 얼굴이 벌겋게 달아올랐다.

"다시는 네 친구들을 못 볼 줄 알아." 교장이 말을 시작했다. "어먼가드와 로티 근처에는 얼씬도 못하게……."

카마이클 씨가 정중하지만 확고한 어조로 교장의 말을 잘랐다.

"죄송합니다만, 아이가 못 볼 사람은 없습니다. 크루 양의 친구 부모님들 중에서 세라의 후견인 집으로 와달라는 초대를 거절할 사람은 아마 많지 않을 텐데요. 그 문제는 캐리스포드 씨가 각별히 신경 쓰실 겁니다."

이 말에 민친 교장도 움찔했다는 사실을 털어놔야겠다. 이

것은 조카의 처우를 놓고 파르르 화를 내는 성마르고 괴팍한 독신 삼촌보다 더 나빴다. 천박한 마음의 소유자라면, 다이아몬드 광산을 소유한 어린 상속자와 자기 아이가 친구가 되는 걸 마다할 부모가 없을 거라는 사실을 잘 안다. 세라 크루가 얼마나 비참하게 지냈는지 캐리스포드 씨가 학부모들에게 말하기로 마음먹는다면, 생각하기도 싫은 일이 연거푸 일어날 것이다.

"쉬운 아이가 아니에요." 몸을 돌려 방을 나서려다가 교장이 인도 신사에게 말했다. "곧 알게 될 겁니다. 저 아이는 진실하지도 않고, 감사할 줄도 모르는 배은망덕한 아이예요. 그리고……." 세라를 돌아보며 덧붙였다. "이제 다시 공주가 된 기분이겠구나."

자신이 즐겨하던 상상이 남들에게는—좋은 사람일지라도—언뜻 보기에 이해하기 어려운 것으로 비칠 수도 있다는 생각에 세라는 고개를 숙이고 살짝 얼굴을 붉혔다.

"전 공주처럼 행동하려고 애썼어요." 아이가 낮은 목소리로 대답했다. "춥고 배고픈 날들에도 말이에요. 그렇게 하려고 애쓰고 또 애썼어요."

"이젠 애쓸 필요가 없겠구나." 람 다스가 방에서 나가달라고 살람 인사를 건넬 때 민친 교장이 차갑게 대꾸했다.

교장은 집으로 돌아가 응접실에 앉은 뒤, 곧바로 어밀리아 선생을 찾았다. 오후 내내 둘은 응접실 문을 꼭 닫고 이야기를 나누었다. 가엾은 어밀리아 선생이 15분 넘게 끔찍한 시간을 보냈음을 인정해야겠다. 어밀리아 선생은 눈물을 펑펑 쏟으면서 눈가를 수없이 닦았다. 한번은 말 한마디를 잘못했다가 하마터면 머리통이 날아갈 뻔했는데, 이번엔 양상이 달랐다.

"난 언니만큼 똑똑하지 않아." 어밀리아 선생이 말했다. "언니의 화를 돋우는 말을 할까 봐 늘 두려웠어. 내가 그렇게 소심하지 않았더라면, 학교에도 우리 둘 다에게도 좋았겠지. 언니가 세라 크루를 그만 모질게 대하면 좋을 텐데, 세라에게 좋은 옷을 입히고 편안하게 지내게 하면 좋을 텐데 하고 생각한 적이 한두 번이 아니야. 그 어린 세라를 마구 부려먹었다는 걸 난 알아. 걔가 굶다시피 했다는 것도……."

"어디서 감히 그런 말을 해!" 민친 교장이 꽥 소리를 질렀다.

"나도 어떻게 이럴 수 있는지 모르겠어." 어밀리아 선생이 저돌적일 만큼 대담하게 대꾸했다. "어떤 일이 벌어지더라도 이왕 시작한 말이니 끝을 맺어야겠어. 세라는 똑똑하고 착한 아이야. 언니가 친절을 베풀었다면 어떻게든 보답을 했을 아이지. 하지만 언니는 친절을 베푼 적이 없어. 사실을 말해볼까. 언니는 언니보다 똑똑하다는 이유로 그 아이를 미워한 거야. 걔는 우리 둘 다를 빤히 꿰뚫어……."

"어밀리아!" 불같이 화가 난 교장이 뜨거운 숨을 내뱉으며 외쳤다. 종종 베키에게 그랬듯이, 당장에라도 모자가 날아갈 만큼 힘껏 동생의 귀싸대기를 갈길 태세였다.

하지만 절망한 나머지 히스테릭해진 어밀리아 선생은 그 다음에 무슨 일이 벌어질지 조금도 개의치 않는 듯했다.

"걘 정말로 그랬어! 정말로 그랬다니까!" 어밀리아 선생이 소리쳤다. "우리 둘을 꿰뚫어봤어. 언니가 냉혈한에 속물이라는 것도, 내가 나약한 바보라는 것도, 우리 둘 다 아이의 돈 앞에서는 무릎을 꿇었다가도 아이가 무일푼이 되었을 때는 함부로 대할 만큼 천박하고 비열한 인간이라는 것도 걔는 다 알아보았어. 거지와 다름없을 때도 아이는 작은 공주처럼 행동했는데 말이야. 그 아인 정말 작은 공주 같았어! 정말로 그랬다니까!" 기어이 히스테리에 제 몸을 맡기는지, 이 가엾은 여자는 웃으면서 동시에 울었고, 민친 교장이 깜짝 놀라 쳐다볼 만큼 몸을 앞뒤로 심하게 흔들었다.

"근데 언니는 걔를 영영 잃고 말았어." 어밀리아 선생이 부르짖었다. "다른 학교에서 그 아이와 아이의 돈을 채가겠지. 걔가 여느 아이 같으면 언니한테서 어떤 대접을 받았는지 다 말하고 다닐 거야. 그러면 학생들이 몽땅 빠져나가고 우린 폭삭 망하겠지. 우린 그래도 싸. 아니 망해도 싼 건 내가 아니라 언니지. 왜냐하면 마리아 민친, 넌 정말 못된 여자니까. 이 매정하고 이기적인 속물 같으니!"

발작적으로 숨이 막혔다가도 꾸르륵 소리를 토해내며 어찌나 야단법석을 떨던지, 민친 교장은 주제넘게 군다고 분노에 찬 말을 퍼붓는 대신 일단 탄산암모니아수를 코에 대주어 동생을 진정시켜야 했다.

그때부터 민친 교장은 동생을 얼마간 두려워하게 되었다고 말할 수 있겠다. 바보인 줄 알았던 동생이 꽤나 똑똑해서, 사람들이 원치 않는 진실을 언제 터뜨릴지 모를 일이었다.

그날 저녁, 잠자리에 들기 전에 으레 그러듯이 학생들이 교실 벽난로 앞에 옹기종기 모여 있는데, 어먼가드가 동그란 얼굴에 묘한 표정을 띤 채 편지 한 통을 손에 들고 왔다. 표정이 묘한 것은, 기쁘고 설레긴 하되 조금 전에 큰 충격을 받은 것처럼 놀라움이 섞였기 때문이다.

"무슨 일이야?" 두어 명이 동시에 물었다.

"교장실이 시끄럽던데, 그거랑 관계있는 거야?" 라비니아가 호기심 어린 눈빛으로 물었다. "교장실에서 한바탕 난리가 났대. 어밀리아 선생이 히스테리를 일으켜서 간신히 침대에 눕혔다는데."

어먼가드는 반쯤 얼이 나간 사람처럼 천천히 대답했다.

"방금 전에 세라한테서 편지가 왔어." 그렇게 말하고는 얼마나 긴 편지인지 아이들이 볼 수 있게 보여주었다.

"세라한테서!" 모두 한목소리로 외쳤다.

"세라는 지금 어디에 있는데?" 제시가 거의 비명을 지르듯 물었다.

"옆집." 어먼가드가 여전히 천천히 말했다. "인도 신사네."

"어디? 어디라고? 쫓겨난 거야? 민친 교장도 알아? 시끄러웠던 게 그 때문이야? 편지에 뭐라고 써 있어? 말해줘! 제발 말해줘!"

아이들이 하나같이 왁자지껄 떠들어댔고, 로티는 급기야 애처롭게 울기 시작했다.

어먼가드가 천천히 대답하는 모습은, 마치 그 순간 세상에서 가장 중요하고도 분명한 일에 깊숙이 관여한 사람처럼 보였다.

"다이아몬드 광산이 있었어." 어먼가드가 결연한 어조로 말했다. "진짜로 있었어!"

떡 벌어진 입들과 동그랗게 뜬 눈들이 어먼가드를 마주했다.

"다이아몬드 광산이 진짜였어." 어먼가드는 서둘러 말을 이어나갔다. "뭔가 착오가 생겼던 거야. 잠시 문제가 있었는데, 그사이 캐리스포드 씨는 광산 사업이 망했다고 생각하고선……."

"캐리스포드 씨가 누구야?" 제시가 소리쳐 물었다.

"인도 신사. 크루 대위도 그런 줄 알고 돌아가셨어. 캐리스포드 씨는 뇌염에 걸려 도망쳤다가 간신히 죽을 위기를 넘겼어. 그 후로 세라가 어디에 있는지 도무지 알 수가 없었어. 광산에 다이아몬드가 수억 개도 넘게 있었대. 그중 반이 세라 몫이야. 멜키세덱 말고는 친구 하나 없이 다락방에서 홀로 지낼 때, 요리사가 오만 가지 심부름을 시키며 부려먹을 때 이미 그 다이아몬드의 절반은 세라 것이었어. 오늘 오후 캐리스포드 씨가 세라를 찾았고, 지금 세라는 그 집에 있어. 세라는 학교로 돌아오지 않을 거야. 백배 천배는 더 공주처럼 보이겠지. 내일 오후 세라를 보러 갈 거야. 옆집으로!"

　민친 교장도 그 이후에 일어난 소란을 저지하기는 힘들었을 것이다. 시끌벅적 떠드는 소리가 들렸지만, 교장은 움직이지 않았다. 어밀리아 선생은 침대에서 울고 있고, 교장은 자신이 응접실에서 마주한 것 이상을 보고 싶은 마음이 없었다. 불가사의한 방법으로 소문이 벽을 넘고 퍼져, 하인이며 아이들 모두 그 얘기를 하면서 잠자리에 들 거라는 사실을 교장은 알 수 있었다.

　그리하여 그날만큼은 교칙을 지킬 필요가 없음을 알고, 학생들 모두 자정이 될 때까지 교실에 남아 어먼가드 주위에 둥 그렇게 모여 앉아서는, 세라가 지어낸 것만큼 멋진 이야기—더욱이 그 이야기엔 세라 본인과 바로 옆집의 신비로운 인도 신사가 주인공이라는 놀라운 매력까지 있었다—가 담긴 편지를 어먼가드가 읽고 또 읽는 것을 귀를 쫑긋 세운 채 들었다.

이 소식을 듣고 베키도 어떻게 용케 부엌을 빠져나와 평소보다 일찍 다락방으로 올라갔다. 사람들의 눈을 피해 그 마법 공간을 다시 한번 둘러보고 싶었다. 그 방이 어떻게 될지 알 수 없었다. 마법의 방이 민친 교장에게 남겨질 것 같지는 않았다. 물건이 없어지면 다락방은 다시 초라하고 텅 빈 공간이 될 터였다. 세라에게 좋은 일이 생겨 기쁘긴 했지만, 마지막 층계참을 올라가는데 울컥 목울대가 뜨거워지더니 눈물이 뿌옇게 시야를 가렸다. 오늘 밤엔 난롯불도 장밋빛 갓등도 밤참도 없을 것이고, 불꽃 앞에서 책을 읽어주거나 이야기를 들려주는 공주도 없으리라.

베키가 숨죽여 흐느끼며 다락방 문을 밀어서 여는 순간, 입에서 낮은 탄성이 새어 나왔다.

갓등이 방을 붉게 물들이는 가운데 난로에서는 불꽃이 활활 타올랐고, 식탁에는 밤참이 차려져 있었다. 람 다스가 미소 띤 얼굴로 가만히 서서 깜짝 놀란 베키의 얼굴을 쳐다보았다.

그가 입을 열었다. "미시 사히브가 잊지 않고, 사히브께 모든 걸 말씀하셨어. 미시 사히브는 자신에게 찾아온 행운을 네게 알리고 싶어하셨지. 쟁반 위에 놓여 있는 편지를 보렴. 미시 사히브의 편지야. 미시 사히브는 네가 슬픔에 잠긴 채로 잠들지 않기를 바라셨어. 사히브께서 너더러 내일 집으로 오라고 하셨단다. 네게 미시 사히브의 수행 하녀 자리를 맡기실 거야.

물건은 오늘 밤 지붕으로 해서 가지고 갈 거란다."

람 다스는 환하게 웃는 얼굴로 이렇게 말한 뒤 가볍게 살람식 인사를 건네고는, 그전에 얼마나 손쉽게 천창으로 드나들었는지를 보여주듯 민첩하고도 조용한 몸짓으로 천창을 빠져나갔다.

"앤"

'큰 가족'네 놀이방에 그렇게 기쁨이 넘쳐난 적은 없었다. '거지가 아닌 여자애'와 친해졌다고 이렇게 큰 즐거움이 찾아올 줄은 꿈에도 생각지 못했다. 그동안 겪은 시련과 모험만으로도 아이는 큰 재산을 가진 셈이었다. 모두 다 한결같이 아이에게 일어났던 일을 듣고 또 듣고 싶어했다. 열기로 훈훈한 커다란 방 난롯가에 앉아서, 얼어붙을 듯 추운 다락방 이야기를 듣는 건 충분히 즐거웠다. 다락방은 신나는 공간이 되었음을 인정해야겠다. 멜키세덱에 얽힌 추억, 그리고 탁자에 올라서서 머리와 어깨를 천창 밖으로 내밀면 볼 수 있는 풍경과 참새 이야기를 듣는 순간, 다락방에서 느껴지는 황량함과 추위는 대수롭지 않은 일이 되었다.

물론 그중 인기가 제일 좋은 것은 다락방 만찬과 꿈이 실현된 이야기였다. 세라는 인도 신사를 만난 다음 날, 이 이야기

327

를 처음 들려주었다. '큰 가족'네 식구 몇이 세라와 차를 마시러 찾아왔고, 벽난로 앞 의자에 앉거나 양탄자에 웅크리고 앉은 그들에게 세라는 자기 방식으로 이야기를 들려주었다. 인도 신사는 이야기에 귀를 기울인 채 아이를 지켜보았다. 이야기를 마친 아이는 인도 신사를 바라보면서 그의 무릎 위에 손을 얹었다.

"여기까지가 제 이야기예요." 세라가 말했다. "이제 톰 삼촌 이야기를 들려주세요." 인도 신사는 세라에게 자신을 '톰 삼촌'이라 부르게 했다. "삼촌 이야기는 아직 모르지만, 분명히 아름다울 거예요."

그래서 인도 신사는 아이들에게 자기 이야기를 했다. 아픈 몸으로 홀로 앉아 따분하고 초조한 시간을 보낼 때면 람 다스는 주인의 기분 전환을 위해 행인을 묘사해주곤 했는데, 그러던 중 유난히 자주 지나다니는 아이 하나가 눈에 띄었다. 인도 신사는 아이에게 점차 관심을 보였다. 한편으론 잃어버린 친구의 딸을 생각했기 때문이었고, 다른 한편으론 도망친 원숭이를 쫓다가 다락방을 방문하게 된 사건을 람 다스에게서 들었기 때문이기도 했다. 람 다스는 칙칙한 다락방을 묘사하는가 하면, 잡일꾼이나 하녀로 일할 법하지 않은 아이의 용모 따위를 설명했다. 차츰 람 다스는 아이가 처한 비참한 삶에 대해 알게 되었다. 지붕 위를 몇 미터 걸어가 천창을 통해 안으로 들어가는 게

식은 죽 먹기라는 사실도 깨달았다. 거기에서 뒤이은 사건들이 시작되었다.

어느 날 람 다스가 말했다. "사히브, 아이가 심부름을 갔을 때 슬레이트 지붕을 지나 다락방으로 들어가 난로에 불을 지펴 놓으면 좋겠어요. 온통 젖은 채 오들오들 떨며 돌아와서 불꽃이 활활 타오르는 걸 보면 마법사가 왔다 간 줄 알 거예요."

캐리스포드 씨의 슬픈 얼굴이 미소로 환해질 만큼 근사한 생각이었다. 람 다스는 기쁜 나머지 계획을 상세히 설명하기 시작했고, 불을 지피는 것 말고도 많은 일을 간단히 할 수 있다고 말했다. 람 다스는 아이처럼 기뻐하면서 기발한 아이디어를 떠올렸고, 계획을 실행에 옮기느라 몇 날 며칠을 흥분 속에서 보냈다. 그렇지 않았더라면 지루하게 흘러갔을 날들이었다. 만찬이 좌절된 날, 람 다스는 자신의 다락방에 물건을 준비해놓고 때를 살폈다. 그를 도와줄 사내가 이 신기한 모험에 가담하게 되어 람 다스만큼 흥분한 채 옆에서 대기했다. 람 다스가 슬레이트 지붕에 바짝 엎드려 천창을 들여다보는데 만찬이 처참하게 끝나버렸다. 기진맥진한 세라가 깊은 잠에 빠지리라 확신한 그는, 빛을 가릴 수 있는 각등을 들고 방으로 살금살금 들어갔다. 그사이 그의 동료는 지붕에서 물건들을 하나씩 건네주었다. 세라가 몸을 뒤척이는 듯싶자 람 다스는 등을 가리고 바닥에 바짝 엎드렸다. 아이들은 질문을 수천수만 개 던진 끝에 이 재미있는 사건의 전말을 알아냈다.

"정말 기뻐요." 세라가 말했다. "제 친구가 삼촌이라서 정말 기뻐요!"

두 사람은 둘도 없는 친구가 되었다. 어쩐 일인지 신기할 만큼 죽이 잘 맞았다. 인도 신사는 세라만큼 마음에 드는 친구를 둔 적이 없었다. 카마이클 씨가 예언한 대로 그는 한 달쯤 지나자 전혀 딴사람이 되었다. 언제나 기분이 좋았고 매사에 의욕이 넘쳤으며, 한때는 부담을 느끼며 마뜩잖게 여기던 막대한 부도 즐길 수 있게 되었다. 세라를 위해 계획할 것이 너무도 많았다. 둘이 농담처럼 주고받는 이야기에서 그는 마법사로 통했다. 세라를 위해 무언가를 생각해내는 일이 그의 큰 즐거움이었다. 세라는 아름다운 꽃이 자라는 화분을 방에서 발견하기도 했고, 베개 밑에서 자그마한 깜짝 선물을 찾아내기도 했다. 한번은 저녁에 둘이 방에 앉아 있는데, 짐승이 묵직한 발로 문을 긁어대는 듯한 소리가 들렸다. 세라가 무슨 소리인가 싶어서 문을 열자, 커다란 개―잘생긴 보어하운드(멧돼지 사냥용 큰개―옮긴이)―한 마리가 문가에 서 있었다. 금색과 은색의 커다란 목줄에는 돋을새김으로 글씨가 새겨져 있었다. '전 보리스예요. 세라 공주를 모십니다.'

누더기 차림이던 작은 공주 세라를 회상하는 일만큼 인도 신사가 좋아하는 것도 없었다. '큰 가족'이나 어먼가드, 로티가 함께 모이는 오후 시간은 그 자체로 충분히 즐거웠지만, 세라와 인도 신사와 단둘이 앉아 책을 읽거나 얘기를 나누는 시간은 그들만이 느낄 수 있는 특별한 매력이 있었다. 그런 나날이 지나가면서 재미있는 수많은 일이 일어났다.

어느 날 저녁, 캐리스포드 씨가 책에서 고개를 드니 세라가 불꽃을 응시한 채 한동안 꼼짝 않고 앉아 있었다.

"무슨 생각을 하니, 세라?" 그가 물었다.

세라는 두 뺨에 홍조를 띤 채로 고개를 들며 대답했다.

"그 배고팠던 날과 그날 본 여자애 생각을 좀 했어요."

"배고픈 날이 어디 하루 이틀이었니?" 인도 신사가 슬픈 목소리로 말했다. "어떤 날을 말하는 거지?"

"삼촌이 모른다는 걸 깜박했어요." 세라가 대답했다. "꿈이 실현된 그날이에요."

그리고 나서 세라는 빵집과, 진창길에서 주운 4펜스 동전과, 세라보다 더 배가 고팠던 여자애에 대해 이야기했다. 건조한 어조로 가능한 한 짧게 말했지만, 인도 신사는 손으로 눈을 가리고 양탄자를 내려다보아야만 했다.

"어떤 계획을 좀 구상하던 참이었어요." 세라가 이야기를 마친 후 덧붙였다. "뭔가를 해야겠다는 생각을 했어요."

"그게 뭐지?" 캐리스포드 씨가 나지막한 목소리로 물었다. "우리 공주가 못할 건 없어."

"여쭤볼 게 있어요." 망설이는 눈치였다. "제게 돈이 많다고 하셨잖아요. 그래서 말인데요, 빵집 아주머니한테 가서―특히 날씨가 지독히도 궂은 날에―빵집 계단에 앉아 있거나 창문을 기웃거리는 굶주린 아이들을 보거든 그들을 불러서 먹을 걸 주라고 얘기해도 될까요? 그런 다음 빵집 아주머니는 제게 청구서를 보내면 되잖아요. 그렇게 해도 될까요?"

"내일 아침에 하려무나." 인도 신사가 대답했다.

"고맙습니다." 세라가 인사했다. "배고픔이 어떤 건지 너무나 잘 알아요. 배고프지 않은 체조차 못할 때는 정말 끔찍했어요."

"그럼, 그렇고말고, 애야." 인도 신사가 말했다. "그래, 물론 그렇겠지. 잊으려고 노력하자. 이리 가까이 와서 발 받침대에 앉으려무나. 그리고 네가 공주라는 사실만 기억하렴."

"네." 세라는 미소를 지어 보이며 대답했다. "이젠 사람들에게 빵을 나눠줄 수 있어요." 세라가 그의 곁으로 다가가 발받침대에 앉자 인도 신사는―그는 아이가 때로 자신을 인도신사라 부르는 것도 좋아했다―아이의 작고 검은 머리를 자기무릎에 올려놓고 가만히 머리칼을 쓰다듬었다.

그다음 날 아침, 민친 교장은 창밖을 내다보다가 절대로 보고 싶지 않은 장면을 보고 말았다. 키 큰 말들이 끄는 인도 신사의 마차가 옆집의 현관 앞에 멈춰 서자, 마차 주인과 보드랍고 풍성한 털로 몸을 포근하게 감싼 아이가 마차에 오르기 위해 계단을 내려왔다. 눈에 익은 아이를 보자 민친 교장은 지난날이 떠올랐다. 그 뒤를 이어 낯익은 얼굴이 또 하나 나타났다. 그 모습에 교장은 그만 심사가 뒤틀렸다. 숄이며 소지품을 손에 든 채 기쁨에 겨워 어린 주인을 보필하는 수행 하녀 베키였다. 그새 살이 통통히 오른 베키의 얼굴에는 장밋빛이 감돌았다.

잠시 후 마차가 빵집 앞에 멈춰 섰고, 탑승객들이 내렸다. 묘하게도 그 순간 빵집의 여주인은 김이 나는 따끈따끈한 빵 쟁반을 창가에 내려놓으려던 참이었다.

세라가 빵집에 들어서자, 주인은 세라를 돌아보더니 빵 쟁반을 내려놓고 계산대 뒤로 돌아와 섰다. 얼마간 세라를 빤히 쳐다보더니, 별안간 그 수더분한 얼굴이 환하게 밝아졌다.

"누군지 알아보겠어요……." 주인이 말했다. "그런데……."

"네, 맞아요." 세라가 대답했다. "4펜스에 빵 여섯 개를 주셨지요."

"그리고 아가씬 빵 다섯 개를 거지 아이에게 줬고요." 여자가 재빨리 말을 받았다. "그날 일이 머릿속에서 떠나질 않았어요. 처음엔 이게 무슨 일인가 했지요." 여자는 인도 신사를 돌아보면서 말을 이었다. "선생님, 실례하겠습니다. 그렇게 배고픈 사람을 알아보는 어린아이는 많지 않거든요. 그 일을 수 없이 생각했어요. 이런 말을 해도 될지 모르겠지만, 아가씨."
세라를 돌아보며 말했다. "지금은 혈색도 좋고 여러모로 좋아
보여요. 예전에 그, 그……."

"맞아요, 지금이 훨씬 좋아요. 고맙습니다." 세라가 대답했
다. "그리고 예전보다 많이 행복해요. 한 가지 부탁드릴 게 있
어서 왔어요."

"나한테요, 아가씨?" 빵집 주인이 활짝 웃는 얼굴로 소리
쳤다. "세상에! 그럼요, 어서 말씀하세요, 아가씨. 제가 뭘 하면
될까요?"

세라는 계산대에 몸을 기대고는 그 끔찍한 날들과, 굶주린
부랑아들과, 따뜻한 빵에 얽힌 깜찍한 계획을 여자에게 말했다.

여자는 깜짝 놀란 얼굴로 세라를 쳐다보면서 아이 말에 귀
를 기울였다.

"세상에!" 아이의 말을 다 듣고 난 뒤 여자가 감탄사를 연
발했다. "그런 일을 도울 수 있다니 기뻐요. 나도 일을 해야 먹
고사는 처지라 사비를 털어 그런 일을 하기란 쉽지 않거든요.
어디를 둘러보나 어려운 사람들 천지예요. 말하기 부끄럽지만,
비 오던 그날 이후 아가씨를 생각하면서 배고픈 사람들에게 빵
을 꽤 많이 나눠줬어요. 그날 흙물에 흠뻑 젖은 아가씨가 얼마
나 추웠을까, 배는 또 얼마나 고팠을까, 이런 생각을 하면서 말
이죠. 그런데도 아가씨는 마치 공주인 양 따끈한 빵을 거지 아

334

이에게 다 줬잖아요."

이 말을 들은 인도 신사의 얼굴에 절로 미소가 번졌다. 세라도 그날 허겁지겁 빵을 먹어치우던 아이의 해진 넝마를 덮은 무릎 위에 빵을 더 내려놓으면서 자신이 한 말을 떠올리고는 가벼운 미소를 지었다.

"아이가 너무 배고파 보였어요." 세라가 말했다. "저보다 더 배가 고픈 것 같았어요."

"몇 날 며칠을 굶주렸던 아이였지요." 여자가 말했다. "아이가 그날 일을 몇 번이나 얘기했는지 몰라요. 물기 젖은 계단에 앉아 있었는데, 늑대 한 마리가 배 속에서 날뛰는 것 같았다고요."

"그 후에도 아이를 보셨어요?" 세라가 깜짝 놀라 물었다. "아이가 어디에 있는지 아세요?"

"그럼요." 여자가 더없이 온화한 미소를 지으며 대답했다. "저쪽 뒷방에 있어요, 아가씨. 한 달쯤 됐어요. 예의 바르고 착한 아이더라고요. 가게에서도 부엌에서도 얼마나 큰 도움이 되는지 몰라요. 거리에서 떠돌며 살던 걸 생각하면 믿기 힘들겠지만 말이에요."

여자는 뒷방 문 쪽으로 걸어가 아이를 불렀다. 잠시 후 여자애 하나가 나오더니 여주인을 따라 계산대 뒤로 왔다. 언제 배고픈 적이 있었냐는 듯 말쑥한 차림이었으나, 거지 아이가 분명했다. 아이는 수줍어했지만 얼굴이 좋아 보였다. 더 이상 미개해 보이지도 않았고, 눈에서 광폭한 표정도 찾아볼 수 없었다. 한눈에 알아본 아이는 가만히 서서 마치 평생 질리지 않을 것처럼 세라를 쳐다보았다.

"그날 말이에요." 주인이 말했다. "아이에게 배고플 때면 여기로 오라고 했어요. 그 후 아이가 찾아왔을 때 잡일을 시켜봤는데, 열심히 하더라고요. 아이가 점점 마음에 드는 거예요. 그래서 아이에게 일할 곳과 집을 주었더니, 지금 이렇게 일을 도우면서 잘 지내요. 진심으로 고마워하는 게 느껴져요. 이름은 앤이에요. 성은 없어요."

세라와 앤은 한동안 가만히 서서 서로를 바라보았다. 세라가 머프에서 손을 꺼내 계산대 위로 내밀자 앤이 그 손을 잡았고, 그렇게 두 아이는 손을 맞잡은 채 서로의 눈을 똑바로 쳐다보았다.

"널 다시 봐서 기뻐." 세라가 말했다. "지금 막 생각한 건데, 아이들에게 빵을 나눠주는 일을 브라운 부인이 네게 맡겼으면 좋겠어. 배고픔이 뭔지 누구보다 잘 알 테니 이 일을 즐겁게 할 수 있을 거야."

"네, 아가씨." 여자애가 대답했다.

몇 마디 나누지 않았지만 세라는 아이의 마음을 이해할 것 같았다. 세라가 인도 신사와 빵집에서 나가 마차에 올라탄 뒤

저 멀리 시야에서 사라질 때까지, 아이는 세라를 눈으로 좇으면서 한없이 바라보았다.

A

LITTLE

PRINCESS

- **이름** 프랜시스 일라이자 호지슨 버넷Frances Eliza Hodgson Burnett
- **출생일** 1849년 11월 24일
- **사망일** 1924년 10월 29일
- **국적** 영국, 1905년 미국 시민권 취득
- **거주지** 주로 영국과 미국

프랜시스 호지슨 버넷은 어떤 사람이었을까?

버넷은 단호한 성격에 재주가 많았으며 인습에 얽매이지 않았다. 가난한 유년기를 보낸 뒤 작가로 성공해 부와 명성을 얻었지만, 유명인으로 산다는 게 쉬운 일만은 아니었다. 당시에는 버넷처럼 가족을 부양하는 것은 물론 일하는 여성 자체가 드물었다. 그런 까닭에 수많은 신문과 잡지에서 그녀의 사생활을 다루었다.

프랜시스 호지슨 버넷은 어디에서 자랐을까?

버넷은 영국 맨체스터의 부촌에서 태어났지만 풍족한 생활은 오래가지 못했다. 버넷이 태어나고 몇 년 지나지 않아 1854년에 아버지가 돌아가셨다. 그 후 가세가 기울기 시작해 가난한 동네로 이사했다.

십 대 시절에 어머니, 형제자매 넷과 함께 미국 테네시주 녹스빌로 이주했다. 외삼촌이 이미 자리를 잡은 곳이라 그녀의 가족은 새로운 생활을 시작하는 데 외삼촌이 도움을 줄 거라 기대했다. 그러나 외삼촌은 도와주지 않았고 식구들은 절망적인 상황에 놓이게 되었다. 버넷은 자신이 쓴 단편을 잡지사에 보내 돈을 벌어야겠다고 생각했다. 하지만 작품을 써보낼 종이와 우표 값이 없어 산과 들에서 포도를 따다가 팔아야 할 만큼 형편이 어려웠다. 머지 않아 그녀는 한 달에 단편 대여섯 편을 잡지사에 팔게 되었다. 작가로서 경력이 시작된 것이다.

프랜시스 호지슨 버넷은 글을 쓰는 것 외에 또 어떤 일을 했을까?
버넷은 다양한 작가를 만나 이야기 나누는 것을 좋아했다. 창조적인 성격이라 정원을 가꾸고 식물을 키우는 것을 즐겼다. 또한 신앙심이 깊었다. 비록 (그녀 삶의 많은 부분이 그러하듯이) 당시의 일반적인 믿음과는 결이 다르긴 했지만.

프랜시스 호지슨 버넷은 어디에서 『작은 공주 세라』에 대한 아이디어를 얻었을까?
『작은 공주 세라』가 자전적 소설은 아니지만, 버넷 역시 어려서 아버지가 돌아가셨고 가난하게 살았다. 어렸을 때 그녀는 책을 읽고 이야기를 지어내면서 가정사에서 벗어나려 했고, 좀 더 커서는 창조적 능력을 활용해 글을 써서 자신은 물론 가족을 부양했다.

『작은 공주 세라』는 언제 처음 게재되었을까?

『작은 공주 세라』의 토대가 된 『세라 크루, 혹은 민친 기숙 학교에서 일어난 일』은 당시 미국의 인기 있는 어린이 월간지인 《세인트 니컬러스 매거진》에 1888년 처음 연재되었다.

프랜시스 호지슨 버넷은 또 어떤 책을 썼을까?

버넷은 자신의 유년 시절을 다룬 회고록 『내가 이 세상에서 제일 잘 아는 것』(1893)과 희곡을 비롯하여 어른을 대상으로 한 대중 소설을 여러 편 썼다. 그럼에도 그녀가 쓴 작품 중 가장 많이 알려진 것은 어린이 소설들이다. 대표작으로는 출간과 동시에 미국과 영국에서 베스트셀러가 된 『소공자』(1886)와 『작은 공주 세라』(1905), 『비밀의 정원』(1911) 등이 있다. 『작은 공주 세라』는 여러 번 영화로 만들어졌는데, 미국의 유명 아역 배우 셜리 템플이 세라로 나온 1939년 작이 가장 널리 알려졌고, 최근작으로는 어밀리아 샹클리가 주연을 맡은 1986년 작과 리젤 매슈스가 주연인 1995년 작 등이 있다.

등장인물

주요 인물

◆ **세라 크루**

책 제목에서 '작은 공주'는 세라를 가리킨다. 부유한 영국군 대위 랠프 크루의 외동딸이다. 인도에서 태어났으며 영특하다. 영어와 프랑스어는 물론이고 힌두스타니어를 할 줄 안다. 다정한 성격에 자기 부를 남과 나눌 정도로 너그러우며, 상상력이 풍부한 타고난 이야기꾼이다. 예의가 바르지만, 천사는 아니라서 때론 화를 참는 걸 힘겨워하기도 한다.

◆ **랠프 크루**

세라의 아빠. 아내를 일찍 여의었다. 다정다감한 성격으로 딸과 친구처럼 지낸다. 딸에게 헌신한다.

◆ **베키**

민친 기숙 학교 부엌데기. 민친 교장에게 온갖 구박을 받고, 툭하면 다른 하인들의 희생양이 된다. 세라와 두터운 우정을 쌓는다.

◆ **민친 교장**

몰인정하고 성미 까다로운 기숙 학교 교장.

◆ **어밀리아 선생**

민친 교장의 여동생. 언니보다 착하지만, 심약해서 감히 언니와 맞서지 못한다.

◆ **에밀리**

세라의 인형. 세라는 에밀리가 살아 있는 인형이라고 상상하기를 즐긴다. 악운이 닥쳤을 때 세라는 에밀리를 민친 교장에게 내주길 거부한다.

◆ **멜키세덱**

세라의 다락방 벽 속에서 사는 쥐. 세라는 멜키세덱을 길들이고 먹이를 주기도 하며 친구가 된다.

기숙 학교 학생들

◆ **어먼가드 세인트 존**

세라의 단짝 친구. 어리석은 구석이 있어서 줄곧 민친 교장에게 야단을 맞는다. 세라는 공부를 힘들어하는 어먼가드에게 생생한 이야기를 들려주며 공부를 돕는다. 심성이 본디 착하고, 세라가 부자이건 아니건 세라 곁을 지킨다.

◆ **라비니아 허버트**

세라가 전학 오기 전까지는 학교에서 가장 부유한 학생이었고, 안하무인으로 굴었다. 세라를 시샘한다. 세라가 빈털터리가 된 후 세라를 비웃고 놀린다.

◆ **제시**

라비니아의 절친한 친구. 라비니아보다는 착해서 민친 교장이 세라를 구박할 때 불만을 표하기도 한다.

◆ **로티 레**

학교에서 제일 어린 학생. 일찍 돌아가신 엄마 대신 '양엄마'가 된 세라를 몹시 따른다. 집에서부터 응석받이로 자라서 걸핏하면 울며 떼를 쓴다. 하지만 나이에 비해 대담하다.

옆집 사람들

◆ **캐리스포드 씨**

기숙 학교 옆집에 산다. 그의 정체를 모를 당시 세라는 인도 가구 여러 점이 옆집으로 들어가는 걸 보고는 그를 '인도 신사'로 부른다. 실은 세라 아빠의 절친한 친구다.

◆ **람 다스**

캐리스포드 씨의 인도인 하인. 다락방 창문 너머로 세라를 본 뒤 세라와 친구가 된다.

◆ **큰 가족**

세라가 화목해 보이는 카마이클 씨 가족을 부르는 애칭. '큰 가족'네 사람들은 캐리스포드 씨를 종종 방문한다. 카마이클 씨는 캐리스포드 씨의 변호사다.

옮긴이 **오현아**

서울대학교 영어영문학과를 졸업하고 조인스닷컴Joins.com에서 서평 전문 기자로 일했다. 옮긴 책으로는『작가님, 어디 살아요?』,『디어 개츠비』,『사냥꾼들』,『실비아 플라스 동화집』,『도시의 공원』,『스팅』,『실비아 플라스 드로잉집』,『내니의 일기』 등이 있다.

작은 공주 세라 _걸 클래식 컬렉션

펴낸날 초판 1쇄 2019년 6월 30일
　　　　 초판 6쇄 2021년 9월 15일
지은이 프랜시스 호지슨 버넷
옮긴이 오현아
펴낸이 이주애, 홍영완
편집 양혜영, 장종철, 김송은, 백은영
마케팅 김가람, 진승빈
디자인 김주연, 박아형
펴낸곳 (주)윌북 **출판등록** 제2006-000017호 **주소** 10881 경기도 파주시 회동길 337-20
전자우편 willbooks@naver.com **전화** 031-955-3777 **팩스** 031-955-3778
블로그 blog.naver.com/willbooks **포스트** post.naver.com/willbooks
트위터 @onwillbooks **인스타그램** @willbooks_pub

ISBN 979-11-5581-218-1 (02840) (CIP제어번호: CIP2019014345)
　　　 979-11-5581-219-8 (세트)

- 책값은 뒤표지에 있습니다. • 잘못 만들어진 책은 구입하신 서점에서 바꿔드립니다.
- 이 책의 본문은 아리따 글꼴을 사용하여 디자인되었습니다.

◆ 걸 클래식 컬렉션 ◆

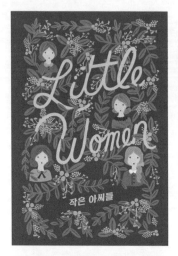

작은 아씨들

빨강 머리 앤

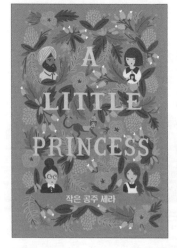

작은 공주 세라

하이디